붉은 지게

1

천둥소리

역사 장편소설

1
천둥소리

강기현

평범하게 열심히 살았던
비범한 사람들의 역사

밥북
B·O·O·K

사람들은 지레의 원리를 이용하여 편리한 도구를 만들어 사용하는데 지레에 작용하는 힘을 한 지점에 집중시켜 사용하기도 하고 분산시켜 사용하기도 한다.

지레의 힘을 한 점 위에 집중시켜 사용하는 기구에는 사람이 더 높이 뛰는 놀이를 위해 만든 스카이콩콩이 있다.

스카이콩콩은 힘점과 작용점이 지면의 받침점 위에서 수직 방향으로 상하운동을 하며 즐기는 놀이기구다. 이런 경우 언제나 지레의 힘은 한 점 위에서 작용하므로 숫자 '1'에 대응시킬 수 있다.

숫자 '1'은 부분을 의미하기도 하고, 전체를 의미하기도 한다. 어떤 집합을 분수로 나타내는 경우의 '1'은 집합 전체를 의미하는 분모와 같다. 분모는 그 크기가 무한히 클 수도 무한히 작을 수도 있다. 그런데 분모는 아무리 크거나 작아도 자체의 공통적 속성에 의해 그 집합에 포함되는 원소의 범위를 한정한다.

'1'의 세계관을 가진 사람은 자신의 사고영역을 내포로 규정하고 그에 따라 외연을 한정적으로 설정하려는 경향이 있다. 이런 사람들은 사고력이나 능력을 한 곳에 집중하여 큰 업적을 이루지만 반면에 사고범위의 한계로 인해 폐쇄적인 세계관을 가지기도 하고, 자기중심적인 과욕으로 불평등을 야기하기도 한다. 그래서 이들은 개성과 평등의 가치를 아주 중요시한다.

'1'의 세계관을 가진 사람은 원만한 사회생활을 위해 몸과 마음을 닦아 수신修身하고 다른 사람을 배려하는 심성과 다양한 세계관에 대한 개방적인 자세를 가져야 한다.

지레의 세 점을 분산하여 사용하는 기구에 시소가 있다. 시소는 받침점이 가운데에 고정되어 있고, 양쪽의 지렛대 위에 힘점과 작용점이 교차하며 상하 왕복운동을 하는 놀이기구다.

시소를 타는 사람은 항상 상반된 위치에서 힘이 상호 반대방향으로 작용하도록 하고 힘의 세기를 조절해야 한다. 만약 몸무게가 같은 사람이 같은 거리에서 같은 크기의 힘을 같은 방향으로 가하면 시소가 고정되어 놀이가 불가능해진다. 따라서 시소 놀이에서는 위치적 평등보다는 상대적 기회균등의 가치가 더 중요시된다.

시소는 서로 다른 위치에서 다른 방향으로 힘이 작용하므로 숫자 '2'에 대응시킬 수 있다. 이때의 숫자 '2'는 수열을 나타내는 '2'가 아니라 서로 상대적인 의미를 지닌 별개의 개체를 지칭하는 것이다.

상대적 세계관에는 빛이 있으면 그림자가 있고, 하늘이 있으면 땅이 있고, 물이 있으면 불이 있어야 하는 이치와 상통한다. 시작이 있으면 끝이 있어야 하고 또한 시간이나 공간과 같이 시작과 끝이 없는 것도 있어야 한다.

　수數에서도 양수가 있으면 음수가 있고, 실수가 있으면 허수가 있고, 유리수가 있으면 무리수가 있어야 한다. 또한, 양수와 음수가 있으면 양수와 음수도 아닌 '0'이 있어야 한다. 이 '0' 또한 크기가 없으면서 크기를 가져야 한다. '0'은 숫자 뒤에 붙는 자릿수의 위치에 따라서 값이 다른 크기를 가진다.

　이러한 상대적 세계관은 제가齊家 사상과 그 의미가 상통한다. 가정에는 부모가 있으면 자식이 있고 조부가 있으면 손자가 있으며 남편이 있으면 아내가 있는 것이고 형이 있으면 동생이 있는 것이다.

　화목한 가정이 되려면 가족 모두의 인격은 평등해야 하지만 각자의 임무와 역할이 평등해야 하는 것은 아니다. 가족들 간에는 서로 능력이 다르고 능력을 발휘하는 시기도 다르다. 따라서 가정에서는 평등의 가치보다 시차를 둔 기회균등의 가치가 더 중요하며 가족 간에 역지사지의 입장에서 서로를 배려해야 한다. 이렇게 행동할 때 시너지 효과가 나타나서 가화만사성家和萬事成이 이루어지는 것이다.

　지게는 사람들이 물건을 등에 지고 운반하기 위해 만든 농기구다. 지게는 두 다리와 지겟작대기로 받쳐 세우고 그 위에 짐을 얹어서 지고 운반하는 도구다.

지게는 힘이 항상 두 다리와 지겟작대기 끝의 세 점 위에 분산되어 작용하므로 숫자 '3'에 대응시킬 수 있다.

지게가 서 있는 삼각대의 한 다리에 힘을 가하면 나머지 두 다리는 받침점과 작용점의 역할을 해 지게 전체에 힘이 작용한다. 그런데 지겟작대기를 지게의 꼭대기에 걸쳤을 때 지게의 두 다리와 지겟작대기의 끝이 정확하게 정삼각형의 꼭짓점에 있을 때 무게 중심이 정삼각형의 중심점 위에 위치하고, 가장 안정된 상태를 유지하게 된다.

그런데 이때 힘이 한 끝점에서 나머지 두 끝점을 이은 선분에 수직 방향으로 작용하면 두 끝점에 미치는 힘의 받침점과 작용점 역할을 구분하기가 어려워진다. 즉 애매모호한 현상이 발생하는 것이다.

숫자 '3'의 세계관은 상대적인 관계에 애매모호한 세계관이 더해진 것이다. 이로써 우주 만물이나 삼라만상의 모든 현상에 대한 세계관의 영역이 확장되고 사고활동 내용이 풍부해진다.

지게를 지는 사람은 먼저 지게의 모든 방향에서 작용하는 힘의 작용을 고려하여 무게 중심을 잡고 일어서야 한다. 그리고 짐을 지고 가려면 먼저 자기가 가야 하는 방향을 결정해야 하고, 언제나 자기가 원하는 방향의 반대쪽 가치는 버리고 가야 한다. 이런 경우에 자기가 선택한 쪽으로 작용하는 힘의 효용 가치가 반대쪽과 비교해서 어느 쪽이 더 큰지를 스스로 판단해야 한다.

짐을 지고 갈 때는 짐의 무게 중심을 자기가 원하는 방향으로 적당한 기울기를 조절하며 가야 한다. 과유불급의 정신이 필요한 것이다.

지게의 끝점이 정삼각형을 이루고 지레의 세 힘이 고르게 분산되어 무게 중심이 안정된 상태를 삼위일체라 할 수 있을 것이다. 이것을 나라에 비유하면 정치 권력자와 신하와 국민 간에 조화로운 정치가 이상적으로 실현된 상태이다.

　이를 위해서는 삼자가 각자 도생하면서 상생하고 서로가 역지사지의 입장에서 타협할 줄 알아야 한다. 삼자가 중용과 상생의 가치를 실현하려고 노력해야 나라가 태평성대를 이룰 수 있다.

　　※ 참고로 이 소설의 액자 안 이야기는 대부분 역사적 사실을 토대로 엮은 것이며, 액자 밖의 '나'는 이 소설의 화자이자 극의 리얼리티를 위해 어느 정도 장치한 인물임을 감안하고 이 소설을 읽어주기 바란다.

2021년 4월
강기현

−   단초

지금 나의 뇌는 고뇌에 헐떡이고 있다. 이와 더불어 나의 가슴은 분노로 들끓고 있다. 나는 지금까지 왜 살아왔는가? 나는 지금까지 무엇을 위해 살아왔는가? 아! 지축이 흔들리는 느낌이다.

완전히 속은 것이다. 모든 인민에게 유토피아를 안겨줄 공산주의는 무슨 얼어 죽을 공산주의! 이것이야말로 이념을 위해서라면 무자비하게 천하보다 소중한 생명도 파리 목숨처럼 짓밟아버릴 수 있는 인간말종의 쓰레기 사상이 아니던가. 아니 최소한의 인간성까지 말살시켜 버리는 말초신경 수준의 사상이 아니던가. 내가 잠깐 정신 줄을 놓았었나 보다. 이런 헛것에 쉽사리 마음을 빼앗길 뻔했다니! 지성인이라 자처하던 내가 어떻게 이 정도 수준의 사상에 속을 뻔했었단 말인가!

내가 이다지도 흥분하는 까닭은 내 부친의 죽음에 대한 숨겨진 비화

悲話를 내가 성인이 되고 나서야 알게 되었기 때문이다.

　나의 부친은 내가 하도 어릴 때 돌아가신지라 나는 사인도 모른 채, 내가 성인이 될 때까지 그냥 어떤 병고로 돌아가신 줄로만 알고 지내 왔었다. 그 옛날에는 의술도 지금처럼 발달하지 않았기에 모르는 병으로 일찍 돌아가시는 분들도 많았던지라 그냥 어떻게 돌아가셨겠거니 하고 의심하지 않았던 것이다. 단지 어렴풋이 알고 있었던 것이라곤 조부께서 마을에 꽤 공덕을 베푸셨다는 것과 부친 또한 그 일에 관여하였다는 것 정도였다.

　성인이 될 때까지 나는 집안 역사에는 관심이 거의 없었고 또 책 읽기를 좋아했고 공부에 매진하였기에 집안 이야기를 들을 기회가 없었던 것 같다. 게다가 집안 어르신들 중에 나에게 특별히 집안 사정에 대해 말해준 분도 딱히 없었다. 내가 부친의 사인을 몰랐던 까닭에는 이런 연유도 있었던 것이다.

　그런데 내가 대학을 마치고 귀향하고 나서 조부 제사에 참석했다가 (어릴 때도 종종 참석하였지만, 그때는 젯밥에만 관심 있어 조부 이야기에 별 관심이 없었던 시절이었다) 집안 당숙으로부터 놀라운 이야기를 듣게 되었다. 그 길고 긴 집안의 역사 이야기를!

　내가 사상적 고뇌를 시작하게 된 이유는 바로 나의 부친, 아니 나의 조부 이야기를 들었기 때문이었다.

　"너거 할아부지는 참말로 훌륭한 분이셨재."

　당숙은 그렇게 입을 떼며 길고 긴 하동 역사의 첫 말문을 여셨다.

—   돌개바람

　6·25전쟁이 발발한 지도 한 달가량이 되어 갈 무렵 지소마을에는 거
의 열흘 가까이 장맛비가 계속되고 있었다. 그 열흘 동안 해는 얼굴을
감추었고, 어두컴컴한 들녘에 비가 쏟아지는 소리는 마치 불안한 앞날
을 예고하는 듯한 스산한 기운을 감돌게 했다.

　그러다가 한여름 해가 뭉게구름 사이로 얼굴을 빼꼼히 내미는가 싶
더니 금방 구름을 활짝 걷어 젖히고 지소 들판을 달구기 시작했다. 그
렇게 그해 여름은 시작되었다.

　한여름의 무더위와 함께 하동지역에도 신문보도나 인근에 사는 공
무원들의 입을 통해 시시각각으로 들려오고 있던 전쟁소식이 그 실체
를 풀어놓기 시작했다.

　며칠 전부터 지소동네 사람들이 여태 한 번도 들어본 적이 없는 포
성이 들판에서 시퍼렇게 자라고 있는 벼 잎을 세차게 흔들어댔다. 그

리고 하늘에는 폭격기들이 편대를 지어서 서쪽으로 날아가는 모습이 자주 눈에 띄었다.

그때부터 지소동네 사람들은 공산군이 하동 가까이 쳐들어오고 있다는 것을 감지하고 전쟁공포에 대한 불안감이 더해져 갔다.

하지만 때가 7월인지라 지소동네 사람들은 귀를 후벼 파는 포성과 폭격기의 하늘을 찢는 듯한 굉음을 뒤로하고 마지막 논매기를 하거나 밭에 고구마 순을 심는 등의 농사일에 눈코 뜰 새 없이 바빴다.

강몽환의 손자인 강도식은 진교중학교에 다니다가 여름방학이 되어 집에 와 있었다. 그는 점심을 먹고 나서 북쪽에서 간간이 들려오는 포성과 예전에 보지 못했던 비행기들이 편대를 지어 하늘 위를 날아다니는 모습을 보고 불안해하면서도 평소처럼 소 먹이러 산에 가려고 동네 친구들을 모으고 있었다.

"상범아, 소 미로[1] 가자."

친구들을 부르는 말치고는 짤막했다. 그러나 소 먹이러 가는 일에 기분이 들떴던지 그의 목소리는 경쾌했다.

"그래, 쪼깸만 있거래이. 곧 갈 낀깨로… 그리고 옆집 행순이도 항케[2] 가고로 불러 바라."

앞집 사는 상범이 큰 소리로 대답하는 소리가 들려왔다.

----

1) 먹이러
2) 함께

"알겄다. 내가 행순이도 부릴 낀께로 퍼뜩 소 몰고 나오이라이."

잠시 후 세 사람은 웃몰 앞의 세 갈래 길에서 만나 소를 몰고 뒷산으로 올라갔다.

뒷산 가장자리에 있는 구랑골 등에 이르자 고랑몰에 사는 만수와 민영, 선자, 그리고 석주가 미리 와서 기다리고 있었다. 그들은 전날 학교 갔다 오면서 같이 소 먹이러 가기로 약속이 되어 있었다.

"상범아, 오늘은 소 미로 어디로 가모 데겄내?"

도식이 상범에게 물었다.

"응, 마당재를 넘어 절터골로 갈라모 뒷산 질이 까풀아서[3] 소가 안 올라갈라 쿨 낀다…"

상범이 머리를 긁적이며 망설이자 만수가 얼른 말을 받았다.

"성들아, 민영이, 상범이, 석주 성들은 쇠 밈시로 세꼴[4]도 베야 허닝깨 절터골보담 꼴착도 너리고 풀도 많은 큰골로 가는 기 안 좋겄나?"

"그래, 그러모 글로 가자"

석주가 동의하자 모두들 소를 몰고 구불구불한 뒷골 논두렁길을 따라 큰골로 올라갔다.

도식이 소를 몰고 가면서 어린 송아지를 보살피느라 한눈파는 사이 어미 소가 긴 혀를 내밀어 싱싱하게 자라고 있는 벼잎을 잽싸게 뜯어 먹었다. 도식은 소가 벼잎을 뜯어 먹은 것이 논 주인에게 들키면 혼이

---

3) 길이 경사가 급해서
4) 소 먹이고 쇠꼴

날 것이 걱정되어 고삐로 어미 소의 엉덩짝을 내리치면서 소리 질렀다.

"이놈우 쇠야,[5] 멀 뜯어 쳐묵노?"

일행은 채알봉 아래의 도랑을 건너서 속등 옆을 돌아 큰골 아래 조그만 개울을 건넜다. 장마로 불어난 물이 넘쳐흐르는 개울가에는 초록빛의 부드러운 창포 이파리가 싱그럽게 자라 한여름의 산들바람에 나풀거리며, 꽃대를 죽 내밀어 노란 꽃봉오리가 맺힌 멋진 자태를 뽐내고 있었다.

도식과 친구들이 소를 몰고 조금 더 올라가자 조그만 폭포가 나왔다. 이 폭포는 지소동네 아낙네들이 칠월 칠석에 창포 뿌리로 삶은 물에 머리를 감고, 동쪽으로 흐르는 물에 목욕하면 복이 온다고 하여, 매년 칠월 칠석이 되면 물을 맞으러 즐겨 찾는 곳이다.

일행이 소를 몰고 큰골 골짜기 한복판에 이르렀다.

"소를 여그 풀자."

석주가 풀 벨 자리를 잡고 지겟작대기로 지게를 받쳐 세우면서 말했다.

"그래, 여는 앉아서 놀만헌 바구도 있고 좋컸내."

도식과 그의 친구들은 각자 자기 소의 엉덩짝을 고삐로 쳐서 풀이 많은 쪽으로 쫓아 보냈다. 아이들은 널따란 바위 위에 모여앉아 젓가락 풀 놀이를 하기 시작했다.

상범과 민영, 석주는 농촌에서는 농사꾼이라 할 만한 열일곱 살 총각이었다. 그들은 소를 먹이면서 쇠꼴도 한 짐 베어 가야 했다. 때문에

---

5) 이놈의 소야.

소가 풀을 뜯어 먹는 동안 그들은 열심히 소꼴을 베어 모았다.

초등학교 5, 6학년인 행순과 선자는 개울가 소나무 그늘 아래의 부드러운 잔디밭에 자리를 잡고 앉았다.

"응가[6]는 몇 새야?"

행순이 말린 모시 껍질 다발을 꺼내면서 물었다.

"응, 내는 열두 샌디 니는?"

"내는 아홉 새지. 울 아부지 논맬 때 썬허고로 입을 저고리를 한본 맹글아[7] 볼라꼬…"

"모시옷은 올이 개닐고로 째서 베를 짜야 옷이 보들보들 허고 뽄도 있재. 그래서 내는 열두 새로 쨌다 아이가."

"맞내, 그래도 울 아부지 옷은 뽄보다 찔긴 기 최곤깨로…"

행순은 모시를 손톱으로 잘게 찢으며 만수를 불렀다.

"근디 만수야, 니는 머허노? 노니[8] 염불헌다고 도식이 오빠허고 항케 가재나 좀 잡아 오이라."

"그래, 알겄다. 응가, 저 새미 밑에 가재 잡으로 함 가보자. 그거 가모 돌팍이 많응깨 가재가 잘 잽힐 끼다."

큰골은 계월봉과 절터골 산봉우리 사이에 있는 골이 너른 골짜기다. 이곳은 두 산봉우리 사이에 있는 산등성이가 골짜기 주위를 병풍처럼 둘러싸고 있었다. 그 산자락 아래에는 꽤 넓은 평평한 터가 있고, 한복

---

6) 언니, 형
7) 만들어
8) 노느니

판에 상당히 큰 샘이 솟고 있었다.

이 샘은 사시사철 맑은 물이 솟아오르고 수량도 꽤 많아서 농부들이 벼농사를 짓는 뒷골과 밭들 논에 물을 대주는 젖줄이었다.

부잣집에서 자란 도식은 풀 베는 일이 서툴러서 그냥 소만 먹이면 되었기 때문에 소나무 그늘에 앉아서 가져온 소설책을 읽고 있었다. 그런데 가재를 잡아 오라는 행순의 말을 듣고 친구들과 같이 개울가로 가재를 잡으러 내려갔다.

"성아, 돌팍 밑에 새 모새⁹⁾가 있는 디를 잘 바라이. 그거에 구녕이 있이모 꼭 가재가 있잉깨로…"

"니는 가재 잡아서 머 헐 낀대?"

"돌팍 우에 얹어 놓고 꾸 묵어 봐라. 맛이 기똥찬데이."

도식과 친구들은 개울에 있는 돌을 뒤집으며 가재를 잡아 모았다.

한편 상범은 큰골 안쪽의 칡덩굴이 무성히 엉켜서 자라고 있는 곳에 지게 자리를 정하고 풀을 베었다. 그는 풀을 베면서도 자꾸만 억울하다는 생각이 들어 기분이 상했다.

원래 이 산은 상범이네 산이었는데 일제강점기에 일본이 토지조사를 핑계로 조선인 토지를 수탈할 때에 강제로 빼앗기고 말았다. 그런데 해방이 된 후에도 상범이 부모는 산을 되찾지 못하고 적산으로 남게 되었던 것이다.

---

9) 모래

해방된 뒤에 동네 사람들은 이 산이 상범이네 산인 줄 알면서도 주인 없는 적산이라고 하며 아무나 와서 나무를 마구 베어 갔다. 그래서 지금은 쓸 만한 나무 한 그루 없는 풀밭뿐인 민둥산으로 변해 버렸다.

상범이 상한 기분으로 풀을 베고 있을 때 아래쪽 개울가에서 가재 굽는 구수한 냄새가 퍼져 올라와 그의 코끝을 자극했다.

"상범아, 석주야, 그리고 가시나들도 가재 꾼 거 무로 온나."

도식이 만수와 가재를 구우면서 친구들을 불렀다.

만수는 주위의 돌을 주워 세우고 그 위에 얇고 넓적한 돌을 얹어 간이 불판을 만들었다. 그리고 그 위에 가재를 얹어 놓고 솔개비로 불을 붙여 돌판을 달구어 익혀 먹으면서 말했다.

"소 미러 오몬 가재 꾸버 묵는 기 제일 재밌재이. 근디 도식이 성은 보도씨[10) 네 마리뿌이 몬 잡았다 아이가."

만수가 은근히 자기가 가재 많이 잡은 것을 자랑하듯이 말했다.

"맞다, 만수 니가 가재 잡는 디는 오야재."

선자가 벌겋게 잘 익은 가재 한 마리를 골라 맛있게 먹으며 고맙다는 인사 대신 만수를 칭찬했다.

동네 아이들이 불에 익어 김이 모락모락 나는 가재를 나무 꼬챙이로 골라내어 맛있게 먹고 있을 때였다. 갑자기 머리 위에서 비행기 몇 대가 큰골 재 너머에서 큰 소리를 내며 구름 아래로 낮게 날아오더니 아

---

10) 겨우

이들 머리 위를 빙 돌아서 다시 하동 쪽으로 사라지는 것이 보였다.

그들은 지금까지 하늘 높이 날아가는 비행기는 보았지만 이렇게 낮게 날아가는 비행기는 처음 보았기 때문에 모두 놀라 일어나서 하늘을 쳐다보며

"와! 비행기 크다아. 저 바라. 조종사도 다 빈다."

하고 들뜬 목소리로 고함쳤다.

"저러코롬 비행기가 낮차 나는 걸 보기는 처음인디… 도식이 성아, 저기 무신 비행긴지 니는 아나?"

만수가 학생인 도식은 뭔가 아는 것이 있을 것으로 기대하는 눈빛으로 물었다.

"아니, 내도 잘 모리겠는디. 아매 폭탄 널쭈는 폭격기 아인가? 하이튼 비행기가 하동 쪽으로 날아간 걸 본깨로 암캐도[11] 하동 쪽에 무신 난리가 난 거 겉다."

그 말 떨어지기가 무섭게 재 너머 하동 쪽에서

'쾅쾅! 우르르, 쾅!'

하는 폭탄 터지는 소리가 연달아 들려왔다. 그 소리는 마치 하동 쪽의 먼 하늘의 한 모퉁이를 무너뜨리고 있는 것 같은 큰소리였다.

"도식이 말이 맞는 갑다. 하동서 나는 소리 아이가? 우리 저 재 우로 올라가서 하동에 무신 난리가 났는지 기경[12] 한본 해보자."

---

11) 아마도
12) 구경

그 지대의 지형을 잘 알고 있는 석주가 자리에서 일어서면서 호기심이 잔뜩 어린 표정을 지으며 말했다.

　겁이 많은 여자애들은 얼굴이 새파랗게 질려 바위 밑으로 가서 숨었다. 사내애들은 전쟁 구경을 하려고 하동으로 넘어가는 높이가 100m 남짓 되는 고개의 좁은 비탈길을 달음박질쳐서 올라갔다. 그들이 고개 위에 올라서니 저 아래에 섬진강과 하동읍이 한눈에 내려다보였다.

　푸른 강물이 굽이쳐 흐르는 섬진강변에 자리 잡고있는 하동읍은 아직 완전히 개지 않은 날씨 탓인지 거무튀튀한 분위기가 음산하기조차 했다. 하동 쪽 어디선가 계속해서 대포 소리와 총성이 들려 와서 아이들은 불안했지만 그들의 호기심이 포성이 나는 쪽으로 그들을 유인하고 있었다.

　"으이, 저쪽 절터골 뒷산 꼭대이로 가 보재이. 거 가모 총소리 나는 디가 어딘고 상구[13] 잘 빌 끼다."

　석주가 먼저 절터골 산꼭대기 쪽으로 뛰어가며 말했다. 아이들은 석주를 뒤따라 큰골재 위에서 남쪽 능선을 따라 절터골 꼭대기로 올라갔다.

　거기서 하동 쪽을 내려다보니 하동읍과 신기 사이에 넓게 펼쳐진 너뱅이와 목도 들판이 보였다. 그 가장자리에 있는 돌다리마을(석교부락), 할미, 사막부락도 한눈에 들어왔다. 그리고 무자치 꼬리처럼 구불구불한 돌미강이 목도 들판을 감돌며 굽이쳐 흐르고 있었다.

---

13)　훨씬

아이들은 절터골 산꼭대기에서 불안한 마음으로 대포 소리와 총소리가 나는 쪽을 살펴보니 하동읍과 적량 사이에 있는 쇠고개의 산등성이 위에서는 흰 연기와 먼지가 뿌옇게 피어오르고 있는 것이 보였다. 그 모습을 보고 상황을 알아차린 석주가 큰 소리로 말했다.

　"저가 적량 사람들이 하동장에 갈 때 넘어 댕기는 쇠고개 아이가? 저서 전쟁이 붙었는 갑다."

　그때 그들 머리 위로 4대의 폭격기가 편대를 지어 산등성이에 내려앉을 듯이 저공비행을 하며 북쪽으로 날아가더니 석주가 말한 쇠고개 위에 폭탄을 떨어뜨렸다. 잠시 후 섬광이 번쩍이자마자 뿌연 먼지가 뭉게구름처럼 피어오르더니

　'쾅쾅! 콰콰쾅!'

　하는 아이들의 귀를 찢을 듯이 천지를 뒤흔드는 커다란 굉음이 들려왔다.

　동시에 하동 북쪽에서 시작된 폭음이 쇠고개의 굉음을 헤집고 들어왔다. 아이들은 이제 머리 위의 하늘 한쪽 모서리가 쪼개지는 게 아니라 하늘 절반이 부서지는 것 같은 불안한 느낌이 들었다.

　"저는 또 어디고?"

　도식이 뒤이어 들려오는 폭탄 소리에 놀라 소리 나는 쪽을 손가락으로 가리키며 떨리는 목소리로 물었다.

　"아매 하동읍 우에 있는 만지쯤 델 끼구마."

　석주도 그 소리에 놀라 도식이가 가리키는 쪽에서 피어오르는 부연 먼지를 바라보며 말했다.

"그런깨로 쇠고개서는 시방 전쟁이 붙었고, 하동 우쪽서는 인민군들이 섬진강을 따라 쳐내리 오고 있는 갑다. 그래서 미군 폭격기가 인민군 차가 못 내리오고로 만지 신작로 우에다가 공중폭격을 허고 있는 갑다."

도식은 자기 짐작이 가는 대로 친구들에게 설명해 주며 어느샌가 전쟁 구경을 하느라 신이 났다. 마음 한구석에서는 전에 느껴 본 적이 없는 야릇한 두려움을 느끼면서도 흥분하여 상기된 얼굴로 폭격 장면을 구경했다.

미군 폭격기들은 계속하여 쇠고개가 있는 도로와 산등성이 위를 다 뭉개버릴 듯이 맹렬히 공중폭격을 가하고 있었다.

도식과 친구들은 생전 처음 보는 전쟁 구경에 점차 두려운 마음도 잊어버리고 너무도 신이 나서 다들 큰 소리로 외쳐댔다.

"저거, 저쪽 좀 바바라. 쇠고개 우에 폭탄이 또 터짔다 아이가? 그라고 저쪽도 함 바라. 섬진강 다리도 폭탄에 맞았는 갑다."

석주가 손가락으로 가리키는 곳을 보니 이미 두 동강이 난 섬진강 다리의 서쪽 교각 위에서 흰 연기가 피어오르고 있었다. 잠시 후에 연기가 걷히자 끊어졌던 반쪽다리가 또 끊어져서 비스듬히 내려앉은 다리 상판의 모습이 멀리 내려다보였다.

쇠고개 위에서는 계속하여 '펑펑, 쾅쾅'하고 폭격기에서 쏜 폭탄 터지는 소리와 함께 '다다다다'하는 콩 볶는 듯한 총소리가 들려왔다. 쇠고개와 북쪽 산등성이에서는 아군과 공산군이 대치하여 치열한 혈투를 벌이고 있었다.

도식은 아군도 적군도 보이지 않는데 소리와 소리가 서로 적이 되어 서로를 죽이려는 것 같이 느껴졌다.

횡천 쪽의 국도에서는 아군의 군용 트럭과 지프가 연이어 먼지를 부옇게 일으키며 쇠고개 전장으로 급히 달려가고 있었다. 아군 차량들이 쇠고개 맞은편의 폽밭골고개를 넘기만 하면 공산군이 직사포로 미리 장전하고 있다가 포탄을 날렸다. 그러자 아군 차량들이 적의 대포에 명중 당하여 신작로에서 언덕배기 아래로 곤두박질치며 굴러떨어졌다.

아이들에게는 그런 장면이 여간 신기하고 재미있는 일이 아니었다. 쇠고개와 북쪽의 능선 위에서는 계속하여 포탄이 터지며 자욱이 피어오르는 흙먼지 속에서 아군과 적군 사이에 총격전과 육탄전이 벌어지고 있는지 작렬하는 포성과 총성이 요란하게 울려 퍼지고 있었다.

도식의 눈에 쇠고개 산등성이 위의 적군과 아군으로 구분되는 군복이 희미하게 보이기 시작했다. 도식은 그곳에서 아군과 적군을 구분할 것도 없이 무자비한 총탄세례에 목숨을 잃어가는 군인들을 생각하니 갑자기 두려움을 느끼기 시작했다.

도식은 비록 거리가 멀어서 냄새는 맡을 수 없었지만, 아군과 적군이 서로를 죽이는 비릿한 피비린내가 돌미강 바람을 타고 산 위로 풍겨오는 것 같았다. 하지만 다른 아이들에게는 평생 처음 보는 전쟁 구경이라 그보다 더 신나는 구경거리는 없었다.

아이들은 하늘 위를 멋지게 빙빙 돌며 날아다니는 폭격기와 전쟁 구경에 더욱 신이 났다.

그때 아이들의 흥을 일부러 북돋우기라도 하려는 듯이 쇠고개 위를 폭격하고 되돌아온 폭격기 편대가 그들 머리 위로 더 가까이 날아왔다. 아이들은 양팔을 높이 흔들면서 조종사에게 환호하는 손짓을 보내며 큰소리로 외쳤다.

"만세! 만세! 우리 공군 만세!"

하지만 도식은 만세를 부르지 않았다. 적군을 공습하는 비행기 조종사들의 긴장된 모습과 비행기 폭격에 쓰러져 가는 적군의 끔찍한 모습을 상상하니 온몸에 소름이 돋았다.

아이들이 전쟁 구경을 하느라 정신을 팔고 있을 때 갑자기 등 뒤에서 동네 사람들의 목소리가 들려왔다.

"너뜰 여거서 전쟁 기경 허는가 배, 재밌나?"

동네 사람들도 논밭에서 일하다가 큰골재 너머 하동읍 쪽에서 들려오는 커다란 폭탄 소리를 들었는지 전쟁 구경을 하려고 숨 가쁘게 큰골재 산등성이로 올라오며 말했다. 석주가 산 위로 올라오는 동네 사람들을 보고 더욱 신이 나서 말했다.

"아까 비행기에 탄 사람이 미국 놈 아이더나?"

"맞다, 저 비행기는 미군 폭격기고, 조종사는 아마 미군 조종살 끼다."

석주의 말에 도식은 폭격기에 그려져 있는 미국 국기문양을 보고 불안한 마음에 떨리는 목소리로 설명해 주었다.

동네 사람들과 아이들은 여름철이라 허연 삼베옷을 입고 산등성이 위에 길게 늘어서서 신나게 전쟁 구경을 하고 있었다. 그들은 피아간의 군인들이 목숨을 걸고 전쟁하는 모습을 남의 일처럼 멀리서 신나게 구경하느라 정신이 팔려 있었다. 그들은 아직은 두려운 마음보다는 오히려 폭격기가 날개를 번쩍이면서 하동읍 상공을 선회하며 폭격하는 장면에 더 신이 나 있었다.

"국군 이겨라! 미군 이겨라! 빨갱이들 다 깨 뭉개뿌라."

목청껏 외치며 손뼉을 치고 만세를 부르면서 신나게 구경하고 있었다. 그런데, 바로 그때 폭격기 편대가 그들 머리 위를 지나가면서 무슨 영문인지는 몰라도 그들의 바로 발아래 산 중턱에 폭탄 한 발을 떨어뜨렸다.

갑자기 섬광이 번쩍하더니 벼락 치는 소리가 나면서 먼지와 함께 돌, 자갈 파편이 튀어 올라 그들의 발밑으로 날아와 떨어졌다.

'쿠우웅! 쿵쾅쾅! 와르르!'

하늘을 다 무너뜨리는 듯한 천둥소리보다 더 큰 폭발음이 터졌다. 모두들 놀라서 뒤로 나자빠졌다. 잠시 후에 정신을 차리고 일어난 구경꾼들은 자기가 폭탄에 맞지 않았나 하고 온몸을 더듬으며 살피다가 아무 이상이 없자 안도의 한숨을 내쉬었다.

그러나 그들의 공포심은 이루 말로 표현할 수가 없었다. 그들은 폭격기에서 떨어뜨린 폭탄이 혹시나 잘못 날아와 자기들 머리 위에 떨어지면 죽을 수도 있겠다는 생각이 들자 갑자기 죽음에 대한 공포감이 엄습해 왔다.

아이들의 마음속 깊이 자기도 모르게 똬리를 틀고 있던 그 두려움이 전쟁 구경의 즐거움을 쓸어버리고 그들을 공포 속으로 덮쳐 눌렀다. 그러자 누군가가 갑자기 소리쳤다.

"폭탄이 또 널찔라이.[14] 폭탄 널찌모 다 죽는다-. 도망치자 도망쳐 …."

그 말이 떨어지기가 무섭게 전쟁 구경을 하던 아이들과 동네 사람들은 비명을 지르면서 뒤도 돌아보지 않고 도망치기 시작했다. 그들은 모두가 혼비백산하여 앞뒤 가릴 것 없이 '걸음아 날 살려라'하고 큰골재 아래로 뛰어 내려갔다.

그때까지 바위 밑에 숨어있던 여자아이들이 얼굴이 벌게져서 헐레벌떡 뛰어 내려오는 아이들과 동네 사람들을 보고는 놀라서 바위 밑에서 뛰어나왔다. 그리고 앞장서서 내려오는 상범에게 다급히 물었다.

"상범아! 아까 저 우서 베락 치는 소리보다 억쑤로 더 큰 소리가 들리던디. 그기 무신 소리고?"

"폭탄! 폭탄! 마, 폭탄이 터짔다 아이가? 빨리 도망치라. 안 그러모 폭탄에 다 맞아 죽는다."

큰골재 위에서 터진 폭탄 터지는 소리에 혼이 반쯤 나간 아이들은 서둘러서 풀 지게를 지고 소를 몰아 뒷골 논두렁길을 따라 급히 내려갔다. 그들은 너무도 놀란 나머지 누구도 입을 여는 사람은 없었고, 소 발자국 소리와 아이들의 거친 숨소리만 들려왔다.

이제는 하늘에서 비행기 소리만 들려도 또 폭탄을 떨어뜨리지 않을까 두려워서 모두가 하늘을 쳐다보며 몸을 움츠렸다. 그리고 고삐로

---

14) 떨어질라

소 엉덩짝을 때려 몰아치며 뛰다시피 하여 구랑골 등으로 쫓아 내려왔다. 마음이 약한 도식은 누구보다도 거친 숨을 몰아쉬었다.

도식이 집에 도착하여 불안한 마음으로 소를 몰고 사립문 안으로 들어서니 할아버지가 아래채 마루에 앉아서 긴 담뱃대로 담배를 피우고 있었다. 할아버지도 조금 전에 큰골 쪽에서 들려온 폭탄 소리를 들었던지 약간 상기된 얼굴을 하고 있었다. 할아버지는 도식이 사립문을 들어서는 것을 보고 다급히 물었다.

"도식아, 와, 산에서 무신 일이 있었나? 아적 해도 안 넘어 갔는디 볼 씨로 오냐?"

도식은 불안한 기색을 감추려고 일부러 태연한 척하며 대답했다.

"아인디요, 아무 일도 없었는디요."

할아버지는 도식의 말에 안심되었는지 도식이 몰고 들어오는 소의 옆구리를 찬찬히 살펴보고 나서 말했다.

"그러모 다행이고…. 그런디 소 배가 와 저리 홀쭉허냐? 너 오늘 소 풀을 부지러이 안 밋고나? 소는 머슴 몇 배나 일을 마이 허는 짐승인디, 잘 미 나야 가실에 논일을 잘 허는 기다. 이담엔 부지러이 마이 미 라이."

소는 옆구리와 뒷다리 사이의 뼈가 각이 진 곳에 옴폭 패인 부분의 오른쪽이 물배고 왼쪽이 풀배다. 소가 풀을 많이 뜯어 먹었는지를 아는 방법은 이 왼쪽 부분이 부풀거나 홀쭉한 정도를 살피는 것이다.

도식의 할아버지는 소의 왼쪽 옆구리가 홀쭉한 것을 보고 소가 풀을 얼마나 많이 뜯어 먹었는지를 대번에 알아채고 한 말이었다.

"예, 할아부지. 잘 알겠십니더. 다음부텀 쇠 풀 마이 미 갖고 오겠십니더."

도식은 할아버지의 눈치를 보려고 할아버지 얼굴을 흘깃 훔쳐보았다. 할아버지 얼굴이 담배 연기에 가려서 잘 보이지는 않았지만 동그란 눈과 빛나는 눈동자를 또렷이 느꼈다. 오늘따라 할아버지의 낮지만, 위엄 있는 목소리는 더욱 도드라졌다.

도식은 소를 두엄 밭으로 몰고 가서 고삐를 말뚝에 맨 뒤에 부엌 앞에 있는 우물로 가서 물을 길어 손발을 씻었다.

"도식아, 인자 오냐?"

마루에서 말린 빨래를 개고 있던 할머니가 도식을 보고는 다정하게 물었다.

도식은 쿵쿵거리는 가슴을 아직도 가라앉히지 못해서 할머니의 인사말을 듣는 둥 마는 둥 하고 손발을 씻은 뒤에 갓방으로 들어가 버렸다.

"자가 와 저러내? 산에 소 미러 가서 무신 일이 있었나?"

할머니는 도식이가 젖먹이 때에 어머니가 갑자기 죽어서 동네 젖을 얻어 먹이면서 키운 손자여서 다른 손자들에 비해 항상 애틋한 정을 느끼고 있었다. 그래서 그녀는 도식의 표정만 보고도 무슨 일이 있었는지를 짐작으로 금방 알아차렸다.

할머니는 도식이가 이상하다는 듯이 고개를 갸우뚱하고는 하던 일을 계속했다.

도식은 낮에 산 위에서 전쟁 구경을 한 사실을 할아버지가 알면 위험한 곳에 함부로 구경 갔다고 호되게 꾸중 들을 것을 잘 알고 있었다. 그래서 할머니가 전쟁 구경한 일을 눈치채고 할아버지에게 일러바칠까 봐 할머니 곁을 그냥 지나쳐 버렸던 것이다.

저녁을 먹은 뒤에 머슴들이 마당 한가운데에 모깃불을 피워 놓고 주위에 멍석을 몇 장 펴 놓았다. 몽환네 식구들이 모두 멍석 위에 둘러앉아 부채로 더위를 식히며 환담을 나누고 있었다.

안쪽 멍석에는 도식의 할머니와 어머니, 형수, 여동생과 아이들이 앉고, 바깥쪽 멍석에는 도식의 할아버지, 아버지와 면사무소에 다니는 그의 큰형과 해방 전에 일본에서 살다가 귀국하여 산청에 살면서 피난하려고 와 있는 도식의 당숙도 같이 앉아 이야기를 나누고 있었다.

도식은 낮에 산 위에서 전쟁 구경한 일로 어른들의 꾸중을 들을까 봐 걱정되어 아버지와 할아버지의 눈치를 봐가며, 큰형 옆에 조용히 앉아있었다.

아래 마당에 있는 공노에서는 머슴들이 잿간에 모깃불을 피워 놓고 큰소리로 떠들며 잡담을 나누고 있었다. 다들 오늘 낮에 비행기가 하늘 위를 여러 번 날아다녔고, 폭탄 터지는 소리를 들은 이야기를 떠들썩하게 나누고 있었다.

"에헴, 월운 강 센[15] 게시오."

앞집 상범의 아버지인 할미 김 센이 담뱃대에 담배를 피워 물고 사립문을 들어서면서 저녁 인사를 했다.

---

15) 생원

"할미 김 센, 어서 오시게. 그래 저녁은 묵능가?"

"예, 월운 강 센도 진지 자이십니꺼? 근디 올 낮에 큰골 너매서 폭탄 터지는 소리가 안 들립디꺼? 옛날 어른들 말씸이 대꽃이 피모 전쟁이 난다고 허더마 그 말이 딱 맞내요. 올봄에 월운 강 센 대밭허고 모리 들 대밭 대낭구에 대꽃이 얼매나 마이 핐십니꺼?"

"할미 성님 말이 맞는 갑지예. 전쟁이 나고 폭탄 터지는 소리가 큰골 너매서 들리는 걸 보모 공산군이 볼씨로 하동꺼지 쳐들어왔는 갑십니더."

도식의 아버지 진송이 맞장구를 쳤다.

"오늘 정 때[16] 우리 상범이가 도식이 허고 동네 아들이 큰골로 소 미러 가서 산먼당에 올라가 하동읍에 폭탄 널쭈는 기경을 했다던디, 그야기는 들었능교?"

도식은 드디어 올 것이 왔구나 싶어서 목을 움츠리며 할아버지의 눈치를 살폈다. 그의 예상대로 할아버지가 전쟁 구경 갔던 일에 대해 물었다.

"도식이, 네 이놈아, 오늘 그거 올라가서 폭탄 터지는 기경을 했더냐?"

도식의 대답이 나오기도 전에 아버지 진송이 먼저 꾸중하듯이 물었다. 아버지는 자기가 할아버지를 대신하여 도식을 더욱 엄하게 꾸짖고 있다는 것을 드러내 보이려는 듯이 목소리를 높였다.

"머시 어째? 그리 위험헌 디로 와 갔내? 전쟁터는 사람 목심이 왔다

---

16) 오후

갔다 허는 딘디 전쟁 기경헌다꼬 산먼당꺼지 올라갔단 말이가? 사람 목심 중헌 걸 알아야재. 다시는 그런디 가지 말거라."

"예, 아부지, 다음부터는 조심허겄심더."

도식은 기어들어 가는 목소리로 잘못을 빌었다. 그때 도식의 당숙인 진명이 어색한 분위기를 알아채고는 화제를 돌리려고 궁금한 것이 있다는 듯이 물었다.

"그래, 도식아, 하동읍에 폭탄이 마이 널찌더나?"

"예, 저-, 하동 허고 쇠고개 우는 폭탄을 억쑤로 퍼 부서 쑥대밭이 되능 거 겉었고, 섬진강 다리고 머시고 막 뿌사지던디요."

도식은 할아버지 눈치를 보느라 더듬거리며 말했다. 그 말에 진명이 걱정스런 표정으로 말했다.

"잔아부지, 인민군이 볼씨로 하동읍꺼정 온 모양인디요. 인민군이 곧 여꺼지 쳐들어오겄내요. 그러모 우리는 어째야 헙니꺼? 인민군은 따발총으로 사람을 마구 싸서 아무나 직인다고 허던디요."

진명은 일본 나고야에 살 때 미국 비행기의 폭격 때문에 강제 소개령이 내려 조선으로 귀국했던 일을 또 겪어야 할 것 같은 불안감이 들어서 몽환에게 걱정스럽게 물었다.

"제 놈들이 아무리 무작헌 놈이라고 사람 목심을 파리 목심 치급이야 허겄나? 여는 신작로서도 먼 산꼴작이다 아이가? 폭탄 널쭈는 일은 없을 끼다. 인명은 재천이라 안 쿠더나? 그놈들이 오몬 어쩌능가 두고 보지 머."

진송은 인민군이 하동읍까지 쳐들어왔을지도 모른다는 말에 명교에서 면사무소에 다니는 셋째 동생 진영의 피난 갈 일이 걱정되어 말했다.

"그나저나 낼 아침에 피난 떠날 멩고 동숭은 노랑서 인민군이 도착 허기 전에 부산 가는 배를 잘 구해 탈 수 있을지 모리겠네요."

"멩고[17] 성님이야 일본꺼정 가서 공부허고 온 사람인디. 베미[18] 알아서 잘 허겄십니꺼?"

진명은 일본 나고야에 살 때 같이 공부한 사촌 형인 진영은 걱정 안 해도 될 사람이라고 자신 있게 말했다.

"아까 정 때 피난 간다꼬 아부지께 와서 인사 디리고 곧바로 피난 갔이모 더 좋았일 꺼 아인가? 해서 허는 말이네."

"야들아, 그런 소리 함부로 해쌌치 마라. 먼 길 떠날 사람을 들미 싸모 재수 읎는 기다. 가는 선영이 잘 돌볼낀디 무신 탈이야 있겄나?"

몽환은 모두를 안심시키려는 듯 엄숙한 목소리로 천천히 말했다. 그런데도 다들 두려움 반 걱정 반인 심정으로 전쟁 이야기를 나누면서 밤새는 줄 몰랐다.

오늘따라 뒷산에서 우는 소쩍새 울음소리가 유난히도 멀리까지 퍼져 나가는 밤이었다.

다음 날, 몽환네 집 마당에는 햇볕이 따갑게 내리쬐고 있었고, 그의 식구들은 여느 날과 마찬가지로 고요하고 평이한 농촌생활의 하루를

---

17) 명교
18) 어지간히

시작하고 있었다.

머슴들이 쇠꼴을 한 짐씩 베어다가 두엄 밭에 뿌리고 나서 보리를 말리기 위해 마당에 멍석을 펴고 보리가마니를 등으로 져다 날랐다. 진송과 남자 식구들은 보리가마니의 보리를 멍석에 부어 놓고, 짚 소쿠리로 담아서 멍석마다 나누어 옮겨서 잘 마르게 고무래로 얇게 펼쳐 널었다.

그때 진송의 아내가 식구들을 불렀다.

"도식아, 가서 할아부지 진지 자시러 오시라 캐라. 그라고 모도 다 밥 무로 퍼뜩 오이소."

몽환네 식구들과 머슴들은 더위를 피해 안마당의 아래채 그늘에 멍석을 펴고 밥상주위에 둘러앉아 아침을 먹기 시작했다.

그런데 그 평범한 아침은 평범하지 않은 소란으로 깨지고 말았다. 몽환네 식구들이 밥상에 둘러앉아 밥숟갈을 막 들려고 하는 참이었다. 갑자기 뒤쪽 사립문 밖에서 뭐라고 하는지 알아듣지도 못하는 낯선 사람들의 이상한 말소리가 시끄럽게 들려왔다.

잠시 뒤에 뒷사립문이 열리면서 키가 팔대장승처럼 크고, 머리가 노랗고, 눈이 새파란 군인 열댓 명과 얼굴과 온몸이 새까만 군인 열 명 정도가 피투성이가 된 채 안마당으로 들이닥쳤다.

피부가 하얗거나 새까만 거인들이 총까지 메고 보리를 널어놓은 멍석위로 군화를 신은 채 식구들 앞으로 걸어왔다. 몽환네 식구들은 그 모습을 보고 누구라 할 것 없이 모두 놀라서 두 눈이 휘둥그레지며 온몸이 얼어붙었다.

도식은 한눈에 보아도 그들이 미군 패잔병 같다는 생각이 들었다. 그들 중에는 한쪽 다리에 관통상을 입었는지 피범벅이 된 다리를 옷을 찢어 붕대처럼 동여맨 군인도 있었고, 어떤 군인은 폭탄 파편을 맞고 부상당했는지 팔과 어깨, 허리에 피투성이의 붕대를 감고 있었다. 그들은 부상당한 군인을 서로 껴안거나 부축하며 한꺼번에 마당 안으로 몰려 들어왔다.

그들은 모두 지쳐 있었고, 심한 부상으로 고통을 참지 못하고 신음하며 감나무 그늘이나 안채 그늘과 죽담 위에 아무렇게나 퍼지고 앉았다.

그들의 몰골은 비참하기도 하고 어찌 보면 우스꽝스럽기도 했다. 어떤 미군은 인민군의 눈을 피하려고 긴 다리에 길이가 맞지도 않은 짧은 삼베바지를 걸쳐서 변장했고, 어떤 이는 삼베저고리를 반소매 옷처럼 입고 있었다. 하지만 그들은 비참한 몰골과는 달리 눈빛만큼은 사방을 두리번거리며 경계를 늦추지 않고 번쩍거렸다.

그 모습을 본 여자 식구들은 기겁하여 부엌 안으로 들어가 숨었고, 어린아이들은 너무도 놀라서 갑자기 울음을 터뜨렸다.

몽환네 식구 중에서도 젊은 진송과 그의 사촌 진명, 그리고 도식의 큰형인 현식이 엉거주춤한 모습으로 자리에서 일어났다. 그것은 자신들이 이방인을 맞이해야 할 것 같은 책임감을 느꼈기 때문이다. 너무 낯설어 두렵기까지 한 이방인을 상대하려고 말을 걸었으나, 아무도 말이 통하지 않았다.

미군들은 머슴이 그늘에 펴 준 멍석 위나 마루 그늘에 드러누워 지친 몸을 쉬면서 이제 좀 안심이 되었는지 부상이 덜한 한 병사가 몽환의 식구들 앞으로 와서 영어로 무슨 말을 하였다.

"…"

그러자 도식이 나서서 그들이 하는 말을 이해하려 애를 썼으나 도무지 알아들을 수가 없었다. 중학교에서 영어를 배워 대화가 조금이라도 될 것이라 생각했던 자신이 부끄러웠다.

그래도 도식은 여러 가지 방법을 생각하다 영어사전 생각이 떠올라 사전을 가져와서 그 병사에게 건넸다. 그러자 그 병사는 도식의 의도를 알아차리고 사전을 뒤적이더니 손가락으로 'water'를 가리켰다.

"물, 물!"

하고 도식이 외치자 그의 어머니와 여자 식구들이 바가지와 대접에 물을 떠 와서 머뭇거리며 미군들에게 건네주었다. 그들은 그동안 목이 말랐던지 물을 벌컥벌컥 들이키며 목을 축였다.

그들은 잠시 한숨 돌린 뒤에 한 백인 미군이 도식에게 손짓을 했다. 그는 도식이 가까이 다가가자 뒷산 쪽을 가리키며

"마운틴, 마운틴, 산에 쓰리 먼, 쓰리 먼…"

이란 말을 되풀이했다. 그리고 그는 몸짓을 섞어가면서 영어로 뭐라 설명하려는 듯이 말했다.

미군의 말에 '산'이라는 우리말이 섞여 있었지만, 도식은 모든 어휘가 영어라고 생각해 그 말이 귀에 들어오지 않았다. 도식이 눈만 말똥말똥 뜨고 무슨 말을 하는지 몰라 어리둥절해 하고 있는데 이번에는 그 군인이 서툰 일본말로

"잇지, 니, 산."

하면서 손가락 세 개를 펴 보이고는 두 손으로 자기 다리를 가리키며 다쳐서 붕대를 감는 시늉을 했다. 그리고 뒤쪽 산을 가리키며 걸어가는 시늉을 하였다.

일본에서 살다 온 진명이 그 모습을 보고 군인에게 다가가 일본말로 물어보았다. 그는 서툰 일본말로 저 산 위에 심하게 부상당한 군인이 세 명 있는데 데려와 달라고 부탁했다.

그 군인은 일본 오키나와에서 군 복무를 하던 신병이었는데 그곳에서 일본말을 조금 배워서 진명과 의사소통이 되었던 것이다.

진송은 미군 부상병들을 집으로 데리고 와야 할지를 아버지와 의논했다.

"아부지, 좀 있이모 미군을 뒤따라 인민군이 쳐들어올 낀디 미군 부상삥을 우리 집으로 뎃고 와서 보살피 조도 갠찮겠십니꺼?"

"야아 야, 지나가는 과객도 미고 재와서 보내는 기 촌사람들 전통이고 인심이다. 그런디 사람이 죽어가는 걸 봄시로 가마이 있어서야 데겄나? 아무리 외국 사람이라 캐도 사람 목심이 경각에 달렸고, 이모 우리 집에 미군들이 와 있다 아이가? 우신에 사람부텀 살리고 바야 안 데겄나? 뒷일은 우찌 데더라도 퍼뜩 머심들을 보내서 뎃고 오이라."

"예, 아부지. 알겄십니더."

진송은 머슴들을 급히 큰골로 올려보냈다. 머슴들이 큰골 산자락에 올라가 보니 정말로 부상이 심한 세 명의 미군이 개울가에 쓰러져 신음하고 있었다.

그들은 부상의 고통이 너무 심해서인지 낯선 사람에 대한 경계도 하지 않았다. 힘이 센 큰 머슴은 부상병 중에서 제일 덩치가 큰 미군을 등에 업고 작은 머슴들은 나머지 두 명의 미군을 부축하며 집으로 내려왔다. 그러자 이를 본 미군들이 너나 할 것 없이

"땡큐! 땡큐! 땡큐 베리 머치!"

를 연발하며 눈물을 글썽이기까지 했다.

그런 와중에 몽환의 식구들은 아직도 놀라서 똥그래진 눈으로 미군 쪽을 힐끗힐끗 쳐다보면서 식사를 하였다. 그때 조금 전에 '산'이라는 단어를 썼던 미군이 또 손으로 음식을 먹는 시늉을 하면서 우리말로 떠듬거리며 말했다.

"머글 거, 머글 거…"

도식과 식구들은 우리말을 하는 미군을 보며 어리둥절해 하고 있는데 몽환은 무슨 낌새를 알아챘는지 태연히 지시를 내렸다.

"저놈들이 아무래도 배가 고파 그럴 끼다. 빨리 밥을 챙기주도록 해라."

여자 식구들은 아침밥을 먹는 둥 마는 둥 하고 급히 부엌으로 가서 밥을 다시 짓고 반찬을 차렸다. 그녀들은 미군이 무슨 반찬을 좋아하는지 몰라서 평소에 먹던 김치와 나물, 멸치 젓갈, 된장찌개 등을 반찬으로 준비했다. 그리고 손님을 대접한답시고 멸치 볶음에 고춧가루를 듬뿍 쳐서 급히 만들었다.

밥이 다 되자 밥을 사발이 넘치도록 수북이 담아 밥상을 차려 그들 앞에 내놓았다.

그런데 그들은 웬일인지 아무도 음식을 입에 대지 않았다. 그들이 왜 음식을 먹지 않는지 영문을 몰랐다. 식구들이 어리둥절한 얼굴로 서로를 멀뚱멀뚱 쳐다보고 있을 때 몽환이 나섰다.

그는 그들이 보는 앞에서 음식을 직접 숟가락으로 떠서 입에 넣고 먹으며 괜찮다는 시늉을 해 보였으나 역시 그들은 음식을 입에 대지 않았다.

어떤 미군은 호기심에서 고춧가루가 벌겋게 묻은 볶은 멸치 한 마리를 집어 조심스럽게 혀끝에 대고 맛을 보고는 너무 매워서 질겁하여 눈물을 찔끔거리기도 했다.

여자 식구들이 궁리 끝에 이번에는 삶은 식은 감자를 대접에 담아서 내놓았다. 그런데 그들은 분명히 배가 고파 보이는데 역시 감자를 손도 대지 않았다.

그렇게 어색한 분위기가 계속되고 있는데 어느 한 미군이 식은 감자를 집어 들고 감자 밑에 담뱃불을 가져가서 흔들어 보였다. 그것을 본 진송의 아내가 재빨리 눈치를 채고는 '아매 감자를 데피달라 쿠는 갑다'고 느껴서 감자를 가져가서 뜨겁게 데워서 다시 내놓았다.

그러자 이번에는 그녀의 예감이 적중했던지 미군들이 감자를 손바닥 위에서 식혀 가며 허겁지겁 먹어댔다.

미군들은 감자를 먹고 나서 한동안 휴식을 취한 뒤에 자기들끼리 모여 뭐라고 의논을 하더니, 아까 한국말을 조금 할 줄 아는 미군이 도식에게 다가와서 손짓 발짓을 섞어가며 말했다.

도식은 진명과 같이 간간이 섞은 우리말과 일본말과 영어와 그의 동작을 다 종합해 뜻을 정리해서 그가 말한 내용을 대충 알아차렸다.

그는 부상병 중에서 부상이 너무 심해서 걸음을 걸을 수 없는 미군 한 명과 약간의 한국말을 할 줄 아는 자기만 남고, 다른 미군들은 본대로 귀대한 뒤에 다시 돌아와서 부상병을 데려가겠다고 하였다.

그리하여 그들은 부상이 아주 심한 미군 한 명은 사랑방에 뉘어 놓고, 우리말을 할 줄 아는 미군 한 명만 남고 나머지 미군들은 모두 총을 메고 몽환의 집을 나섰다.

그들은 지소 들판의 논두렁길을 지나 산자락의 좁은 길을 따라 고전국민학교 쪽으로 내려갔다. 그리고 고전국민학교 앞에 있는 신작로를 따라 진교를 거쳐 진주 방향으로 후퇴했다.

몽환의 집에 남은 미군 부상병은 사랑방에 누워서 총상으로 인한 극심한 고통에 신음하고 있었다.

몽환네 가족은 미군 부상병을 간호하면서 생전 처음 들어보는 언어 차이로 인한 의사소통의 어려움이 이만저만이 아니었다.

도식은 이 문제를 해결하기 위해 아버지가 하동장에 갈 때 서점에 들러 한영사전을 사 오게 했다.

그 뒤부터 도식은 이 한영사전을 보며 손짓 발짓을 섞어서 통역하는 일을 도맡아 하게 되었다.

한국말을 좀 하는 미군은 꽤나 낙천적이었던지 부상병을 돌보다가 여가가 나면 연신 집 안팎의 뜨락을 돌아다니며 혼잣말로 지껄였다. 그리고 부엌이나 안방을 기웃거리다가 사랑채 마루에서 담배를 피우고 있는 몽환의 앞에 가서는 긴 작대기를 들고 담배 피우는 시늉을 따라 하였다.

그는 기다랗게 기른 몽환의 수염을 보고는 손으로 자기 턱을 아래쪽으로 쓰다듬어 내리면서 '음매애해해해, 음매애해해해' 하면서 염소 울음소리 흉내를 내어 주위 사람들을 웃기기도 하였다.

점심때쯤이 되자 이상하게 생긴 미군이 웃몰 월운 강 센의 집에 와 있다는 소문을 듣고 동네 사람들이 너도나도 구경하러 몰려왔다.

"참 희한하게 생긴 사람도 다 있데이. 머리카데이가 보리가 익어서 꼬시라진 노란 보릿대 안 겉나? 눈은 와 저리 시퍼렇노? 참말로 요상코로 생겼데이."

모두들 호기심 어린 표정으로 서로를 쳐다보며 떠들썩했다.

점심을 먹은 뒤에 현식과 그의 당숙인 진명이 마당에 널어놓은 보리를 말리려고 멍석 양쪽의 귀퉁이를 잡고 보리를 멍석 한가운데로 끌어 모았다. 그리고 고무래로 얇게 다시 펴서 널고 있었다.

그때 하늘 위로 헬리콥터 한 대가 날아갔다. 그것을 보고는 미군이 급히 두 사람 앞으로 와서

"헬리콥터, 이불⋯."

하고는 하늘에 날아가는 헬리콥터를 가리키며 양팔을 교차하여 흔들면서 팔짝팔짝 뛰는 시늉을 하였다.

'아, 비행기가 날아가면 구조 신호를 보내라는 뜻이구나.'

두 사람은 의논 끝에 그 미군이 하는 행동의 의미를 알아차렸다. 그 뒤부터 그들은 하늘에서 비행기 소리만 들리면 홑이불을 들고 고방의

지붕 위에 올라갔다. 그리고 비행기가 날아간 쪽을 향해 홑이불을 한참 동안 흔들었다.

이불이 세게 펄럭거리자 주변 공기가 터지는 듯 펑펑 소리가 났다. 그런데 연이어 나던 이불이 펄럭거리는 소리가 멈추기도 전에 비행기는 신기루마냥 멀리 사라져버렸고, 그 뒤로 아무런 구조 소식도 오지 않았다.

오후가 되자 부상병의 상처 부위가 더운 날씨에 곪기 시작하면서 고약한 악취를 풍기기 시작하였다. 때는 한창 삼복 더위인지라 총상을 입은 부상병의 상처가 삽시간에 썩어들어가면서 환자의 고통은 더욱 심해지고 있었다.

그런 데다가 피부 썩는 냄새를 맡고 커다란 똥파리가 날아와서 부상병의 상처에 달라붙어 상처를 갉아먹으면서 피부를 간질거리는 바람에 부상병은 더욱 괴로워했다.

몽환이 그 모습을 보고는 사랑방으로 가서 부상병의 곁에 앉았다. 그는 부채를 부쳐 똥파리를 쫓으며 부상병의 더위도 식혀주었다. 미군 병사는 부채 바람이 시원하여 고통이 조금은 사그라드는지 희미하지만 부드러운 미소를 지어 보였다. 몽환은 그 모습을 보고 미군의 고통을 덜어주기 위해 팔을 더 세게 움직여 부채를 부쳤다.

저녁때가 다가오자 미군이 도식에게 와서 손을 입에 갖다 대고 먹는 시늉을 하며 영어로 말했다.

"저녁, 애플…."

도식은 애플이라는 말은 이해했지만 다른 단어는 도저히 알아들을 수가 없어서 아까처럼 영어사전을 다시 갖다 주었다. 그 병사는 수박, 참외, 복숭아, 달걀 등의 단어를 찾아서 차례차례 손가락으로 짚어 보였다.

도식은 미군 병사가 자기들이 먹을 저녁거리를 여러 과일 등으로 구해달라는 것임을 알아채고 할아버지께 말씀드렸다. 몽환은 온 식구들을 동네로 보내서 과일과 수박, 계란 등을 구해 와 그들의 식사문제를 해결해 주었다.

중땀에 사는 고전국민학교 교사인 도식의 막내 숙부인 진철은 평소에 아주 기본적인 응급 약품과 소화제, 주사기, 페니실린 등을 집에 비치해 두고 있었다.

그 까닭은 당시에 시골 마을인 지소동네 아이들에게 부스럼 피부병의 전염이 유독 심했는데 그들을 치료해 주기 위해서였다.

그는 일반인이 주사를 놓는 것이 불법 의료행위인 줄 알면서도 하동에 있는 병원에 가서 간호원에게 주사 놓는 방법을 익혔다. 그리고 그는 부스럼이 심한 동네 아이들에게 무료로 페니실린 주사를 놓아주고 있었다.

진철은 학교에서 퇴근하자마자 큰집에 미군 부상병이 와 있다는 말을 듣고, 의료 기구를 챙겨 큰집으로 갔다. 그는 악취가 진동하는 사랑방으로 들어가 미군 부상병의 상처를 소독하고, 머큐로크롬을 바르고 나서 페니실린 주사를 놓아주었다. 그는 자신이 동네 아이들뿐만 아니라 미군에게도 항생제 주사를 놓게 될 줄은 꿈에도 몰랐다.

진철이 부상병에게 놓아준 페니실린 주사가 효과가 있었던지 미군 부상병의 피부 괴사가 진정되고 상처가 점차 아물어 갔다. 진철은 매일 아침저녁으로 거의 매달리다시피 하여 부상병을 치료해 주었다.

진철은 시간이 지나면서 부상병의 상처에서 젓갈 썩는 냄새 같은 악취가 조금씩 옅어지고, 똥파리의 극성도 사라지자 부상병의 얼굴에 화색이 도는 것을 보았다. 진철은 그 모습을 보고 일면식도 없는 이방인의 치료에 미력하나마 일조를 한 자신의 행동에 작은 보람을 느꼈다. 이 부상병이 단순한 이방인이 아니라 이역만리 타국까지 와서 우리나라 자유를 지키려고 싸우다가 희생당한 고마운 사람이라고 생각했기 때문이다.

현식과 진명은 하늘에 비행기가 날아갈 때마다 지붕 위에 올라가서 교대로 이불을 흔들어 구조를 요청하였으나 미군으로부터 구조 소식은 끝내 오지 않았다.

한편 동네 사람들로부터 들은 소문에 의하면 몽환의 집을 떠나 진교, 진주 쪽으로 후퇴하던 미군들은 모두 전사했다고 하였다. 그들은 몽환의 집에서 나와 후퇴하면서 결과적으로 인민군이 이미 점령한 도로를 뒤따라간 꼴이 되어서 위험에 노출되고 말았던 것이다.

여름이 깊어갈수록 몽환의 집 안마당은 벌겋게 달아오르고 소낙비가 내린 뒤에는 젖어 있던 초가지붕에서 두엄 썩는 냄새가 풍겨 나왔다.

그러던 어느 날 몽환네 가족들에게 아주 안 좋은 다급한 소식이 들려왔다. 공산군이 하동군을 점령한 지 얼마 안 되어 고전면에 치안대가 조직되었고, 곧 지소동네까지 치안대가 들이닥친다는 소식이었다.

만약 몽환의 가족들이 미군을 치료하고 있다는 사실이 치안대에 알려지면 몽환과 그의 가족들은 무사할 수 없을 것이 뻔했다.

몽환은 급히 가족들을 불러 모아 미군 부상병의 처리에 관해 의논하였다. 그들은 의논 끝에 우선 될 수 있는 대로 빨리 미군을 피신시켜야 한다는 결론을 내렸다.

진송이 곰곰이 생각해보니 미군을 피신시키려면 아직 인민군이 점령하지 못한 부산으로 그를 보내야겠다는 생각이 들었다. 그러기 위해서는 사람들이 부산으로 갈 때 주로 이용하는 하동 노량에서 부산으로 가는 배편을 구하는 수밖에 없다고 판단했다.

다음 날, 진송은 아침 일찍 자기 생각을 아버지께 말씀드리고 노량으로 출발하기 전에 도식을 불러 미군들에게 급히 피난가게 된 사정을 설명하게 했다.

진송은 아침을 먹고 나서 서둘러 하동 노량으로 가서 그곳 형편을 알아보았다. 그 결과 하동 노량에서 부산으로 가는 여객선 운항은 이미 끊겼지만, 남해 섬에는 육지로 연결되는 다리가 없어서 아직 인민군이 점령하지 못하여 국군과 경찰이 주둔하고 있다는 사실을 알고 집으로 돌아왔다.

몽환은 아들 진송이 하는 말을 듣고 그를 다시 포구가 있는 하동 노량으로 보내 그곳에서 남해 노량까지 미군 부상병을 수송할 수 있는 배편을 수소문해 오게 했다.

진송은 곧바로 하동 노량으로 가서 마을을 뒤지다시피 하여 배를 가진 어부를 겨우 찾아냈다. 진송은 어부에게 몇 사람을 남해 노량까지 태워다 줄 것을 부탁하였다.

그러자 그 어부는 태우고 갈 사람이 누구냐고 물었다. 진송은 고전면 지소의 자기 집에서 보살피고 있던 미군 패잔병 두 사람이라고 말했다.

그랬더니 어부가 이 동네에도 이미 금남면 치안대가 설치고 다녀서 그런 일은 위험하다고 난감해하며 거절했다. 진송은 통사정을 하여 그 대가는 충분히 보상해 줄 것과 비밀을 꼭 지킨다는 조건으로 미군을 건네다 주겠다는 약조를 겨우 받아낼 수 있었다.

진송이 집으로 돌아오다가 잔너리 앞으로 흐르는 주교천에 이르렀을 때 갑자기 소나기가 내렸다. 진송은 비가 많이 내리면 냇물이 불어나 미군 부상병을 건네줄 일을 걱정하면서 저녁때쯤에야 집으로 돌아왔다.

몽환은 진송이 배를 구해 놓았다는 말을 듣자마자 즉시 머슴 네 사람을 시켜 부상병을 들것에 태워 야음을 틈타 하동 노량으로 이송하도록 했다.

도식이 미군들에게 지금 피난을 가야 한다고 설명하자 그들은 몽환네 가족들에게 "땡큐"를 연발하며 영어로 뭐라고 감사의 인사를 하면서 눈에는 눈물이 글썽거렸다.

그러다가 부상을 입지 않은 병사가 진송에게로 다가가서 감사의 표시로 자기가 가지고 있던 라이터를 선물로 내놓았다. 아마 그는 자기가 줄 수 있는 선물이라고는 그것뿐이라고 생각한 것 같았다.

그리고 나서 그 미군은 진송이 담배를 피우고 있는 담뱃대가 신기했던지 손가락으로 담뱃대를 가리키며

"기브 미."

했다. 도식이 통역을 해주자 진송은 웃으면서 미군에게 담뱃대를 건네주었다. 그러자 또 식사 도구인 젓가락도 달라고 하여 수저 한 벌을 선물로 주었다.

몽환은 큰아들이 미군들을 데리고 피난길에 나설 때 미군들에게 필요한 생필품을 정성껏 챙겨주었다.

진철도 아버지로부터 미군을 부산으로 피난 보낸다는 이야기를 듣고, 미리 준비해 두었던 응급 약품과 페니실린과 주사기 등을 미군에게 건네주며 무사히 고국으로 돌아가기를 빌었다.

미군들은 진철에게도 "땡큐, 땡큐" 하면서 진철의 두 손을 꼭 붙잡고 한참 동안 눈물을 흘리며 무슨 말인지 모를 영어로 감사의 마음을 전하고 하직인사를 했다.

진송은 아버지의 서둘러 미군을 호송하라는 재촉을 받고 쉴 틈도 없이 멀리 노량까지 갔다 오느라 지친 몸으로 또다시 노량으로 가야 했다. 하지만 그는 일체 싫은 내색은 하지 않았다. 그는 아버지가 보이지 않는 곳에서 걸음을 많이 걸어서 알이 밴 다리를 잠시 주무르고는 머슴들을 데리고 집을 나섰다. 다행히 비가 그쳐서 밤길을 걷기가 조금은 수월했다.

진송과 머슴들이 잔너리 앞의 주교천에 다다르자 그날 오후에 내린 소나기로 냇물이 엄청 불어나 있었다. 진송이 횃불을 밝혀 냇물을 살펴보니 평소에 잔물결이 찰랑대며 고요히 흐르던 냇물이 아니었다. 누런 살여울이 여차하면 누런 아가리를 벌려 그들을 집어삼킬 것 같은 괴물처럼 도도하고 세차게 흐르고 있었다.

그런데도 진송은 미군들을 다급히 노량으로 피신시켜야겠다는 조급한 마음에 위험을 무릅쓰고 냇물을 건너려고 했다. 그러자 머슴들이 겁을 집어먹고 선뜻 물속에 들어가려고 하지 않았다.

진송도 들것을 어정쩡하게 메고 냇물을 건너다가 머슴들의 몸이 기우뚱하는 순간에 미군이 들것에서 떨어져 급류에 휩쓸려 갈까 걱정이 되었다.

그래서 진송은 한 가지 꾀를 생각해냈다. 머슴들이 겁먹지 않게 하려고 서로의 몸을 새끼줄로 묶게 했다. 한 사람이 몸의 중심을 잃더라도 다른 사람의 힘으로 버텨내기 위해서였다.

또 미군 부상병도 들것에 새끼줄로 단단히 묶은 뒤에 머슴들이 어깨에 메고 냇물을 건너게 했다. 그렇게 하면 미군이 들것에서 떨어져 나가지 않을 것이라 생각했기 때문이다.

진송이 먼저 바지를 걷어 올리고 냇물에 들어가 보았다. 진송이 냇물 속으로 몇 걸음 걸어 들어가니 냇물이 허벅지까지 차올라 왔고, 세차게 흐르는 살여울에 발바닥 밑의 모래 알갱이가 소르르 빠져나가서 몸의 중심을 잡기가 힘들었다.

그는 자칫 잘못하여 무게 중심을 잃고 넘어졌다가는 세차게 흐르는 냇물의 소용돌이에 말려들어 목숨을 잃을지도 모르는 위험을 느꼈다. 그는 냇물 밖으로 나와서 머슴들에게 단단히 일렀다.

"여보게들, 물살이 너무 세네. 그러니 내 말 잘 듣고 정신 바짝 채리게이. 젤로 명심해야 헐 거는 절대로 냇물에 들어가서 넘어지모 안 데는 기네이. 한 사람이라도 넘어지모 줄로 묶인 다른 사람들도 위험허겄재? 그런깨로 물에서 안 넘어질라 카모 발을 약간 벌리고 발떼죽을 뗌시로 양다리에 힘을 단디 조야 덴데이. 그라고 델 수 있이모 모래보담 자갈을 더듬어 밟음시로 걷도록 허게."

진송의 말을 들은 머슴들은 아직도 두려운 기색이 역력해 보였다. 그 모습을 본 진송은 앞장서서 들것의 장대를 두 손으로 단단히 잡으며 말했다.

"너무 겁 묵지 말게. 내가 앞장서서 물살이 약헌 디로 찾아 건널 낀깨로 걱정 말고 날 따라오게. 촌놈들이 물살을 겁내서야 씨겄나? 자 퍼뜩 들것을 메고 가세."

그제야 머슴들이 진송의 마음을 알았는지 마지못해 움직이기 시작했다. 모두들 바지와 신발을 벗어서 들것 위에 단단히 묶었다. 그리고 진송은 횃불을 밝히고 머슴들과 같이 들것을 메고 냇물로 들어가서 살여울을 헤쳐 나갔다.

그러자 들것에 태운 부상병이 진송과 머슴들이 위험을 무릅쓰고 자기를 구해 주려고 노력하는 것이 고마웠는지 '땡큐'를 연발했다. 부상을 입지 않은 미군도 같이 힘을 합해 부상병의 들것을 떠받치며 냇물을 무사히 건넜다. 모두들 들것을 내려놓고 벗었던 바지를 다시 입고 신발을 신으며 안도의 한숨을 내쉬었다.

진송은 일행의 걸음을 재촉하여 금방 삼내 동네에 이르렀다. 그 동네에 혹시나 있을지도 모를 치안대의 감시를 따돌리려고 사람들의 발자취가 뜸한 샛길을 따라 밤길을 걷느라 발길은 더뎠고 시간도 지체되었다.

대송재를 넘을 때는 신작로를 지나야 했는데 그곳은 인민군의 통행이 잦은 곳이라 더욱 주의하면서 걸어갔다. 이대로 가다가는 고깃배 주인과의 약속시간을 맞추기가 힘들 것 같았다. 진송은 속이 새까맣게 타들어 갔다.

그때 진송의 머릿속에 비록 외국인이긴 하지만 사람의 목숨을 구하려는 강한 의지를 가지고 단호한 목소리로 자신에게 지시를 내리던 아버지의 얼굴이 떠올랐다. 진송은 다시 한번 마음을 다잡고 머슴들을 어르고 달래서 소산 자락의 비탈길을 뛰다시피 내려갔다.

그들이 고깃배 주인과 약속한 장소의 초입에 도착했을 때는 벌써 뿌옇게 새벽의 어둠이 걷히고 있었다.

부두에서 멀리 떨어진 한적한 갯가에 다 와 가자 누가 말을 하기도 전에 모두 긴장한 탓인지 발자국 소리는 어느덧 잦아들었고, 거친 숨소리도 속으로 삼키는지 잘 들리지 않았다. 그들이 바짝 긴장한 것과는 달리 다행히도 전날에 진송에게 배를 빌려주기로 약속했던 어부는 이미 약속 장소에 와서 배를 대놓고 기다리고 있었다.

하지만 어부도 치안대에 발각될까 긴장한 탓인지 눈빛이 번들거리며 사방을 조심해서 살피고 있었다.

진송은 미군 부상병을 부축하여 배에 태운 뒤에 머슴들은 집으로 돌려보냈다. 그는 머슴들에게 집으로 가는 길에 백석 주막에 들러 목이라도 축이라고 제법 큰 돈을 쥐어 주면서 오늘 있었던 일에 대해 당분간 비밀을 지켜줄 것을 신신당부하였다.

진송은 미군 부상병을 보살피며 같이 배를 타고 바다를 건너 남해 노량으로 갔다. 어느덧 날이 밝아오는지 동쪽 하늘의 아침노을이 바다 위를 여느 때보다 더욱 붉게 물들여 오고 있었다. 그러자 진송의 눈에 노를 젓는 뱃사공과 미군들의 얼굴이 점점 더 선명하게 보이기 시작했다.

진송이 미군들의 상태를 살피려고 고개를 돌려보니 그들의 얼굴에는 자신들을 구출하기 위해 헌신적으로 보살펴 준 진송과 그의 가족들에 대한 감명 때문인지 구슬 같은 눈물이 아침노을에 붉은빛으로 반짝이며 두 볼을 타고 굴러떨어지고 있었다.

그들이 벅찬 감정을 가득 담은 얼굴빛으로 진송에게 뭐라고 말을 하는데 진송은 알아들을 수가 없었다. 그래도 진송은 그들의 마음을 알고 있다는 듯이 잔잔한 미소를 던져주었다.

진송은 남해 노량 부두에 정박 중인 아군 경비정으로 가서 경찰을 만나 그간에 있었던 미군 부상병 구출과정을 설명하고 미군을 인계했다.

미군들은 진송과 헤어지면서 무슨 말인지 모르지만, 영어로 계속 이야기를 하며 손을 흔들었다. 그런데 진송의 기억에 남은 말은 그들이 연발해서 말한 '땡큐'라는 단어뿐이었다.

진송은 다시 타고 온 배로 하동 노량으로 건너왔다. 그는 곧바로 신노량 장터로 가서 마치 아침 일찍 장 보러 온 농사꾼처럼 행세했다. 그는 장터에서 미역이나 생선 등을 사서 새끼줄로 멜빵을 하여 등에 지고 집으로 돌아왔다.

그는 이번에 자기가 미군들의 목숨을 구해 주려고 위험을 무릅쓰고 헌신했던 일이 얼마 지나지 않아 자신의 운명을 뒤바꿀 화근이 될 줄은 꿈에도 예상하지 못했다.

하동 전투

6·25전쟁이 발발한 지 채 한 달도 안 되어 북한군 6사단은 대전에서 호남지역으로 거침없이 남침해왔다. 뒤이어 전남 곡성과 구례를 점령하고 섬진강변의 도로를 따라 하동읍을 향해 파죽지세로 쳐내려오고 있었다.

그때 하동읍에서는 6·25전쟁 발발 후부터 후퇴를 거듭하던 아군의 일부 부대가 정래혁 중령의 지휘로 통신수단이 두절된 상태에서 전투태세를 재정비하고 있었다. 그는 하동군청 앞에서 구례에서 후퇴하는 패잔병 300여 명을 겨우 수습하여 집결시킨 뒤에 하동읍 방어태세를 갖추기 시작했다.

하동에는 사나흘 전부터 계속 내린 비로 대부분의 하천이 범람하여 도로에 넘치는 곳이 많았다. 따라서 국군은 차량 기동이 곤란하여 여러 가지로 후방 보급지원에 애로를 겪고 있었다.

그러한 상황에서 정래혁 중령은 곧바로 괴뢰군이 화개와 악양을 지나 하동읍으로 들이닥칠 것을 예상했다.

그는 부하 장병들에게 하동읍으로 들어오는 좁은 길목인 흥룡과 두곡 삼거리의 신작로 위쪽 산등성이에 긴급히 참호를 파고 방어선을 구축할 것을 명령했다.

정래혁 중령은 적의 침투에 철저하게 대비하면서 지원군이 도착하기를 학수고대하고 있었다. 그러나 아군 지원군은 오지 않았고 통신도 두절되어 상부 명령을 하달받지 못해 고립무원의 상태가 되었다.

그날 저녁은 비가 곧 내리려는지 하늘이 잔뜩 찌푸렸다. 게다가 강가에서 으스스한 바람이 불어오고, 병사들이 지키는 참호 주위에는 소름이 끼칠 것 같은 적막이 흘렀다.

하동읍에 지원 병력이 도착하기도 전에 참호 주변에는 땅거미가 지고 있었다. 병사들은 더욱 불안해서 초조해지기 시작했다. 시간이 지날수록 병사들의 불안감은 점점 더해 갔다.

참호 주위의 적막이 던져주는 두려움이 병사들의 가슴속으로 파고들면서 참을 수 없는 고통으로 다가왔다.

밤이 깊어가자 풀벌레 소리도 잦아들었다. 그때 어둠에 잠긴 신작로를 응시하며 참호를 지키던 한 병사가 극도의 공포감을 이기지 못하고 갑자기 소리쳤다.

"적군이다!"

그 병사는 앞뒤 가릴 것도 없이 신작로 위로 수류탄을 던졌다. 2~3초 뒤에 '쾅!'하는 소리와 함께 신작로 위에서 섬광이 번쩍이며 수류탄이 터졌다. 그러자 참호에 있던 병사들이 모두 놀라 수류탄이 터진 곳을 향해 정신없이 총을 난사하기 시작했다.

이러한 와중에도 정래혁 중령은 어떻게든 혼란을 수습하기 위해

"적의 동태를 확인하고 대응 사격하라!"

큰소리로 명령했다. 그러나 그의 부하들은 개전 이후 계속된 패전으로 후퇴만 거듭하고 있던 패잔병들이라 적에 대한 공포감이 극에 달하고 있었다. 이로 인해 침착하게 대응하라는 지휘관의 필사적인 노력에도 불구하고 전열이 흐트러지기 시작했다. 총을 쏘다가 스스로 놀라 혼비백산하여 참호에서 뛰어나와 도망치는 병사가 갑자기 늘어나고 있었다.

이에 정래혁 중령은 부하들을 수습하는 것을 포기하고 하는 수 없이 십여 명의 잔여 부하를 거느리고 자정이 되기도 전에 하동을 버리고 후퇴를 감행했다.

그들은 비파삼거리에서 횡천과 북천을 거쳐 진주로 향하는 2번 국도와 진교 곤양을 거쳐 진주로 향하는 지방도를 두고 어느 방향으로 후퇴할까 망설였다. 그러다가 아무래도 국도가 도로 정비가 잘 되어서 장마로 인한 도로 파손이 적을 것으로 예상하고 횡천 쪽의 국도를 따라 진주로 후퇴해 버렸다.

사실 비파삼거리 바로 위에 있는 쇠고개는 괴뢰군이 전남의 구례와 순천, 광양 쪽에서 경남으로 쳐들어오기 위해서는 꼭 거치지 않으면 안 되는 군사요충지였다.

쇠고개는 하동읍에서 적량면으로 넘어가는 길목인데 이곳에 방어

선을 구축하면 소수의 병력만으로도 적군의 대규모 침투를 충분히 막아낼 수 있는 천혜의 군사요충지였다.

우리 국군이 이렇게 어처구니없는 방어 작전을 펴게 된 원인은 파죽지세로 남하하는 괴뢰군들에게 밀려 다급하게 후퇴하느라 군 정보통신이 두절되어 군부대 간의 정보교환을 통한 연합작전을 펼 수 없었기 때문이다.

이리하여 아군이 경남지역을 방어할 가장 중요한 군사요충지를 공산군의 수중에 그냥 넘겨주고 말았다.

한편 육군참모총장을 지냈던 채병덕 장군은 이미 하동이 적의 수중에 들어간 사실을 모르고 한·미 연합군을 지휘하여 하동 전선을 방어하기 위해 하동읍으로 진군해 오고 있었다.

6·25전쟁 당시에 육군참모총장이었던 그는 전쟁이 발발한 지 며칠도 안 되어 대한민국의 심장인 수도 서울을 적에게 빼앗기고 말았다. 그리고 거듭되는 패전에 대한 책임을 물어 육군참모총장 직에서 해임되었다.

그로 인해 그가 실의에 빠져있을 때 이승만 대통령으로부터 하동방어 전선에 직접 참전하여 작전을 수행하라는 문책성 참전명령이 떨어졌다.

채병덕 소장은 이처럼 막중한 작전 임무가 그에게 부여되자 7월 24일에 즉시 진주로 부임했다. 그런데 그에게는 지휘할 병력도 무기와 군장비도 없었다. 그는 하는 수 없이 보좌관으로 하여금 하동에서 후퇴하는 패잔병을 수습하도록 명령했다.

그리고 진주에 급파된 미군 제29연대를 찾아가서 연대장 무어 대령을 만나 자기의 지위와 상부로부터 하달된 군사고문 자격으로서의 동 부대의 지휘권을 통보했다. 그리고 하동방어의 중요성을 역설하고 방어 작전을 협의했다.

그는 본대로 돌아온 즉시 하동 전선의 급박한 전황파악에 나섰다. 그는 하동읍을 방어하다가 이미 지프를 타고 진주로 후퇴해서 대기 중이던 정래혁 중령을 대동하고 진주에서 출발하여 진흙탕 길을 달려 하동 전선의 현지정찰에 들어갔다.

그는 하동읍의 입구인 쇠고개에 이르러 지프에서 내려 북쪽으로 산 등성이를 따라 올라가서 하동읍을 한눈에 내려다볼 수 있는 181고지 아래의 작은 산봉우리에 도착했다.

그는 이곳에서 군사지도와 현장을 대조해 가며 지형을 살펴본 결과 하동을 방어하기 위해서는 하동읍에서 시가전을 펼치는 것보다 하동 과 적량 사이에 있는 비파삼거리 위의 쇠고개에 방어선을 펼치는 것이 승산이 있다고 판단했다.

그는 정래혁 중령이 하동에서 후퇴한 뒤에 하동읍이 적의 수중에 떨어진 상황을 모르고 있었다. 그때는 이미 북한군 지휘관이 181고지 에 올라와서 하동읍 주위의 지형을 염탐한 뒤에 야영지로 돌아가 국 군과의 하동 전투에 대비한 군사 작전계획을 세우고 있을 때였다.

그러한 사실을 전혀 모르고 있던 채병덕 소장은 이곳을 적군으로부 터 반드시 사수하여 경남을 방어하는 혁혁한 전공을 세워 전쟁발발

초기에 당한 수모를 만회해야겠다고 결의를 다졌다.

채병덕 소장이 현지정찰에 열중하고 있을 때 그와 동행하면서 적정을 살피고 있던 정래혁 중령이

"제가 이곳에 남아 정보를 수집하면서 후퇴하는 아군을 수습하여 방어태세를 갖추겠습니다. 장군께서는 진주에 있는 본대로 귀대해 하동수복을 위한 작전계획을 수립하시어 대책을 강구하시지요."

라고 보고하자 채병덕 소장은 이를 쾌히 승낙하고 진주 본대로 돌아갔다.

채병덕 소장은 진주 본대에서 즉시 하동 수복 작전계획을 수립했다. 그는 다음 날 꼭두새벽에 패잔병으로 조직된 1개 대대 규모의 전투부대를 군용 트럭과 지프 등에 나누어 태우고 진주에서 출발했다.

며칠 전에 내린 폭우로 도로 위에는 토사가 흘러내려 진흙탕이 되어 있었다. 이로 인해 군용차량의 바퀴가 빠지거나 군용장비를 실은 차량이 굴러 내린 바윗덩이에 가로막혀 진군하는 데 애를 먹었다.

게다가 남강의 합수머리에 있는 너우니 다리는 비가 많이 오면 물에 잠기는 잠수교였는데, 이미 불어난 강물이 다리 위를 넘치고 있었다. 이로 인해 차량과 군수 장비 및 병사들의 이동에 큰 장애가 되었다. 채병덕 장군은 휘하부대를 진두지휘하여 난관을 뚫고 겨우 너우니 다리를 건넜다.

채병덕 장군의 전투부대는 전방에 매복해 있을지도 모르는 적군에 대한 수색을 병행하면서 진군해야 했기 때문에 진주에서 수 킬로미터

밖에 안 되는 완사 인근에 이르렀을 때는 이미 해가 서산으로 기울고 있었다.

설상가상으로 완사에서 남강 지류인 덕천강을 건너야 하는데 이곳에는 아예 다리가 없었고, 강물은 이미 군인들의 무릎 위까지 차오른 상태였다.

군인들은 하는 수 없이 차에서 내려 완전무장을 한 상태로 장비를 짊어지고, 워커 구두를 신은 채 강을 건너야 했다. 강을 건너던 군 트럭이 강 중간에서 바퀴가 강바닥에 빠지면 군인들이 힘으로 밀어서 도강해야 했기 때문에 애로가 이만저만이 아니었다.

채병덕 소장은 덕천강을 건넌 뒤에 진군을 계속하여 원전에서 야영하였다. 이곳에서 채병덕 장군은 하동 전선에 남아서 전황을 정찰한 뒤에 수십 명의 아군 패잔병을 수습하여 돌아온 정래혁 중령과 만났다. 그는 비로소 이미 하동이 적의 수중에 넘어갔다는 사실을 알게 되었다.

채병덕 소장은 이곳에서 뒤따라 도착할 예정이었던 미 제29연대의 본대 병력과 뒤에 진주에 급파된 제30연대 병력이 도착하는 대로 합세하여 하동으로 진격할 한·미 연합 작전계획을 세웠다.

그가 군사용 지도를 살펴보니 원전에서 하동으로 가는 2번 국도 외에 곤양, 진교를 거쳐 하동으로 가는 지방도로가 하나 더 있었다. 그는 아군이 2번 국도를 따라 하동으로 진격했을 때 만일 적군이 하동 입구의 비파삼거리에서 진교, 곤양의 지방도로를 우회하여 원전삼거리에서 아군의 퇴로를 차단하면 적에게 포위되어 전멸당할 수도 있다고 판단했다.

다음 날, 채병덕 소장은 미군 지휘관과 작전회의를 하여 하동 진격작전을 다시 수립했다.

채병덕 소장이 이끄는 부대는 제30연대 제3대대와 합세하여 북천과 횡천으로 통하는 국도를 따라 하동으로 진격하고, 미 제29연대는 무어 대령의 지휘 하에 원전에서 곤양 쪽의 지방도로를 따라 하동으로 진격하기로 했다.

채병덕 소장의 휘하부대는 미군 제30연대 제3대대와 동시에 원전을 출발하여 황토재를 넘어 횡천에 도착하여 횡천국민학교와 인근 냇가에서 야영하였다.

다음 날 아침, 채병덕 소장과 동행중인 미 제30연대 제3대대장 모트 중령은 부하 장교의 전황 보고를 받고 곧바로 휘하부대를 이끌고 야영지를 출발하여 하동으로 진격했다.

채병덕 장군은 쇠고개의 고갯마루에 이르러 하동읍에서 비파삼거리에 이르는 도로와 그 주변의 적정을 살펴보았다.

때는 7월이라 신작로 아래의 들판은 볏논에 한창 물을 대고 있는 시기여서 탱크나 중장비가 다닐 수 없는 지형이었다. 따라서 적군의 주력부대는 반드시 하동읍에서 비파로 이르는 도로와 그 우측 산자락을 따라 쳐들어오리라는 것을 직감적으로 예측할 수 있었다.

채병덕 소장은 전날 하동읍 주위의 정세를 파악하기 위해 올라갔던 북쪽 능선 위를 망원경으로 살펴보니 공산군이 이미 181고지에 진지를 구축하고 대포와 따발총으로 무장하여 전투태세를 갖추고 있는 모습이 보였다.

채병덕 장군이 적정을 살피고 있을 때 미군 대대장 모트 중령과 대대참모들이 쇠고개로 올라왔고, 뒤이어 부하 장교들도 뒤따라 올라왔다. 채병덕 소장은 이들과 즉시 임시 작전회의를 열고 나서 중대장에게 명령을 내렸다.

"주력부대는 전투태세를 갖추고 쇠고개 마루의 양쪽 능선에 배치하라. 오전 10시경에 미 공군의 공습 지원사격이 있을 예정이다. 그것을 작전개시 신호로 삼아 제1중대는 도로를 따라 엄호사격을 하면서 하동으로 진격하라."

그런데 이곳은 공산군이 이미 북쪽에 진지를 구축한 181고지에서 빤히 내려다보이는 곳이었다. 따라서 아군 참모들과 지휘관이 한 곳에 모여 작전회의를 하는 모습이 적에게 그대로 노출되고 있었다.

오전 10시가 다 되어갈 무렵 미군 폭격기 편대가 날아와서 하동읍의 공산군 진지와 181고지를 향해 공습을 가하기 시작했다. 미 공군의 공습개시를 신호로 아군 제1중대는 미 공군과 쇠고개 능선에 배치한 아군으로부터 엄호사격을 받으며 하동으로 진격을 개시했다.

그러자 공산군이 쇠고개 위쪽의 181고지에서 아군을 빤히 내려다보면서 대포와 직사포로 집중사격을 가해왔다. 그리고 181고지 아래의 능선을 따라 미리 매복해 있던 괴뢰군이 참호에 몸을 숨기고 따발총으로 사격하며 저항하고 있어서 아군은 더는 진격할 수가 없었다. 시간이 흐를수록 아군은 고전을 면치 못하였고, 쇠고개의 양쪽 능선에 발목이 잡혀서 진지를 사수하는 데에만 급급하였다.

얼마간의 시간이 흐른 뒤에 미군 대대장 모트 중령은 하동 쪽에서 도로를 따라 쇠고개 쪽으로 1개 대대 규모의 적이 2열 종대로 진군하여 접근해 오고 있는 것을 발견했다. 그는 즉시 부하 장교에게 부대원들의 경계태세를 더욱 강화하라고 지시하였다.

이때 채병덕 소장도 쇠고개에서 쌍안경으로 아군을 향하여 진군해 오는 적군을 목격하고 적의 동태를 예의 주시하고 있었다. 그런데 그가 적군의 복장을 확인해 본 결과 뜻밖에도 그들은 아군복장을 하고 있었으며 M1 소총을 메고 행군해 오고 있었다. 채병덕 소장은 순간적으로 착각을 일으켰다.

'만일 저들이 미처 퇴각하지 못한 아군이면 어쩌나? 그렇지 않아도 아군병력이 부족한 상황인데, 좀 더 가까이 오면 군호로 피아를 구분한 후에 응사하기로 하자.'

그는 결심을 굳힌 뒤에 아군의 사격을 멈추게 하고 그들이 다가오기를 기다렸다. 아군복장의 군대가 가까이 오자 아군병사가 그들을 향해 비밀군호를 큰소리로 외쳤다.

"여기는 금오산, 여기는 금오산, 군호를 대라. 오바."

그런데 아군의 군호가 떨어지기가 무섭게 도로 위를 행군해 오던 군인들은 응답 대신에 갑자기 길바닥에 포복 자세로 엎드렸다. 그러고는 아군을 향해 일제사격을 가해왔다.

이들은 아군을 속여서 아군 진지 가까이 접근하기 위해 이미 약탈한 아군복장과 M1 소총으로 아군 패잔병처럼 위장하여 진군해 온 적군이었다.

적군의 사격개시와 동시에 비파삼거리 도로 아래에 잠복하고 있던 T-34 탱크 4대가 갑자기 나타나 포격을 가하며 진격해 왔고, 패잔병으로 위장했던 괴뢰군은 탱크의 엄호사격을 받으면서 삽시간에 쇠고개 위를 향해 돌진해 왔다.

불의에 기습공격을 당한 아군은 혼란에 빠졌고, 그런 와중에도 아군은 즉시 응사를 재개했다. 적군은 교활하게도 별 계급장을 단 모자를 쓴 지휘관을 향해 집중사격을 가해왔다.

채병덕 소장은 불행하게도 이들이 쏜 총탄을 미처 피하지 못하여 두부에 관통상을 입고 그 자리에서 즉사하고 말았다. 이와 동시에 그의 옆에 있던 미군 모트 중령과 동료 장교들도 중상을 입었다.

이리하여 이곳 쇠고개에서 대한민국 국군 창설 이래 육군참모총장이 전사하는 최대의 비극적인 사태가 일어났던 것이다.

하동 전투에 참전한 북한군 장교는 북한 제6사단장 김영춘 소좌였다.

그는 일제강점기에 황해도 해주의 어느 가난한 농부의 아들로 태어났다. 그의 집은 너무도 가난하여 그가 어렸을 때는 끼니도 제대로 잇지 못할 정도였다.

그는 청년으로 성장한 뒤에도 일본인들의 식민통치로 인한 수탈과 착취 때문에 가난에서 벗어나지 못하였다. 그는 생계를 해결하기 위해

해주 부둣가에서 하역작업이나 막노동을 하다가 중국을 오가는 화물선을 타게 되었다.

그가 탄 배가 상해에 정박하고 있을 때 동료 선원들과 같이 부둣가에 있는 어느 선술집에 들렀다가 우연히 옆자리에서 술을 마시던 조선인 남자를 만나 사귀었다.

그러던 어느 날, 김영춘은 그 남자와 서로의 과거를 이야기하다가 자기는 고향에서 일본인들의 탄압과 수탈로 인한 가난을 견디지 못하여 하는 수 없이 배를 타게 되었다는 사연을 이야기했다.

그랬더니 그 남자는 자기는 조선의열단 출신의 독립군이라고 소개했다.

그 남자는 일본인들에 대한 적개심으로 가득 차 있던 김영춘의 젊은 가슴에 불을 붙였다. 그때부터 김영춘은 조국 독립운동에 참여하여 뜻있는 인생을 살기로 결심했다.

김영춘은 그 남자를 만나 교류한 지 얼마 안 되어 동료 선원들에게는 아무런 말도 하지 않고 배에서 내렸다.

김영춘은 그 남자를 따라 조선의열단에 들어갔다가 후에 중국 화북지대에서 활약하던 조선독립동맹에 가입하게 되었다. 그는 그때부터 생전 처음 들어보는 공산주의 사상에 물들어서 공산주의 혁명의 성공이 곧 조국 독립이라는 인식이 몸에 배기 시작했다.

그는 중·일 전쟁 중에 모택동의 팔로군과 합동으로 일본군과의 태항산 전투에 참전하여 전쟁경험을 쌓았고, 그 뒤에 중공 팔로군에 들어가서 항일전쟁에 참전하기도 했다. 그러는 동안 그는 철저한 공산주의

자가 되어갔다.

그러다가 그는 제2차 세계대전이 끝난 뒤에 중국에서 벌어진 약 3년에 걸친 국·공 내전에 팔로군으로 참전하여 무공을 세워 실전경험을 갖춘 유능한 군 지휘관이 되었다.

그는 국·공 내전에서 모택동이 승리하여 소련에 이어 중국도 공산국이 되자 전 세계가 공산화될 것으로 확신하게 되었다.

중국이 공산화되자 이에 고무된 김일성도 남한을 적화통일하기 위한 남침 준비에 박차를 가했다. 김일성은 중국 모택동에게 북한 공산군의 조직과 군사훈련을 위해 팔로군에 속한 조선인 출신의 군대지원을 요청했다.

이때 김영춘은 조국 인민해방의 부푼 꿈을 안고 자원해서 북한으로 귀국하여 북한 인민군에 편입된 뒤에 신병 군사훈련 교관으로 발탁되었다. 그는 교관이 되고 나서 북한 공산군 신병들에게 투철한 공산주의 사상교육을 하면서 중국에서 쌓은 실전경험을 살려 군사훈련을 철저하게 시켰다.

6·25전쟁이 발발하자 38선 전투에서부터 참전한 그는 혁혁한 전공을 세우며 서울을 거쳐 전라도 전선을 휩쓸고 남침해 온 유능한 북한 공산군 지휘관이었다.

채병덕 장군은 1937년 일본 육군사관학교를 졸업한 후에 일제 패망 당시 육군 포병 중좌로 경기도 부평에 있는 육군조병창공장에서 근무했다. 그는 해방 후에 장사하다가 미군정하에 설립된 군사 영어학교에 들어갔다.

미군정에서 군사 영어학교를 설립한 것은 앞으로 창설될 국군의 군 간부 양성을 위해서였다. 그러므로 이들은 장차 우리나라 국군의 모태가 될 국방경비대의 중요한 군 간부가 될 사람들이었다.

그러함에도 미군정은 북한에 진주한 소련군과 마찬가지로 자국의 이익을 위해 행정업무를 처리했다. 미군정은 일제에 핍박받아 왔던 조선인들의 고충이나 민족 정서를 무시한 채 행정 편의주의적 발상으로 일본군 출신도 군사 영어학교 입학생으로 선발하려고 했다.

미군정의 더욱 황당한 정책은 입학자격을 장교나 군 사관경력이 있는 자로 제한했던 것이다. 실제로 우리나라 독립을 위해 평생을 몸 바쳐 활동한 독립군이나 광복군 출신들은 공인된 군 사관경력을 입증하기란 거의 불가능한 일이었다. 그러므로 일본군 장교 출신들이 입학조건에 당연히 유리할 수밖에 없었다.

이에 반발한 광복군 계열의 지원자들이 광복군의 정통성을 이어받아야 한다는 명분론을 내세워 군사 영어학교 응모에 소극적으로 임하다가 그중 소수만이 입교하게 되었다. 그 바람에 결국 군사 영어학교에 입교한 학생의 대다수가 일본군과 만주군 출신들로 채워지고 말았다.

결국, 미군정이 우리나라 국군의 모태인 국방경비대를 창설하면서 대부분을 친일파 출신의 군인들로 조직하게 되었다.

1946년 1월 15일에 채병덕은 군사 영어학교를 졸업한 후 바로 정위(正尉: 현재의 대위)로 임관되어 장교로 군 생활을 시작했다.

그 후에 1948년 8월 15일 대한민국 정부가 수립되어 이승만 정권이 들어서면서 이승만 정부는 미군정이 이미 조직해 놓은 군대조직을 그대로 인수하게 되었다.

거의 일평생을 조국독립을 위해 투쟁해 왔던 이승만 대통령은 친일청산을 하고 애국지사들을 중심으로 군대조직을 구성하려고 하였다.

그런데 미군정이 이미 군대조직 대부분을 친일파 인사들로 구성해 놓은 상태였다. 그가 이를 무시하고 군대조직을 애국지사를 중심으로 새로운 인물로 대체하려고 해도 불행히도 이들 중에는 군을 지휘하거나 행정업무를 수행할 수 있는 능력과 경험을 갖춘 인재가 절대적으로 부족했다.

설령 그런 인재가 충분했다 하더라도 친일조직을 애국지사로 교체하기 위해서는 장기간의 국내정치 안정이 필요했다. 그런데 대한민국 정부가 수립되기도 전에 남로당이 일으킨 제주 4·3 사건은 아직도 진압되지 않고 있었고, 국내에서는 좌우 이념대결로 인한 정치 혼란이 계속되고 있었던 것이다.

더구나 대한민국이 독립한 시기의 아시아 국제정세는 이승만 대통령을 더욱 친일청산을 할 수 없는 극한상황으로 몰아가고 있었다.

제2차 세계대전 후에 세계 최강인 미국의 지원을 받은 강대국 중국이 막강한 군대와 무력을 보유하고 있었으면서도 일본군이 버리고 간 구식 무기나 군 장비로 무장한 모택동의 공산세력에 패망하여 중국본토를 잃고 대만으로 탈출하는 국제 세력 판도의 대변동이 일어났던 것이다.

이승만 대통령은 해방 후에 한국의 어떤 정치인보다도 서구의 국제정세와 볼셰비키 공산혁명 사상의 허구와 위험성을 잘 알고 있었다.

그는 소련을 중심축으로 한 공산세력이 강력한 원심력으로 팽창한다면 중국 다음의 희생양은 반드시 대한민국이 될 것이라고 확신하고 있었다.

이에 더하여 국내에서는 이승만 대통령이 국내 공산세력의 준동을 막고 국방력 강화를 위해 동분서주하고 있던 대한민국 정부 수립 초기에 그의 국방정책에 치명타를 입혔던 여순사건이 일어났다. 이것은 대한민국 정부의 존립 자체를 위협할 수 있는 충격적인 중대 위기사태였다.

이승만 대통령은 '우리나라도 장개석의 국민정부처럼 국군 내부에 침투한 공산세력에 의해 무너지는 것이 아닌가?' 하는 극도의 위기의식을 가지게 되었다.

따라서 그에게 있어서 국군장병이나 장성들에게 무엇보다도 중요한 첫째 요건은 공산주의 사상에 물들지 않고, 공산주의 사상에 대항할 수 있는 백신과 같은 강력한 의지와 체질을 가진 군인이 절대적으로 필요했던 것이다.

이러한 시기에 이승만 대통령에게 중국의 국·공 내전에 참전하여 실전 경험을 쌓은 팔로군 출신의 조선 군인들이 북한으로 돌아와서 북한군의 군사훈련을 시키고 있다는 정보가 들어오고 있었다.

이제 그에게는 시간이 없었다. 이미 군 조직을 거의 장악하고 있는 일본군 출신 장교들을 광복군 출신이나 애국지사로 교체할 시간이 없었던 것이다.

그런데 이승만 대통령은 조국을 배반하고 일본 천황에게 충성을 맹

세했던 일본군 출신 장교들의 약점을 활용하여 그들이 일제에 충성하며 저지른 죗값을 치르게 하는 대신에 공산군을 퇴치하는 데 공을 세워 개과천선하게 하는 것이 일석이조라고 생각했다.

그리하여 이승만 대통령은 미군정이 중용했던 일본군 출신의 장교들을 다시 중용하게 되었고, 이에 따라 채병덕은 1948년 8월 16일에 대한민국 정부가 수립되자마자 젊은 나이에 통위부 참모총장에 임명되었다.

뒤이어 그는 1949년 5월에 제2대 육군총참모장이 되었고, 그다음 해에는 제4대 육군총참모장 겸 육해공군총사령관으로 임명되었던 것이다.

그러나 그는 야전군 실전경험이 없는 젊은 일본군 출신의 참모총장으로서 취약점이 드러나기 시작했다. 그는 취임 초기부터 여러 차례에 걸쳐 북한의 남침 정보를 접하고도 철저한 경계태세를 갖추지 않았다.

그리고 그는 중요한 북한의 남침 정보를 무시하고 6·25 발발 전날인 1950년 6월 24일에 전방 지휘관들의 인사이동을 단행하는 치명적인 실수를 범했다. 마치 전쟁에 임하는 장수가 말을 갈아탄 꼴이 되어버려서 개전 초기에 극심한 지휘체계의 혼란을 가져오고 말았던 것이다. 이로 인해 6·25전쟁의 개전초기에 수도 서울이 사흘 만에 함락되고 연이어 패전을 거듭하게 되었다.

6·25가 발발한 지 사흘 만에 그의 섣부른 판단으로 한강철교를 폭파하고 수도 서울이 적의 수중에 넘어가자 맥아더 장군의 강력한 경질 요구로 그는 6·25 전쟁이 일어난 지 닷새 뒤인 6월 30일에 육군참모총장직에서 해임되어 경남 지구편성군사령관으로 좌천되었다.

그가 좌천된 뒤에도 전쟁 상황이 계속 악화되어 경남까지 적의 수중에 떨어질 위기에 처하자 이승만 대통령은 1950년 7월 23일 채병덕에게 전쟁 초기에 서울을 잃고 중대한 패전을 당한 책임을 물어

"전남에서 경남으로 진입하는 적을 막고 패퇴 중인 아군 패잔병을 수습하라. 선두에 서서 독전하여 격퇴하라."

는 명령을 내렸다. 채병덕은 대통령의 명령을 받고 직접 출전하였다가 7월 27일 하동 쇠고개에서 인민군 6사단의 위장 전술에 걸려들어 전사했던 것이다.

그러나 그는 제2차 세계대전 후에 국제세력 판도의 재편성 과정의 소용돌이에 희생된 불운한 국군 장성이었다. 그가 아무리 북한의 남침 정보를 정확하게 파악하고 완벽한 대비책을 수립했더라도 전쟁 초기의 참패는 면하지 못했을 것이다. 아마도 그 자리에 누가 있었더라도 마찬가지였을 것이다. 그만큼 북한의 전쟁 준비는 치밀했고 소련제 탱크로 무장한 공산군의 무력이 강력했기 때문이다.

그는 이러한 불리한 전황 속에서 이승만 대통령의 명령을 받고 하동 전투에 다시 참전하여 용감하게 싸워 전쟁 초기의 실패를 만회하려고 했다. 그러나 혁혁한 무공을 세워 명예를 회복하려던 그의 꿈은 적군의 집중사격을 받고 전사함으로써 물거품이 되고 말았다.

7월 24일 북한군 김영춘 소좌는 하동을 점령한 즉시 하동읍의 목고개에 있는 소전 뒷산을 미군의 공습에 대비한 은폐물로 삼아 참호를 파고 야영을 했다. 다음 날, 그는 아침 일찍 작전참모를 대동하고

하동읍에서 적량으로 통하는 사람과 가축만 다닐 수 있는 좁고 가파른 고갯길을 따라 하동읍의 동쪽에서 가장 높은 181고지로 향했다.

그는 181고지에 올라가서 군사지도를 펼쳐놓고 지형지물과 교통망을 조사했다. 그는 중국에서 항일 독립전투와 국·공 내전에 참전하여 쌓은 실전 경험과 예리한 판단력을 총동원하여 치밀한 작전계획을 세웠다.

그는 쇠고개 아래에 있는 비파삼거리가 전라도에서 경남으로 통하는 유일한 통로로서 적군이 하동수복을 위해 반격해 올 경우 반드시 이곳을 통과하리라는 것을 예측했다. 그리고 이곳을 방어하기 위해서는 쇠고개의 북쪽에 위치한 181고지와 주변 능선을 따라 방어진지를 구축하는 것이 군사작전을 펼치기에 유리하다고 판단했다.

그는 적군의 주력부대가 반격해 온다면 비교적 도로관리가 잘 되어 있는 횡천, 적량에서 하동읍으로 통하는 국도로 쳐들어올 것으로 예측했다. 그리고 적군이 진교면을 거쳐 고전면에서 하동읍으로 통하는 지방도로를 따라 반격해 올 경우에 대한 대비책도 세웠다.

181고지에서 횡천에서 넘어오는 국도 주변의 지형을 살펴보니 쇠고개 동쪽 수백 미터 건너편에 조그만 고개 위로 도로가 나 있었다. 이 고개가 퐅밭골고개다. 그는 181고지 조금 남쪽의 능선에 직사포를 설치하면 고개를 넘어오는 적의 군 장비와 차량을 명중시키기란 식은 죽 먹기보다 용이한 지형임을 파악했다.

그는 즉시 181고지의 조금 남쪽에 있는 능선에 참호를 파고 직사포를 설치한 뒤에 퐅밭골고개를 향해 발사 방향과 각도를 미리 조준해

놓도록 했다. 또한, 포진지 주위로 참호를 지그재그형으로 길게 파서 미군의 공습에 대비해 적기가 날아오는 방향에 따라 공습을 피할 수 있는 방책도 마련해 두었다.

그는 곧바로 본대로 돌아왔다. 그는 호리호리한 체구에 날카로운 눈빛을 번득이며 카리스마가 넘치고 있었다. 그는 지휘봉으로 지도를 가리키며 수하 장교들에게 자세하게 작전명령을 내렸다.

중국에서 겪은 오랜 전투경험에서 우러나오는 그의 말에는 모든 부하 장병들을 압도하는 위엄이 있었다. 그리고 공산 혁명군으로서의 굳은 의지로 작전 지시를 내리는 그의 날카로운 눈빛 속에는 살기가 배어 있었고, 입가에는 뭔가 알 수 없는 얼음장 같은 차가운 미소가 흘렀다.

국군으로 위장한 북한군 제3대대가 비파삼거리의 채병덕 장군을 집중사격으로 사살한 뒤에 제1대대와 합세하여 비파삼거리에서 4대의 탱크를 앞세워 포격과 총격을 가하며 쇠고개로 진격해 갔다. 그리고 북한군 제2대대는 우측 산비탈로 쳐들어 올라오는 모리스 소대와 접전을 벌이며 치열한 백병전이 전개되었다.

그런데 쇠고개 전투에 참전하고 있던 미군은 주로 일본 오키나와섬에 주둔하고 있던 신병들이었다. 이들은 제2차 세계대전 때에 일본과의 전쟁에서 승리한 자부심으로 사기는 충천하였으나 전투경험이 부족한 신병 출신이 대부분이어서 공산군에게 점차 밀리기 시작했다.

때맞추어 공산군은 181고지에 이미 진지를 구축하여 지형적으로 유리한 위치에서 집중포화를 가하자 미군은 쇠고개와 181고지 사이의 능선에 고립된 형국이 되어버렸다.

공중에서는 미군 폭격기가 공산군 진지 위에 수없이 많은 포탄을 퍼부었지만, 공산군은 지그재그로 파 놓은 참호에서 폭격기가 날아오는 방향에 따라 몸을 은폐하면서 총격을 하고 있어서 폭격이 별로 효과를 거두지 못하고 있었다.

한편 아군을 지원하기 위해 진주 쪽에서 투입되는 지원군을 태운 군트럭이 계속 폽밭골고개를 넘어오고 있었다. 그런데 181고지 아래 능선 위에 이미 포대를 설치해 두고 건너편 폽밭골고개를 향해 조준하고 기다리고 있던 공산군은 아군차량이 폽밭골고개를 넘는 순간 정확하게 조준 발사하여 거의 백발백중으로 명중시켜 파괴하고 있었다.

이로 인해 아군은 지원군의 지원도 받지 못하고 고립무원의 상태에서 악전고투하게 되었다. 시간이 흐를수록 국군과 미군에서는 적탄에 쓰러지는 전사자와 부상자가 속속 늘어나기 시작했다.

거기에 더하여 공중에서 지원 폭격을 하던 조종사들이 늦은 오후가 되어 육군과의 통신마저 두절되자 폭격을 중단하고 사천기지로 회항하고 말았다.

아군은 바로 자기 옆에서 싸우던 전우가 제대로 저항도 하지 못하고 계속하여 적탄에 쓰러져가는 모습을 보고 당황하여 대오를 잃고 우왕좌왕하며 혼란에 빠졌다. 그러는 중에 지휘관인 모리시 중대장마저 전사하자 아군은 전의를 상실하고 계동 쪽으로 후퇴할 수밖에 없었다.

아군병사들은 잠시의 휴식도 취할 사이 없이 뒤따라 들이닥친 수를 헤아릴 수 없는 북한군의 공격을 받고 겨우 수십 명만이 생존하여 폴밭골고개를 넘어 진주로 후퇴하고 말았다.

한편 미군 제29연대 병력은 지방도를 따라 곤양, 진교를 거쳐 그날 밤에 섬진강변의 고전면 신방촌까지 진격하여 야영하였다.

다음날 무어 대령이 이끄는 미 제29연대가 지방도를 따라 신월을 거쳐 속칭 돌다리 마을에 도착하니 저 멀리 보이는 181고지와 쇠고개에서는 전투가 한창이어서 포성과 총소리가 큰 소리로 들려왔다.

미 제29연대는 쇠고개의 적군을 협공하기 위해 돌다리마을 앞을 지나는 돌미강 위의 교량을 건너 비파삼거리 쪽으로 진격해 갔다.

제29연대 병력이 너뱅이들과 산자락 사이에 있는 지방도를 따라 적군의 동태를 살피면서 진격하다가 산골짜기의 깊숙한 곳의 굽어진 도로에 진입했을 때에 산 위로부터 총탄이 비 오듯이 쏟아지기 시작했다.

공산군 제2연대 병력이 미리 능선 위에 매복해 있다가 집중사격을 가해 왔던 것이다. 적군이 병풍처럼 둘러싼 산 능선 위에서 공격을 가해 오고 있어서 미군은 마치 독 안에 든 쥐 꼴이 되었다. 미군들은 도로 위의 능선으로 진격하려고 시도했으나 은폐물도 없이 그대로 적에게 노출되어 있어서 희생자가 크게 늘어나고 있었다.

그런 와중에서도 미군들은 전열을 재정비하여 응사하면서 능선 위쪽을 향해 공격해 올라가기 시작하였다. 그러나 공산군들이 산 위의 유리한 고지에서 은폐물을 방패 삼아 집중사격을 해 와서 번번이 진격이 차단되고 있었다. 시간이 조금 지나자 공산군은 돌미강 쪽의 퇴로를 막고 하동읍 쪽에서 탱크 두 대를 앞세워 대포를 쏘면서 미군을 협공해 왔다. 미군들은 더는 버티지 못하고 퇴로를 뚫으며 돌미강을 건너 후퇴했다.

이로써 서부 경남 최고의 군사요충지인 쇠고개는 완전히 적의 수중에 떨어지고 말았다.

겨우 돌미강을 건넌 미군 제29연대의 패잔병들은 곧장 적에게 노출되기 쉬운 지방도로를 버리고 강선마을이 있는 커다란 산골짜기로 피신하여 들어갔다. 마을 입구에 이르러 한숨을 돌리고 살아남은 군인들을 헤아려 보니 부상병을 포함하여 겨우 20여 명에 불과했다.

미군들은 우선 적에게 노출되지 않기 위해 민간 복장으로 변장하려고 강선마을에 들어갔다. 서로 말은 통하지 않았지만, 손짓 발짓을 하면서 그들이 차고 있는 시계나 반지 등을 주민들에게 벗어주고 여름철에 입는 삼베바지나 저고리 등을 구해 입고 변장했다. 키가 큰 그들에게 삼베바지는 폭이 넓어서 다리는 잘 들어갔지만, 길이가 짧아서 옷을 입고 보니 마치 반바지를 입은 것 같은 형상이 되었다.

해가 서쪽으로 뉘엿뉘엿 기울어 갈 무렵 동쪽 산등성이를 쳐다보니 커다란 고개가 2개 있었다. 그 고개는 계월봉 남쪽의 큰골재와 북쪽의 계재재였는데, 그들은 자기들과 가까운 거리에 있는 큰골재를 넘기로 하고 그곳 아래의 풀숲에서 야영했다. 다음 날 아침, 이들 패잔병들이 큰골재를 넘어 민가에 도착한 첫 집이 바로 몽환네 집이었다.

인명^{人命}은 재천^{在天}

진송이 부상당한 두 명의 미군을 노량으로 피신시킨 지 며칠 후, 몽환네 가족들은 여느 때와 같이 농사일에 바빴다. 남자들은 논매기하러 논에 나가고 없었고, 여자들은 동네 아낙네들과 같이 대청마루에 둘러앉아 삼베 길쌈을 하고 있었다.

모두 긴 삼 껍질을 묶은 다발과 소쿠리 하나씩을 옆에 두고 온갖 새살을 하면서 삼 껍질을 손톱으로 잘게 쪼갠 것을 무릎 위에 비벼 이어서 소쿠리에 사려 담고 있었다.

그때 사립문에서 웅성거리는 남정네들의 목소리가 들려왔다. 잠시 뒤에 중땀에 사는 진익형이 몇 명의 치안대원을 대동하여 따발총을 메고 느닷없이 안마당으로 들어와 몽환을 찾았다.

"강몽환이 이 반동분자, 시방 어디 있소?"

일꾼들의 밥을 짓느라 부엌일을 하던 진송의 아내가 물 묻은 손을 행주치마에 닦으면서 부엌에서 나왔다. 그녀는 진익형의 살기등등한 눈빛을 보고 가슴이 섬뜩했다. 그녀는 진익형이 메고 있는 따발총을 처음 보았지만, 그것이 사람을 죽이는 흉기인 것을 직감으로 알아차리고 깜짝 놀라 떨리는 목소리로 말했다.

"반동분자요? 그런 거는 우리 집에 읎는디요. 그라고 우리 아부님은 논에 물꼬 둘러보로 들판에 나갔는디요. 와 그렇니꺼?"

그녀는 마음속의 두려움을 숨기려고 일부러 퉁명스럽게 대꾸했다.

"요 앞전에 미군 쌔끼들이 이 집에 왔다가 갔다 아이요?"

진익형은 '새끼'를 '쌔끼'라고 하며 거친 말투로 물었다.

"예, 그거는 맞는디요."

"그때 강몽환 이 반동분자 식구들이 미군 쌔끼들헌티 미 주고, 약도 볼라 주고, 주사도 나 줌시로 보살피 좄다 쿠던디 맞는기요?"

그녀는 반동분자라는 말이 자기 시아버지를 호칭하는 말임을 알고 깜짝 놀랐지만, 분위기가 워낙 험악한지라 내색을 하지 않고 그가 묻는 말에 불안한 말투로 대답했다.

"그리 허기는 했는디요. 그런디 그기 와 잘몬 덴깁니꺼?"

"반동 미군 쌔끼들을 미 주고 재아 주고 여흘도 넘고로 치료도 해 줬다꼬? 제 죽을 짓이 머인고도 모리고 큰일을 저질렀구마. 그거는 그렇고, 그런 대접을 받은 미군 놈들이 돌아감시로 그냥 가지는 안 했을 끼고…. 그놈들이 당신들헌티 줄 꺼는 총뿌이 읎는디…"

진익형은 뭔가 잠시 생각하는 듯하며 집안의 이곳저곳을 살피며 둘러보다가 갑자기 따지듯이 캐물었다.

"미군 쌔끼들이 감시로 당신들헌티 고맙다꼬 총을 주고 간 거 아이요? 그 총이 시방 어딨능기요? 퍼뜩 바른대로 대라 카이."

진익형은 그녀에게 경어를 쓰다가 반말을 하며 위압적인 목소리로 따져 물었다.

"총요? 우리는 총 겉은 거 받은 것도 읎고 시방 우리 집에는 그런 거는 한 개도 읎는디요."

"그녀마들이 몇십 명이나 왔다 갔고, 다친 놈이 열 날도 넘고로 치료 받고 감시로 총 한 자리도 안 나두고 갔다꼬?"

"예, 그런 거는 한 개도 읎십니다. 우리 아부님 오시모 물어보이소."

그녀는 퉁명하게 답변을 하고 부엌으로 들어가 버렸다.

그들은 따발총의 총구를 앞으로 향한 채 이곳저곳을 겨누며 위협적인 자세로 집안 곳곳을 뒤졌다. 그러나 미군이 두고 간 총이 나오지 않자 진익형은 진송의 아내에게 돌아와서 다소 누그러진 목소리로 다시 물었다.

"그러모 면서기 강진영이 반동분자가 피난 감시로 나 뚜고 간 면소 금고 쎄때[19]는 어디 있소? 퍼뜩 내 노소."

"쎄때? 내는 그런 거 잘 모리는디요."

"그놈이 도망칠 때 쎄때는 집에 나 뚜고 갔일 거 아이요?"

"우리 작은 아지뱀 일을 내가 우찌 안단 말이요?"

"모린다꼬? 어디 두고 보라지. 그러모 난중에 몽환이 동무가 집에 오

---

19) 열쇠

모 단디 말허소이. 얼마 안 되서 또 올 낀깨로 그때꺼지 금고 쌔때를 꼭 챙기 노라꼬 말이요.”

그러고는 다시 집안의 몇 곳을 뒤지고는 돌아갔다. 그 뒤로도 지소 치안대들은 걸핏하면 따발총을 메고 몽환의 집으로 올라와서 미군이 두고 간 총과 진영이 두고 갔다는 금고 열쇠를 내놓으라고 윽박지르기 일쑤였다.

고전면사무소에서 근무하고 있던 몽환의 셋째 아들 진영은 재무계장을 하면서 경리 일을 맡아 보고 있었다.

그는 6·25전쟁이 발발한 이후로 신문기사와 공문이나 전통내용을 살피며 전쟁 상황의 추이를 예의주시하고 있었다. 그러던 중에 하동군청으로부터 공산군이 이미 구례읍까지 점령하였으니 적군의 남침에 대비한 모든 긴급 조치를 취하라는 전통이 내려왔다.

진영은 전통을 받은 즉시 비밀서류와 금전출납부, 현금 등 중요한 서류를 정리하여 금고 속에 챙겨 넣고, 불필요한 서류들은 업무처리규정에 따라 소각했다.

그가 마지막 장부정리를 하면서 생각한 것은 아버지가 항상 입버릇처럼 하던 말씀이었다.

“면소서 일험시로 남부끄런 일은 절대로 허지 말고 민심을 잘 보살피고로 허거라.”

그래서 그는 밤샘 작업을 하며 금전출납부의 잔액과 현금 잔액을 정리하여 한 치의 차액이 없다는 것을 확인한 후에야 잠자리에 들었다.

그는 다음날 출근하여 장부를 들고 부면장 책상 앞으로 결재를 받으러 갔다.

"부면장님, 금전출납부 결재 좀 해 주이소. 제 딴에는 신경 써서 헌다고 했는디 단디 검토해 보시지요."

정쾌현 부면장은 금전출납부를 자세히 검토한 뒤에 진영에게 말했다.

"강 계장, 서류정리 한 개는 깔끔허이 잘 허내이. 강 계장 계산머리는 알아준다니까. 그런디 자네는 피난 안 갈 낀가? 인민군이 볼씨로 하동 읍꺼정 쳐들어온 모양인디."

부면장도 바쁘게 자기 서류를 정리하면서 진영을 보고 피난 갈 걱정을 했다.

"부면장님은 어쩔 낀디요?"

"내는 낼 피난을 갈라꼬 허네. 자네는?"

"제도 낼 떠날라꼬 허는 챔인디요. 그러모 피난을 갈라모 어디로 가실랍니꺼?"

"그래도 부산이 안 갠찬컸나? 대통령도 그리로 피난 갔다 쿠닝깨로…."

"제도 그리 생각허고 있었는디요. 그러모 잘 뎄네예. 낼 제허고 같이 피난가모 안 데겄십니꺼?"

"그리 허모 내사 더 좋재. 그리 험세. 다른 사람들은 우짤 낀고 모리 겄내."

부면장은 직원들을 둘러보며 큰소리로 말했다.

"보이소, 다들 피난은 우짤 낍니꺼? 내는 강 계장허고 낼 부산으로 피난 갈라 쿱니더. 우리허고 같이 피난 갈 사람 읎십니꺼?"

그 말에 잔너리 조 서기가 머리를 긁적이며 대답했다.

"제는 마, 아적 맘논²⁰⁾도 다 몬 맸십니더. 논에 헐 일이 엄청시리 많애서 피난은 생각도 몬 허고 있십니더."

잔너리에서 상당한 면적의 논을 가지고 있는 조 서기가 농사 걱정을 하며 말했다.

"그래? 그러모 잔내 정 서기는 우짤 참인고?"

"설마 인민군이 잔내 꼴창꺼지²¹⁾ 처들어 오겄십니꺼? 부면장님이나 피난 잘 댕기 오이소."

그때 고전면사무소 뒤에 있는 늘봉산 너머에서 또 포성이 들려왔다. 그 소리를 듣고 부면장이 불안한 마음을 감추지 못하고 말했다.

"허! 이 사람들이요, 시방 늘봉산 너매서 자꾸 터지는 대포 소리가 안 들립니꺼? 인민군이 코 앞꺼정 처들어 왔는디도 겁이 안 나능가 배. 헐 수 읎지 머. 하이튼 우리허고 같이 피난 갈 사람은 낼 아침꺼지 면사무소로 오시기 바랍니더이. 그래 갖고 이왕이모 같이 피난 가고로 헙시더."

"예, 잘 알겠십니더."

부면장의 말에 같이 피난을 가겠다고 말하는 사람은 아무도 없었다.

진영은 장부를 들고 면장실로 가서 면장의 결재를 득하여 현금출납

20) 마지막 네 번째 논매기
21) 골짜기까지

부와 현금을 금고 안에 넣었다. 그런 후에 혹시나 전후에 자기가 이곳으로 돌아오면 현금에 손대지 않았다는 사실을 표시해 두려고 현금 위에 물을 가득히 채운 종발을 올려놓았다. 그리고 금고문을 자물쇠로 채운 뒤에 열쇠를 뽑아 지갑 속에 꼭 끼워 넣었다.

그는 피난을 가면 영원히 돌아오지 못할 수도 있다는 것을 알고 있었지만, 혹시나 전쟁의 흐름이 바뀌어 고전면이 수복될 때를 대비하여 끝마무리를 철저히 해 두었던 것이다. 이것은 아버지가 늘 강조하던 '자고로 관리는 백성의 공복公僕이다'라는 뜻을 받들고, 항상 자신에게 철저했던 그의 성격 때문이었다.

진영은 오후에 퇴근하면서 지소에 계시는 부모님께 작별인사를 드리러 갔다.

아버지와 어머니, 그리고 큰형님과 큰집 식구들이 모인 자리에서 부모님께 하직인사를 드렸다.

"아부지, 제는 공무원이라 할 수 읎이 공산군을 피해 피난을 가야 허겄십니더. 공산당 놈들이 여꺼정 점령허모 경찰과 공무원들을 인민재판인가를 해서 모도 직인다고 헙니더. 더구나 제는 재무업무를 맡아보고 있어서 더 위험헐 거 같에서 피난을 떠나야 허겄십니더."

"그래, 그런 소문은 내도 들었다. 어서 피난을 가거라. 그러고 몸조심해야 헌다."

"아부지, 어매, 제가 읎더라도 부디 강녕허시지요. 그러고 큰성님! 부모님과 남은 가족들을 잘 보살피 주시기를 신신당부 디립니더."

"동숭, 걱정 말게. 집 나서모 고생길이라 안 쿠던가? 동숭이나 몸조심 잘 허게. 그런디 어디로 피난을 갈 작정인가?"

"네, 아무래도 이승만 대통령이 임시수도로 정헌 부산으로 가야 헐 거 겉네요?"

"그게 좋을 거 겉으이. 그라모 먼첨 노량으로 가서 부산으로 가는 배를 구해 보는 기 좋을 거 겉네."

"예, 그리 허겄십니더."

"노량서 부산으로 바로 가는 배가 읎이모 먼첨 삼천포로 가는 배를 구해 보게. 삼천포에 가모 부둣가에 있는 시장으로 가서 이상기 포목장수를 찾아가게. 그 사람이 눈고 동숭도 같은 동네 멩고에 살았잉깨로 잘 알고 있재?"

"예, 성님허고 친헌 친구고 처가집안 새라는 거는 잘 알고 있십니더."

"그 사람이 삼천포로 이사 가서 장사를 해 갖고 제북²²⁾ 잘 산다 쿠더라. 내허고는 둘도 읎는 친구닝깨. 그 친구헌티 부산으로 피난 갈 방책을 물어 보몬 좋은 방도를 찾아줄 길세."

"예, 잘 알겄십니더."

잠자코 자식들의 이야기를 듣고 있던 몽환은 수심에 가득 차서 무거운 목소리로 말했다.

"멩고 야아 야, 옛날 이석우 비결에 '적기赤氣가 남하南下허나 필유대성必有大聲'이라 했단다. 이 전쟁은 공산당 붉은 기운이 남쪽으로 뻗치기는

---

22) 제법

해도 소리만 요란했지 성공허지 몬 헌다는 뜻이 아이겄나? 비결을 꼭 믿을 거는 아일지 모리지만, 그래도 그런 말이 있싱께로 너무 걱정 말고 피난 잘 댕기 오거라. 호랑이헌티 물리 가도 정신만 채리몬 산다고 안 허더나?"

"예, 아부지. 어매, 그리고 큰성님, 잘 댕기오겄심니다. 그리고 조캐들도 할아부지 말씸 잘 새기 듣고 잘 있거라이."

진영은 부모님과 하직인사를 하고 명교에 있는 집으로 돌아갔다.

다음 날 아침 일찍, 그는 피난생활에 필요한 의복 및 생활도구와 비상금을 챙긴 뒤에 가족들에게 자기가 없는 동안 무사히 잘 지낼 것을 신신당부하고, 고전면사무소로 출근했다.

이미 면사무소에 먼저 와서 기다리고 있던 정 부면장은 자기의 서류함 정리를 하고 있었다.

"부면장님, 일찍 오싰내예. 시방 머 허시는디요?"

"아, 강 계장 왔능가? 서류 챙길 끼 좀 있어서 서류정리 허고 있었내."

"아, 그렇십니꺼? 제도 서류를 좀 챙길 끼 있는디요. 그러모 서류부텀 챙기고 나서 출발허기로 헙시더."

"그래, 퍼뜩 서류 잘 챙기게."

진영은 어제 서류정리를 다 했지만, 혹시 전황이 바뀌어 이곳이 수복될 경우를 대비해서 필요할지도 모르는 서류와 장부를 다시 챙겼다. 중요한 서류를 서류함 속에 보관해 두고 피난 갔다가 인민군이 이곳을 점령한 뒤에 서류가 훼손될까 걱정되었기 때문이다.

늘봉산 너머에서는 계속 포성이 들려오고 있었다. 두 사람은 정오 가까이 되어서 필요한 서류를 급히 챙겨 가방에 넣고 피난길에 오르기 위해 고전면사무소를 출발했다.

두 사람이 잔너리 큰 시내를 건너 소-산[23] 중턱 아래에 있는 삼내동네에 이르러 멀리 하동 쪽을 바라보니 폭격기들이 하동읍 하늘 위를 선회하면서 폭격을 계속하고 있는 모습이 보였다. 진영이 불안한 마음으로 부면장에게 말했다.

"부면장님, 저쪽 하늘에 날아대이는 비행기 좀 보이소. 인민군이 하동꺼정 처들어온 거 겉십니더."

"그런가 배. 그런깨로 미군 폭격기가 어제부터 저러코롬 날아 댕김시로 인민군헌티 폭탄을 퍼붓고 있는 갑재. 강 계장, 퍼뜩 서두르세. 인민군이 오기 전에 노량서 배를 구해 타야 헐 거 아인가?"

부면장은 이마에 맺힌 땀을 수건으로 닦아내며 걸음을 재촉했다. 진영도 속으로 인민군이 곧 노량까지 쳐들어올 것 같아 마음이 조급해져서 뛰다시피 걸어갔다.

두 사람은 한참을 걸어서 신노량 부두에 도착했다. 그들은 먼저 부산으로 가는 배편을 알아보았다. 그런데 여수에서 부산으로 왕래하던 여객선은 이미 운항을 중단했고, 삼천포로 가는 배라도 구하려면 남해 노량으로 건너가야 한다고 했다. 진영이 시계를 보니 이미 세 시가

---

23) 금오산

다 되어가고 있었다.

"부면장님, 시계가 볼씨로 세 시가 다 데 갑니더. 우신에 점심부텀 사묵고 배를 구해 봅시더."

"그리험세."

두 사람은 부둣가에 있는 식당에서 점심을 사 먹고 부두를 돌아다니며 남해 노량으로 가는 배를 찾아보았다. 다행히도 돈을 받고 피난민을 남해 노량으로 실어 주는 밀선이 있었다. 두 사람은 많은 돈을 주고 밀선을 타고 급히 남해 노량으로 건너갔다.

두 사람이 남해 노량에 도착하여 배에서 내려 부두를 돌아다니며 부산으로 가는 배편을 알아보았더니 여기서 부산으로 가는 배는 없고, 삼천포로 가는 배는 있을지 모른다고 했다. 두 사람은 급히 삼천포로 가는 배를 찾아보았다. 그런데 조금 전에 삼천포로 가는 피난민을 태운 배가 떠나버리고 없었다.

다른 배를 알아보니 다음에 삼천포로 가는 배는 피난민이 한 배 가득 찰만큼 모여야 출발한다고 했다. 두 사람은 부두에서 피난민이 모이기를 기다려 봤지만, 사람들이 별로 모이지 않았다. 두 사람은 하는 수 없이 여관을 찾아 들어갈 수밖에 없었다.

다음 날 아침, 남해 노량 부두로 가서 삼천포로 가는 배를 찾아보니 제법 큰 배가 정박하여 삼천포로 가는 피난민을 모으고 있었다. 두 사람은 뱃삯이 비싸기는 해도 배를 구한 것을 다행으로 여기고 배에 올랐다.

그런데 그들이 배에 오른 뒤에도 그 배는 바로 출발하지 않았다. 두 사람은 조급한 마음으로 배가 출항하기를 기다리고 있는데, 선주는 더 많은 돈을 벌기 위해 피난민을 계속 모으느라 출발을 늦추고 있었다.

진영은 배 위에서 인민군이 곧 뒤따라 올 것 같은 불안감에 조급한 마음으로 주위를 둘러보다가 바다 건너 하동 노량 쪽을 살펴보았다. 그때 인민군이 벌써 멀리 보이는 하동 노량까지 쳐들어왔는지 신작로에 트럭 한 대가 부연 먼지를 일으키며 달려와서 멈추는 모습이 보였다.

곧이어 그 트럭에서 누런 인민군 복장을 한 군인들이 뛰어내렸다. 진영은 그 모습을 보고 마음이 너무 불안하여 손가락으로 하동 노량 쪽을 가리키며 부면장에게 큰 소리로 말했다.

"부면장님! 저-저, 하동노량 쪽을 좀 보이소. 저 짐차서 누런 옷을 입고 내리는 기 빨개이 군대 맞지예? 인자 참말로 인민군이 하동을 다 점령헌 거 겉십니더."

"맞내, 맞아! 따발총을 메고 있는 거 본께로 진짜 인민군이 맞데이. 여러분! 저쪽을 좀 보이소. 하동 노랑서 인민군들이 짐차서 내리는 기 비지예. 아이고! 인민군이 하동을 다 점령헌 거 겉십니더. 인자 큰일 났십니더."

정 부면장은 불안한 표정을 지으며 배에 타고 있는 사삼들에게 떨리는 목소리로 말했다. 진영은 그 모습을 보고 마음이 급하여 선주에게 가서 배가 빨리 출항하기를 재촉했지만, 선주는 그의 말에 아랑곳하지 않고 계속하여 피난민을 모으고 있었다. 그러다가 점심때쯤이 되어 피난민으로 배를 가득 채우고 나서야 선주는 배에 시동을 걸고 삼천포를 향해 출항하였다.

두 사람이 탄 배가 남해 노량 부두를 떠나 조수의 물살이 센 노량해

협 한가운데로 들어섰다. 그때 건너편 하동 노량에서 인민군들이 진영이 탄 배를 향해 갑자기 따발총을 쏘아댔다. 그러자 배에 탄 승객들이 모두 놀라서 총탄을 피하느라 뱃전 아래로 몸을 엎드렸다.

진영도 뱃전 밑으로 재빠르게 몸을 엎드리며 부면장에게 다급하게 소리쳤다.

"부면장님! 머 헙니꺼? 퍼뜩 엎드리이소. 총알에 맞으모 큰일 납니더."

"그래, 알겠네. 아이고! 무시라, 괴뢰군 새끼들은 사람을 몬 잡아 무서 환장을 했는가배? 저 목을 쳐서 직일 놈들!"

부면장도 급히 몸을 뱃전 밑으로 엎드리며 인민군에게 욕설을 퍼부었다.

선주도 총알을 피해서 몸을 키대 아래로 낮추고 뱃전 너머로 섬이나 산꼭대기를 보고 방향을 어림잡아 배를 몰아갔다. 피난민을 태운 배는 노량해협의 빠른 썰물을 타고 삼천포를 향해 빠르게 떠내려갔다.

뱃전에서는 인민군이 쏘아대는 총알이 박히는 소리도 들리고, 유탄에 바닷물이 튀기면서 물방울이 배 안으로 튀어들기도 하였다.

진영은 잘못하다가는 총알에 맞아 죽을지도 모르겠다는 생각에 뱃전 아래의 배 밑바닥에 꼼짝 않고 납작 엎드려 있었다.

피난선이 적의 따발총 세례를 받으며 내달리다가 강진 바다 가까이에 이르자 인민군의 총성이 멎었다.

그제야 배에 탄 피난민들이 안도의 한숨을 내쉬며 몸을 일으켰다. 진영도 몸을 일으키고 나서 마음을 안정시켰다. 그는 정신을 차리고 나서 주위를 다시 둘러보았다.

소-산 너머 북쪽에서는 또 전투가 벌어졌는지 포성이 계속 들려오고 있었다. 그리고 멀리서 국적을 알 수 없는 폭격기들이 북쪽의 황토재로 짐작되는 곳의 하늘 위를 날아다니며 폭격을 하고 있는 것이 보였다.

진영은 이러다가 잘못하면 자기도 죽을 수도 있다는 생각에 이 전쟁이 남한과 북한만의 전쟁이 아니라 자신의 전쟁과도 같다는 생각이 들었다.

삼천포에 도착해 배에서 내리면서 진영이 부면장에게 피난 갈 일에 관해 물었다.

"부면장님은 우째 갖고 부산으로 피난 가실랍니꺼?"

"내는 내 동숭이 문산국민학교 디에 살고 있는디 우시내 동숭을 만내서 피난 갈 방법을 으논해 볼 참이네. 자네는?"

"예, 우리 큰성님 친구가 노산공원 근치서 포목상을 허고 있다는디요. 제는 일단 글로 찾아가 볼랍니더."

"그러모 우리는 여서 헤이야 허겄내? 강 계장, 부디 피난 잘 마치고 무사허이 돌아오게."

"예, 부면장님도 피난 잘 허시고 이담에 모도 성헌 몸으로 면사무소서 다시 만내고로 헙시더. 부면장님 안녕히 가시이소."

"그래, 잘 가게. 부디 무사허기 비네."

두 사람은 부두에서 헤어졌다. 진영은 노산공원 북쪽에 있는 시장 상가로 가서 큰형님이 일러 준 이상기의 포목상을 찾아다녔다. 사람들에게 물어물어 겨우 '하동 포목상'이라는 간판이 붙어 있는 포목상을 찾을 수 있었다.

그 가게는 제법 규모가 큰 상점이었는데 주인인 듯한 중년 남자가 직원 몇 명을 데리고 갖가지 옷감을 분주히 바구니나 상자에 담아서 정리하고 있었다. 진영은 아마 여기도 전쟁에 대비해서 상점의 물건들을 정리하는 중인 것 같다는 생각이 들었다.

"저 혹시 이상기 성님 아입니꺼? 제는 하동 지수[24] 사는 강진송 씨 동생입니더."

그러자 주인이 진영을 자세히 살펴보고는

"아! 그래? 자네가 내가 삼천포로 이새 온 뒤에 멩고로 이새 왔다던 진송이 동숭 맞재? 가마이 있자, 이름이 머시더라?"

"예, 제는 강진영이라고 헙니더."

"아! 그래 이름을 들어 본 거 겉기도 허네. 자네가 진송이 동생이라 꼬? 아이고, 그래 반갑데이. 밥은 뭇나?"

그는 말을 하면서도 부지런히 상점에 어지럽게 흩어져 있는 짐을 챙기면서 점원들이 하는 일을 지시하느라 바빴다.

"그래, 쪼깸만 기다리거레이. 좀 이따가 근처에서 국밥이나 한 그릇 무로 가세."

이상기는 가게 짐을 대중 정리하고 나서 진영과 같이 부둣가에 있는 식당으로 가서 저녁을 먹었다. 그런 뒤에 이상기는 먼저 진영에게 점원을 딸려서 자기 집으로 돌려보내고 자기는 다시 가게로 갔다.

---

24) 지소부락

진영이 삼천포 향촌동에 있는 이상기의 집에 도착해보니 꽤 큰 집이었다. 진영은 이상기 아내의 안내를 받아 건넌방으로 들어가서 쉬었다.

진영은 방 안에 앉아서 책꽂이에 꽂혀 있는 책을 이것저것 꺼내 보며 시간을 보냈다. 이상기는 저녁 늦은 시간이 되어서야 집으로 돌아왔다. 그는 집에 오면서 사 가지고 온 술과 안주를 방바닥에 꺼내 놓으며 안방을 향해 아내를 불렀다.

"여보, 술상 좀 챙기 오시게."

"예, 알겠십니더이."

안방에서 그의 아내의 대답 소리가 들렸다.

"동숭, 오래 기다렸재?"

"아입니다. 성님도 전쟁 땜에 매 바뿐²⁵⁾ 모양이지예?"

"그래, 전쟁 통에 안 바뿐 사람이 어디 있겠능가? 그런디 자네 내가 자네 큰세이²⁶⁾ 먼 처남뻘 덴다는 거는 알고 있나?"

"예, 큰성님헌티 들어서 잘 알고 있십니더. 돌아가신 큰형수 집안이다 아입니꺼?"

"그래, 맞네. 자네 형수는 참 좋은 사람이었는디 어쩌다가 그런 옹숙헌²⁷⁾ 일을 당했는지… 참 안 댔데이."

그때 이상기의 아내가 술상을 들고 들어왔다.

"여보, 이 사람은 전에 우리가 살던 멩교 사람인디 내허고 친헌 친구

25) 매우 바쁜
26) 형
27) 안 좋은

동생이재. 서로 인사허게."

이상기의 아내는 간단히 인사를 나누고 안방으로 들어갔다. 두 사람은 술상을 마주하고 앉아서 그동안의 전쟁소식과 진영이의 피난 갈 방법에 관한 의견을 나누었다.

"성님, 실은 제가 부산으로 피난을 가야 허는디. 성님이 부산꺼지 가는 배편을 좀 구해 주이소."

"여도 전쟁 중이라 부산 가는 배가 잘 구해질지 모리겄네. 설령 배가 있어도 전쟁 핑계 대고 뱃삯을 술차이 비싸고로 주라 쿨 낀디. 어쨌건 그 일은 넬 알아보기로 허고, 우시내 한잔허고 나서 푹 시고로 허게."

다음 날, 이상기는 바쁜 중에도 틈을 내어 부둣가를 돌아다니며 부산으로 가는 배를 구해 보았지만, 생각대로 되지 않았다.

진영은 집으로 돌아온 이상기로부터 빈 소식을 듣고는 조급한 마음에 점점 불안해지기 시작했다.

진영은 지금쯤 인민군이 이미 진주를 점령했을지도 모른다는 생각이 들자 마음이 더욱 초조해졌다. 삼천포는 진주에서 지척 간인데 진주시가 적의 수중에 떨어지면 인민군이 곧바로 삼천포로 들이닥칠 것은 뻔한 일이었다.

벌써 인민군이 삼천포 근처까지 쳐들어왔는지 포성이 점점 가까이서 들려오기 시작했다. 진영은 불안한 마음으로 하룻밤을 더 지낼 수밖에 없었다.

다행히도 이틀째 되는 날 오후쯤, 이상기가 천신만고 끝에 부산 가는 배편을 구했다는 소식을 포목상 점원이 알려왔다. 배는 이틀날 오전에 떠난다고 했다. 진영은 마음이 너무 초조하여 뜬눈으로 밤을 새웠다.

이튿날 아침에 진영은 아침을 먹는 둥 마는 둥 하고 서둘러서 짐을 챙겨 '하동 포목상'으로 가서 이상기에게 작별인사를 나누려고 했다. 그러자 이상기가 진영이 혼자 가면 배 선장이 사람을 알아보지 못할 수도 있으니 자기가 기꺼이 직접 배 주인에게 안내해 주겠다고 하면서 같이 포목상을 나섰다.

두 사람이 부둣가에 가 보니 선창가에는 이미 피난민들로 들끓고 있었고, 벌써 인민군이 가까이 오고 있는지 각산 너머에서 대포 소리가 크게 들려오고 있었다.

피난민들은 대포 소리에 더욱 초조하여 서로 배를 타려고 아우성이었다. 이상기는 진영이 타고 갈 배가 '삼양호'라고 하였다. 진영은 이상기를 따라 '삼양호'를 찾아서 배를 살펴보니 상당히 큰 배였다.

이상기는 배 선장에게 가서 진영을 소개한 후에 고향 동생이니 꼭 좀 잘 부탁한다고 신신당부했다. 그는 진영더러 선장에게 뱃삯을 두둑하게 치르게 한 뒤에 바쁜 걸음으로 자기 가게로 돌아갔다.

그런데 진영이 그 배를 타고 보니 배 안에는 피난민과 짐이 너무 많이 실려 있었다. 그래서 파도가 조금만 철렁거려도 바닷물이 뱃전에 넘쳐서 배가 곧 가라앉을 것만 같이 위험해 보였다. 그런데도 배 선장은 돈을 벌기 위해 피난민을 더 태울 심산인지 부두를 떠날 기미가 보이지 않았다.

진영은 이 모습을 보고 인민군이 곧 들이닥칠 것 같은 불안감이 엄습하여 극도로 초조해지기 시작했다. 그런데 바로 그때 진영이 탄 '삼양호'의 옆에 있는 작은 통통배에서 총을 든 몇 명의 경찰과 배 주인이 큰 소리로 싸우는 소리가 들려왔다.

"이봐, 선장. 이 배가 당신 배요?"

경찰관 중에서도 키가 큰 경찰관이 통통배를 가리키며 배 옆에서 그물을 손보고 있는 선주에게 물었다. 배 주인은 경찰의 말을 못 들은 체하며 그물 손질만 계속하고 있었다. 그러자 그 경찰관이 배 주인을 향해

"이봐! 내 말이 안 들려? 시방은 국가 비상사탠기라. 그래서 이 배는 즉시 징발헌다이."

하고 크게 소리치며 배 선장에게 총을 들이대고 거의 반말로 명령하듯이 윽박지르기 시작했다.

"머시요? 내 배를 징발헌다꼬? 그기 무신 소린기요? 그런 거 내는 생전 처음 들어보는 소리요."

"머시? 징발이 무신 말인지 모린다꼬? 이 자식이 경찰을 멀로 알고 까불어. 총알맛을 좀 바야 알끼가?"

선주는 경찰이 총을 들이대는 것을 보고는 악에 받쳤던지 더 큰 소리로 발악하며 대들었다.

"머라꼬? 총알맛이라 캤나? 그래, 그 총알 쌀라모 한본 싸 바라. 총알맛이 어떤지 맛 좀 볼란다. 니들이 먼디? 피난 갈라모 너뜰끼리 알아서 갈 끼지. 머, 징바알? 마, 구신 씻나락 까묵는 소리 집어 치아뿌라."

그러자 키 큰 경찰과 나머지 경찰이 한꺼번에 달려들어 배 선주의 멱살을 치켜들며 주먹이라도 날릴 듯이 대들었다.

"니, 진짜 총알맛 좀 바야 것다이."

그러면서 그중에서도 체구가 똥짤막하고 인상이 험악하게 생긴 경찰이 총으로 선장의 발밑을 향해 권총을 한 방 쏘았다.

"오매! 순사가 사람 잡네. 니들이 평소에 잘 했이모 와, 괴뢰군이 여까지 쳐들어 왔일 끼고? 인민군은 몬 잡음시로 애민[28] 뱃놈 잡을라 캤더나?"

그러자 방금 총을 쏜 경찰이

"이너마가 진짜 간 띠가 붓내. 좋다, 그러몬 네 배가 성한지 네놈 썽깔이 쎈지 어디 한본 해보자."

그리고는 경찰이 뱃전을 향해 총을 쏘았다. 그러자 뱃전의 나무 조각이 떨어져 날아갔다. 그 모습을 본 선장이 경찰의 총을 뺏을 듯이 대들며 소리쳤다.

"야, 임마! 그 배가 얼매 째인고 알기나 알고 그따 총을 싸대나? 네놈이 물어 줄 끼가? 경찰 쎄끼가 내 배를 제 꺼 매이로 막 총을 싸 대내? 이 구신이 물어 갈 놈아."

"머시? 경찰 쎄끼? 그래, 좋다. 마지막으로 말헌데이. 우짤 끼고? 우리가 시이는 대로 헐래, 말래? 말 안 들으모 이번에는 총으로 진짜 배 밑창에 빵꾸를 내삐릴 끼다."

"아이고! 시상에, 세상 사람들아! 순사가 내 배를 다 뿌사뿔라 카내. 그래, 좋다. 너뜰이 꼭 그러모 너뜰 허자쿠는 대로 배를 몰고 가기는 간다마는 어디 두고 보재이. 내가 그냥 너뜰 시이는 대로 술키 해 주능가?"

---

28) 애먼: 일의 결과가 다르게 돌아가 억울하게 느껴지는

선장이 배를 부두 쪽으로 끌어당겨 배에 오르자 경찰관 세 명과 그의 가족들이 피난 짐을 한 보따리씩 들고 배에 오르기 시작했다.

그 모습을 보고 있던 진영은 순간적으로 머리를 스치는 생각이 있었다.

'머시, 징발? 그러모 내도 공무원이다 아이가? 내가 저 배를 몬 탈 이유가 읎재.'

진영은 재빠르게 피난 짐 보따리를 챙겨들고 '삼양호'에서 뛰어내려 피난 짐을 옮기느라 낑낑대고 있는 경찰관에게 가서 큰 소리로 말했다.

"보이소, 순사님, 이 배가 징발된 배요?"

진영의 말에 키 큰 경찰이 콧방귀를 끼며 말했다.

"기건 말건 당신이 무슨 상관이야. 꺼져."

진영은 남의 배도 총으로 협박하여 빼앗아 가는 경찰인데 약하게 나갔다가는 본전도 못 찾을 게 뻔하다는 생각이 들어서 대차게 나섰다.

"이 순사 양반들아, 내도 공무원이다. 너뜰 허고 다릴 끼 머꼬? 아까 저 선장헌티 국가비상사태라서 이 배를 징발헌다고 안캤나?"

"이 자식이, 시방 머라카노? 정신이 나갔나? 엇다 대고 시비고? 네또 총알맛 좀 볼래?"

진영이 경찰의 협박에 기죽지 않고 두 눈을 부릅뜨고 더욱 기세를 올리며 말했다.

"머시? 정신 나갔다고? 내는 먀, 정신 맹시랐다. 그런디 내도 경찰 매이로 하동군청에 근무허는 같은 공무원이다. 지금 내는 부산 도청에 급헌 공문을 전달허로 가는 참인디. 지금 내도 공무집행 중이라 이 말이다."

진영이 공무집행이라는 말을 꺼내자 경찰관의 기가 꺾이는 눈치가 보였다. 진영은 이때를 놓치지 않고 경찰의 대답을 듣기도 전에 그들 가족이 들고 있는 짐 보따리를 들고 배에 잽싸게 올려주며 그들을 도와주는 척하였다. 그러고 난 뒤에 자기 짐도 챙겨서 민첩한 동작으로 배에 뛰어오르며 큰 소리로 말했다.

"마, 내 한 사람 더 탄다꼬 배가 디지피나? 내는 배에 한본 타모 절때 몬 내린데이. 작아도 하동네기라 캤는디. 하동놈 맛 좀 볼래?"

하고는 짐을 뱃바닥에 내려놓고 좁은 선장실로 가서 드러누워 버렸다.

경찰들은 진영이 하도 기가 세게 나오고, 논리적인 어투에다가 깔끔한 양복 차림에 번득이는 눈빛을 보고는 주눅이 들었던지, 아니면 소문으로 알고 있던 하동네기라고 큰소리치는 기세에 눌려서 그런지, 감히 진영의 행동을 제지하는 자가 없었다.

진영이 탄 통통배는 다른 피난민선과 달리 경찰과 그들 가족, 그리고 진영을 비롯한 십여 명만 태우고 가볍게 삼천포 부두에서 출항했다. 그리고 곧장 남일대 해수욕장과 신수도 사이를 빠져나가서 고성 앞바다로 항해해 갔다.

이상기는 진영을 배에 태워준 뒤에 바쁜 걸음으로 자기 포목상으로 돌아오고 있었다. 그가 포목상 근처에 거의 다다랐을 때였다. 그의 등 뒤에서 갑자기

'쾅, 쿠르르, 쾅쾅'하는

벼락 치는 듯한 폭음이 들려왔다. 그는 소스라치게 놀라 뒤돌아보았다. 저쪽 부두 앞바다에서 갓 출발한 배 한 척이 폭격을 맞아 불길이

치솟으며 가라앉고 있었다.

"어! 저 배가 아까 진영이가 탄 배 아이가?"

그는 갑자기 불길한 예감이 들어서 아까 진영이 배를 탔던 부두로 급히 달려갔다. 그런데 그의 불길한 예감이 적중하고 말았다. 진영이 탄 '삼양호'가 침몰하고 있었던 것이다.

'삼양호'가 부두에서 약 100m 정도 떨어진 바다에서 인민군의 포격을 맞았는지 배는 불길에 휩싸여 불타고 있었고, 피난민들이 불길을 피해 배에서 바다로 풍덩풍덩 뛰어내리고 있었다.

이미 배 주위는 핏물로 붉게 물들고, 바닷물 위로 피난 보따리와 산산조각이 난 판자 조각이 둥둥 떠다니고 있었다. 그 사이로 사람 살려 달라고 아우성치며 텀벙대는 사람과 시신으로 뒤범벅되어 그야말로 아수라장이었다.

"아이고! 이걸 우짜노? 내가 진영이를 직있고나, 내가 직있어. 다음에 내가 어찌 진송이 친구 얼굴을 본단 말이고?"

이상기는 진영을 찾으려고 멀리서 물에 빠진 사람들을 살펴봤지만, 진영의 모습은 보이지 않았다. 그는 헤엄도 서툴러서 바다에 뛰어들 엄두도 내지 못하고 부둣가에서 발만 동동 구르고 있었다.

'삼양호'가 침몰하는 모습을 본 주위의 배들이 달려들어 물에 빠진 사람과 시신을 건져 올리기 시작했다. 이상기는 바다에서 구출한 사람과 시신을 실은 배들이 부두에 닿을 때마다 눈에 불을 켜고 진영을 찾아봤지만, 진영의 모습은 보이지 않았다.

"진영이는 틀림없이 폭격을 맞아 파도에 씰리 간 거 아이모 물속에

까라앉아 죽은 모양이다. 이 일을 우짜모 좋노? 휴우!"

그는 하동 방향의 서쪽 하늘을 쳐다보고 푹푹 한숨을 내쉬며 혼잣말로 중얼거렸다.

"이를 어쩐다? 이 소식을 진송이 친구헌티 전할 수도 읎고, 안 전할 수도 읎고… 참말로 미치고 환장허겄내."

이상기는 한참을 정신 나간 사람처럼 부둣가에 우두커니 서 있었다.

진영은 경찰이 징발한 배를 억지로 얻어 탄 뒤에 부산으로 항해하는 동안 배 한쪽 구석에 혼자 앉아있었다. 경찰관들이 진영에게 배를 얻어 타는 대신에 한쪽 구석에 자리를 정해주며 경찰 가족 주위에 얼씬도 못하게 했기 때문이다.

진영은 그 배가 징발되었건 아니건 간에 그나마 안전한 피난선을 타게 된 것을 다행이라 생각했다. 진영은 배를 타고 가면서 고성 앞바다에 떠 있는 수많은 섬들을 바라보며 고향 생각을 하였다.

'고향의 부모님이 공산당 놈들에게 고초나 당허지 않았을까? 명교에 두고 온 가족들이 얼마나 불안해하고 있을까…'

사량도를 지나 통영항에 가까워질 무렵 이미 해는 중천에 떠서 뱃전에 따갑게 내리쬐고 있었다. 경찰 가족들은 인민군의 침공이 임박했던 삼천포의 위험지역에서 벗어나 마치 천국에라도 온양 배 위를 자기 안방처럼 돌아다니며 떠들어대고 있었다.

그들은 어디서 구했는지 그 귀한 수박이며, 참외에다 삶은 돼지고기 등을 갑판 위에 차려놓고 신나게 술판을 벌이고 있었다. 그러다가 자기들만 먹기에 민망했던지 선장만 불러서 김밥을 조금 건네주고 진영은 거들떠보지도 않았다. 진영은 그 모습을 보며 한심한 생각이 들었다.

'지금 조국이 연일 공산군에 패퇴하면서 국가존립의 위기에 처해 있는 디도 저들은 어쩌면 저렇게도 천하태평일 수 있을까? 내도 왜정 때 우리나라 독립을 위해 노력헌 애국자는 아니었지만, 그래도 조선인의 기백을 살릴라꼬 노력은 헌 사람이다. 내가 일본서 공고 댕길 적에 일본 학생들헌티 무시당험시로도 경쟁에 이길라꼬 열심히 노력했다. 그런디 해방되기 전에 세상이 하도 시끄럽어서 내가 공학도의 꿈을 접고 고향에서 일본식민지 공무원으로 잠시 몸담기는 했다. 허지만서도 내는 적어도 조선인으로서의 자존심은 잃지 않았다. 그런디 네놈들도 왜정 때 경찰 했을 거 아이가? 내가 공무원 험시로 친일헌 거 허고 너뜰이 일본에 충성헌 걸 따지자 치모 오십 보 백 보다마는 나라가 독립헌 뒤에는 좀 달라지야 헐 거 아이가? 조국이 위태로운디도 너뜰허고 너뜰 가족들만 살겄다고 마음대로 민간인 배를 징발해 갖고 너 꺼 맨키로 공짜로 부리 묵어? 너뜰이 그 지경이니 어찌 나라가 성허겄냐? 이놈들아.'

진영은 하도 어이가 없어서 혼자 그들에 대한 분개심을 달래고 있을 때 선장이 손짓하여 불렀다. 진영이 선장실로 가자 통통배 선장이 경찰들에게 받은 김밥을 나누어 주며 말했다.

"공무원 양반, 배고풀 낀디 이기라도 갈라 뭅시더."

"아이구, 고맙십니더. 선장님이나 자시지 않고…."

선장은 무슨 결심이라도 했는지 비장한 표정으로 말했다.

"배고푸기야 피차일반 아인 기요? 고마 퍼뜩 드이소. 그런디 아까 내가 당신허고 경찰이 싸우는 거 다 밨소. 당신은 내가 보기에 선량헌 사람겉이 비서 허는 말인디요. 두고 보이소, 내가 저놈들을 그냥 두지는 않을 기요."

"그래, 얼매나 속이 상했십니꺼? 당신은 고기잡이 허시니라 바쁠 낀디 멀쩡한 배를 그냥 징발 당했잉깨 얼매나 억울허겄십니꺼?"

"저놈들이 왜정시절부텀 왜놈 경찰험시로 삼천포 사람들헌티 얼매나 못된 짓을 마이 했는지 압니꺼? 말도 마이소, 꼭두 새벽부텀 바다에 나가서 고기 잡아 오모, 저놈들이 미리 부두에 나와 기다리고 있다가 마, 제 꺼맨치로 다 뺏아간 놈들이요."

"아! 그랬십니꺼?"

"그때 조선 사람들헌티 못된 짓은 다 험시로 저끼리 잘 묵고 잘 살던 놈들이요. 그런디 어찌된 판인지 해방이 됬는디도 저놈들은 또 순사가 데 갖고 왜정시절보다 더 챙기 묵는다 아이요? 그런 놈들이 또 내 배를 뺏띨아? 두고 보이소, 내가 그냥 두는가. 당신도 단디 맘 묵고 준비 허이소이. 내가 난중에 어쩔낀고는 때가 되몬 당신헌티만 살째기 알리 줄 낀깨로…."

"선장 양반, 저놈들이 그리 몬덴 짓을 허던 놈들이란 말이요?"

"두말허모 숨가뿌요."

"선장님 말씀을 듣고 보닝깨로 선장님 맴이 이해가 갑니다. 그런디 선장님, 시방 무신 일을 저질라꼬 허고 있는 깁니꺼? 세상일이 어디 썽질대로 헌다고 다 잘 풀린다요? 제발 맴 좀 가라앉히고 참으시지요."

"당신은 걱정 마이소. 내가 어떻허든지 당신은 구해 줄 끼께로 저거 앉아서 김밥이나 잡숫고 편히 시이소."

그러고는 선장은 무슨 굳은 결심이라도 했는지 입을 다물어 버렸다. 진영은 그때부터 불안한 마음으로 선장의 태도를 살피며 긴장을 풀지 않고 선장 곁에 앉아 항해를 계속했다.

진영이 탄 배는 7월의 뜨거운 햇살을 받으며 순항하고 있었다. 그날 따라 바다 위에는 아무 일도 없었다는 듯이 파도가 잔잔하였다. 통통 배는 통영 앞바다를 지나 통영과 거제 사이의 견내량을 거쳐 진해만 앞바다의 파도를 헤치며 부산으로 항해했다.

그동안 경찰관들은 푸짐한 안주에 술잔을 주거니 받거니 하면서 술을 실컷 마시더니 술에 거나하게 취해 뱃전에 기대어 잠을 자거나 콧노래를 부르면서 한창 흥이 나 있었다. 경찰 가족들도 배불리 먹고 신이 나서 바다구경을 하거나 끼리끼리 모여 떠들며 놀고 있었다.

그들은 전쟁 중에는 누가 뭐래도 총칼의 힘이 최고라고 여기고 있는지 억울한 일을 당해서 분통을 참지 못하고 있는 선장의 무시무시한 계획을 꿈에도 모르고 있었다.

"공무원 양반, 놈들 허는 저 꼬라지 좀 보이소. 온 나라가 전쟁 통에 시방도 죽어나가는 군인이나 백성이 얼매나 많겠능기요? 그런디도 지 놈들만 잘 묵고 잘 살겄다고? 어림읎는 일이지요이. 저놈들이 짐승이지 사람이요? 공무원 양반, 인자 맘을 단디 묵으이소이."

진영은 이제야 선장이 혼자 마음속으로 결심한 것을 실행에 옮기려는 것 같은 예감이 들어서 잔뜩 불안한 마음으로 물었다.

"선장님, 시방 무신 생각을 허고 있는 깁니꺼? 그라고 저 사람들을 난중에 우찌 헐 낀디요?"

"여서 쪼깸만 더 가몬 가덕도요. 거가 낙동강 물살이 젤로 세게 흐르는 딘디요. 그따가 파도꺼정 겹치는 디라 사람이 바다에 빠지모 아무도 살아남지 몬허는 디요. 거서 내가 이 배를 절벽에 콱 들이 받아뿔 낀께로 당신은 그리 알고 내 곁에 꼭 붙어 있으소이,"

"선장님, 방금 무신 말씀을 헌 깁니꺼? 그리 허모 절대로 안 됩니더. 저놈들 잡다가 내가 죽을지도 모린단 말이요. 내는 물속에 들어가몬 통나무요. 썩은 통나무란 말이요."

"걱정 마이소. 마, 내가 어떻게든 당신 목심은 건지 줄 끼요."

"당신 맘은 고맙지만 내 목심을 어떻게 당신이 장담헌단 말이요? 제발 선장님, 좀 참으시소이."

진영은 애걸복걸하다시피 빌었다. 진영은 우선 선장의 마음을 달래야겠다고 생각했다. 그리고 이럴 때일수록 침착해야 한다고 마음을 다잡았다. 자칫 선장의 심기를 건드렸다가는 정말 어떤 일이 일어날지도 모를 일이었다.

"선장님, 제발 한 시름 놓고 제 야기를 좀 들어 보이소."

"내가 어찌 저런 놈들이 허는 꼬라지를 보고 참으란 말이오? 시끄럽소."

"그런디 선장님, 지난 사월 초파일에 혹시 절에 가시지는 않았능기요?"

"갑자기 절 이야기는 와 허는디요?"

"배 사업허는 분들은 바다 용왕님을 젤로 무섭어 헌다던디요? 그래서 용왕님헌티 파도에 배가 무사허고, 풍어를 빌라꼬 절에 자주 간다꼬 허던디요?"

"허기사, 용왕님이 젤 무섭지만서도 때로는 복도 내리주지요?"

"그런께로 사월 초파일에 부처님과 용왕님께 파도를 다스리고 고기마이 잡게 해달라꼬 빌러 절에 가지 않았능교?"

그러자 선장이 지난봄에 가족들과 함께 절에 간 일이 생각났는지 표정이 조금 누그러지며 말했다.

"맞소, 절에 가기는 갔지요. 우리 어머이는 부처님 얘기만 허모 숨이 꾸뻑 넘어갑니더. 그래서 사월 초파일이 데모 어머이 모시고 절에 안 가모 안 데지요. 그라고 내는 우리 어매 땜에 개고기는 입에도 몬 댑니더."

진영은 이 기회를 놓치지 않고 선장에게 더욱 간절한 심정으로 빌듯이 말했다.

"그러닝께로 선장님은 참 효자시내요. 선장님! 제발 절에 갈 적에 심정으로 한 번만 더 찬찬이 생각해 보이소. 인명은 재천이라 허지 않습디꺼? 어찌 사람이 살생을 함부로 헐 수 있단 말입니꺼? 당신이 시방 저놈들 버르떼이[29] 고칠 끼라꼬 안 해 싸도 다 천벌을 받을 놈들입니더. 인간 만사 다 업보 아입니꺼? 멀라꼬 선장님 손에 부래로 피를 묻힐라 해 쌓는 깁니꺼?"

선장이 그 말에 할 말을 잃었는지 잠시 침묵이 흐른 뒤에 혼잣말로 중얼거리듯이 말했다.

"허, 참, 당신이 와 자꾸 내 맴이 약해지고로 쓸데없는 소리를 허는지

---

29) 버르장머리

모리겠네요."

진영은 선장의 태도가 변하는 것을 보고 더욱 목소리를 가다듬어 사정하였다.

"선장님, 시방도 전쟁 통에 얼매나 많은 목심들이 죽어가고 있십니 꺼? 저놈들은 아매도 틀림읎이 죗값을 치르고 말 낍니더. 두고 보이소 만 선장님이 아이라도 누군가 손 봐 줄 사람이 반듯이 생길 낍니더. 적 선헌 셈 치고 저 사람들을 용서해 주이소. 제가 대신 빌겄십니더."

"허허, 공무원 양반, 썽질 한번 술소이. 무식헌 내가 멀 알겄소마는 하이튼 저놈들은 당신 땜에 운 한번 좋았소. 천하에 죽일 놈들."

그는 억지로 분을 삭이면서 혀를 몇 번이고 차고 나서 크게 한숨을 내쉬었다.

"그런디 선장님, 제 고향은 하동입니더. 그리고 삼천포 시장통에 있 는 '하동 포목상' 주인인 이상기 씨가 내 큰형님 친굽니더. 만약 공산 군이 물러나고 제가 고향에 돌아가게 되몬 반듯이 삼천포에 들리서 선장님을 찾아뵙고 고맙다는 인사를 올리고로 허겄십니더."

"아, 노산공원 근처에 있는 '하동 포목상' 말이오? 내도 한번 보기는 본 거 겉은디…"

"하여튼 선장님, 이 은혜는 꼭 잊지 않겄십니더. 정말로 고맙십니더."

　　　　　　　　　　　　　　　　　　무식이 죄

　　아군이 하동전투에서 패하여 후퇴한 지 며칠이 안 되어 하동군에서
는 신속하게 공산당과 치안대가 조직되었다.

　　하동군인민위원장은 해방 직후에 이만성의 배후 조종을 받아 하동
군에 공산당을 조직하여 활동했던 박승호가 되었고, 치안대장은 일제
강점기 때부터 박헌영과 손잡고 지하에서 공산주의 활동을 하다가 해
방 후에 하동군 공산당 지하조직의 총책을 맡았던 이만성이 되었다.
그리고 정연채가 인민위원회 부위원장이 되었는데, 그는 이만성의 동
경제국대학 후배이며 양보면 중하쌍에 살던 사람이다.

　　뒤이어 고전면에서도 인민위원회와 치안대가 조직되었다. 고전면에
서는 좌익세력 대부분이 백석 아래의 물아래 쪽 사람들이어서 그들을
주축으로 하여 공산당을 조직했다.

　　물아래 좌익세력이 공산당을 조직할 때의 고충은 공산당원 대부분

이 무식한 사람들이었다는 점이다. 따라서 공산당을 조직하는 데 가장 중요한 고려 대상은 공산주의에 대한 충성심과 활동 경력보다는 행정 업무를 수행할 능력자를 찾는 일이었다.

이 때문에 고전면의 공산당 핵심 간부를 무산자 계급이 아닌 유산자 중에서 유식한 사람으로 뽑을 수밖에 없었다. 이리하여 인민위원장은 물아래에서는 가장 부호이며 학식이 높은 이호재가 되었고, 부위원장은 고전면사무소 총무계장을 지냈던 김민용이 되었다.

인민위원장이 된 이호재란 사람은 물아래 잔너리 사람으로 고전국민학교 개교 당시에 많은 학교 부지를 기증한 부자였다. 그가 인민위원장이 된 것은 평소에 좌익사상을 가지고 있었기 때문이 아니라 물아래 주민들 사이에 덕망이 높아 존경을 받던 인물이어서 주민들이 추대하였기 때문이다.

그리고 김민용도 상당한 부자였는데 일제강점기 고전면에서는 누구보다도 자식들의 고등교육을 잘 시킨 사람이었다. 어쩌면 일제의 교육정책에 가장 잘 호응한 사람이었다.

그는 해방 후에도 면사무소에 근무하면서 미군정이나 이승만 정권이 시행한 정책에 순응하며 원만하게 공직생활을 해 왔었다. 그러한 그 역시 좌익사상이 투철해서가 아니라 그의 인품과 행정수행능력이 뛰어나 물아래 주민들의 추대를 받아 부위원장이 되었다.

그런데 고전면 치안대를 조직한 경우는 좀 달랐다. 치안대는 행정수행능력이 별로 중요하지 않았기 때문에 해방 후부터 좌익 활동을 해 온 조진에 사는 무산자 계급의 한양출이 상부지령에 따라 치안대장에 임명되었다.

한양출은 고전면에서 해방 후부터 그와 같이 공산당 지하활동을 해 오던 물아래 조직원들 위주로 치안대를 조직했다.

몽환이 사는 지소부락은 약 150여 가구가 모여 사는 농촌에서는 꽤 큰 마을이었다. 그래서 지소마을에는 별도로 치안대분주소를 두었다. 그리고 지소의 분주소장에는 지소에 사는 한양출의 친구이며 좌익 활동에 협조적이었던 진익형을 앉혔다.

진익형은 지소 치안대를 조직하면서 주로 가난하면서도 그와 친했던 친구들을 포섭했다. 그에게 가장 먼저 포섭 대상이 된 사람은 서울대학교를 다니다가 전쟁으로 잠시 고향에 피난 와 있던 김경진이었다.

진익형이 김경진을 최우선 포섭 대상으로 삼은 것은 그가 평소에 좌익사상을 가지고 있는 사람이어서가 아니었다. 지소동네에서는 김경진의 학벌이 가장 높아서 그를 치안대에 가입시키면 다른 친구들도 포섭하기 쉬울 것이라 예상했기 때문이다.

그리고 다른 친구들에게는 치안대에 가입하지 않으면 의용군에 끌려가서 전쟁터에 나가 죽거나 부역 가서 죽을 고생을 해야 한다고 협박하면서 치안대에 들게 했다.

그래도 동네 청년들이 치안대에 잘 들려고 하지 않자 그는 진양군청에서 급사 일을 하다가 집에 와 있는 조병수를 찾아가서 은근히 유혹하는 말로 치안대 가입을 권했다.

"병수야, 니 치안대에 안 들래? 안 그라모 의용군에 싸우러 안 가모 부역 가서 이 덥운디 비행기가 폭탄을 널쭈는 신작로 옆에 방공호 판다고 죽을 고생헌다 아이가? 니가 치안대에 들모 그런 고생 안 해도 되는 기라 카이. 서울대학교에 댕기던 경진이 세이도 볼씨 치안대에 들었다 아이가? 그러닝깨 니도 치안대에 들어와서 우리맨키로 가난뱅이로 사는 사람들끼리 좋은 세상 한번 맨들어 보세."

진익형의 말을 들은 조병수와 차준태와 또 다른 친구들은 호기심 반, 완장 차고 허세 부리고 싶은 욕심 반으로 뒤늦게 치안대에 들어갔다.

그중에는 몽환이 평소 한 식구처럼 아끼면서 가난한 살림살이를 거두어 주고 있던 김범식도 끼어있었다.

그는 몽환이 결혼하기 전 양보면 새실에 살 때부터 이웃에 살며 친하게 지내던 사람이었다. 그는 가난에서 벗어나기 위해 지소에 터를 잡고 잘살게 된 몽환의 권유로 지소로 이사를 왔다. 그 뒤로 그는 몽환의 도움을 받으면서 친형제처럼 친하게 지내온 사이였다.

김범식은 일제강점기에는 그의 형이 을사늑약 이후에 의병활동을 하다가 독립군이 되어 만주로 갔다는 사실 때문에 항상 일본 경찰의 감시를 받으면서 살아왔다. 그는 마을주위에 조그만 이상기류가 감지되기만 해도 어김없이 일본 경찰에 잡혀가서 문초를 받거나 고문을 당하기가 일쑤였다. 그래서 그의 집안 살림살이가 매우 어려웠는데 몽환의 도움으로 겨우 가난을 면하고 살아왔다.

지소부락에 치안대분주소가 설치되자 진익형은 수시로 고전면 치안대장의 지시를 받고 돌아와 아침마다 지소 회관 앞마당에 치안대원들을 모아놓고 일장연설을 하였다.

"인자부텀 이 세상은 우리 무산자들을 위헌 공산주의 세상천지가 덴 기데이. 웃몰 강 부재도 중땀[30]에 정 부재(정순용. 호는 동초)도 모도 우리 농민들 피땀을 뽈아 묵은 우리들 적인기라. 인자부텀 그 사람들은 반동분자라 이 말이다. 우리는 모도 심을 합치서 지주나 자본가들을 몰아내고 무산자들인 우리들 세상을 맨들어야 허는 기다이. 무산대중은 모도 평등헌께로 우리는 서로 동무라 캐야 허는 기라. 우리는 모도 한 식구가 덴 기다 이 말이다. 자 모도 내 따라 고함 한번 질러봅시더이."

그는 두 주먹을 높이 쳐들고 힘차게 선창을 했다.

"지주는 인민의 적이다."

치안대원들이 그의 지시대로 복창하였다.

"적이다. 적이다. 적이다."

"반동분자를 처단하자."

"처단허자. 처단허자. 처단허자."

"인민재판으로 처단허자."

"처단허자. 처단허자. 처단허자."

"미제국주의자들을 쎄리 잡자."

"쎄리 잡자. 쎄리 잡자."

"공산주의 만세! 김일성 수령 만세!"

"공산주의 만세! 김일성 수령 만세!"

---

30) 동네 가운데

치안대원들이 마치 자기들 세상이 된 것을 자축이라도 하려는 듯이 그를 따라서 큰 소리로 만세를 외쳤다.

진익형은 고전면 치안대에서 상부 지시로 인민재판에서 꼭 알아 두어야 할 용어들을 몇 번이고 외었다. 그리하여 겨우 외운 '지주', '자본가', '무산자' 등의 용어를 되풀이하여 힘주어 말하면서 핏대를 올려 연설을 계속했다.

"우리가 젤 먼첨 해야 헐 일은 우리 농민들의 피땀 뽈아 묵은 중땀에 정부재 허고 웃몰 강몽환이 반동분자를 끌고 와서 인민재판을 허는 기라. 그라고 왜정 때 우리헌티 공출로 쌀 빼재이허고 쎄쪼가리[31] 다 빼띠라[32] 간 친일파 면서기 놈들허고 왜놈 경찰 헌 놈들도 인민재판으로 다 직이야 허는 기다 알겄나?"

"예."

모두들 기가 살아서 힘주어 대답했다.

"그런디 너뜰 인민재판이 무신 말인지 잘 모리재? 내가 똑띠 비 줄 긴깨로 한번 보라꼬이. 먼첨 강몽환이 반동분자부텀 잡아 와야 허겄다. 야! 범식이, 니가 가서 우신에 몽환이 반동분자부텀 잡아 오이라."

그러자 범식이 머뭇거리며 더듬대는 소리로 말했다.

"분주소장님, 저 저, 지가 우찌 몽환 씨를 잡아 온단 말입니꺼? 지는 그리 몬헙니더. 저-, 제 말고 다른 동무를 시모 안 뎁니꺼?"

---

31) 빼재이허고 쎄쪼가리: 보자기(봉지)하고 쇠조각
32) 빼앗아

"머시? 다른 사람? 야! 범식이! 니 시방 그기 무신 말이고? 그라고 또 몽환 씨이? 야! 임마. 인자부텀 모도 동무라 쿠라 안 쿠더나? 그라고 몽환이 그놈은 동무가 아이고 반동분자라 안 캤나? 야! 범식이 동무! 니는 시방꺼지 몽환이 그 반동분자 덕 좀 봄시로 젤 친허기 지냈재? 인자 그런 시대는 다 지냈데이. 니가 공산주이가 먼지 아직도 모르기 땜시로[33] 몽환이 반동분자를 잡으로 가기 싫어 허는 기다. 빨리 가서 잡아 오이라."

"저, 분주소장 동무, 제- 제발 제 입장을 좀 바 주이소. 병수 동무도 있고, 준태 동무도 있는디… 하필이모 와 제헌티 자꾸 그런 일을 시킵니꺼?"

범식은 일부러 '동무'란 말을 붙여가며 진익형 분주소장에게 통사정을 하였다. 그도 그럴 것이 범식의 생각에 몽환을 잡아 온다는 것은 생각도 할 수 없는 일이었기 때문이다.

'지금꺼지 내가 몽환이 성님헌티 덕을 얼매나 마이 봤는디 어찌 내 손으로 성님을 잡아온단 말이고? 내가 이런 짓 헐라꼬 치안대에 들어온 기 아인디. 내는 마, 독립군 했던 우리 범용이 성님이 우리나라에 충성헌 거 허고 그동안 우리 집안이 왜놈들헌티 당헌 고통을 아무도 몰라 준깨로 그거 좀 알아 달라꼬 치안대에 들어온 거뿐인디 와 내헌티 그런 일을 시킨단 말이고?'

라는 생각이 들었다. 범식은 진익형에게 다시 부탁했다.

---

33) 때문에

"분주소장님, 제발 제는 좀 빼 주이소. 그런 일은 제보다는 왜놈 밑에서 마이 배우고, 내보담 똑똑해서 대학교꺼지 댕기던 경진이를 시키는 기 맞는 거 아입니꺼?"

그는 애원하듯이 소리치며 다시 사정했다.

"니는 당에 대한 충성심도 약허고 충성심이 먼지 아직 모리고 있고나. 공산당 시는 대로 안허모 니도 인민재판 받는 거 모리는가 배. 퍼뜩 가서 몽환이 반동분자를 잡아 온나. 와, 지 죽을 짓을 헐라쿠노?"

그리고는 자기 동생을 가리키며 말했다.

"그러모는 니 혼자 힘들모 내 동생 익설이허고 함께 갔다 온나. 익설이가 알아서 다 할 테닝께."

범식은 하는 수 없이 진익설의 뒤를 따라 웃몰로 올라갔다.

해방 후에 일본인들이 물러가자 범식은 그렇게 꿈에도 간절히 바라고 바랐던 조국 해방의 기쁨이 누구보다 절절했다. 그래서 배드리장터를 쏘다니며 '우리나라 만세. 조선 만세.'를 목이 터져라 외쳤던 그였다.

미·군정이 행정업무를 개시하자 범식은 고전면사무소를 찾아갔다. 인제 조국이 해방되었으니 독립군활동을 한 형님의 공적도 자랑하고 싶고, 형의 유가족에게 무슨 혜택이라도 있는지 알아보기 위해서였다. 그가 면사무소에 들어서자 몇몇 아는 면 직원이 그를 반겼다.

"허 이거, 독립군 식구가 아니신가?"

그를 가장 먼저 반긴 사람은 잔내에 사는 정 서기였다. 정 서기는 범식의 외가 쪽 친척으로 일제강점기 때부터 고전면사무소에서 근무하던 사람이다. 해방된 후에도 그와 진영을 비롯해서 고전면 서기 전부가 미·군정에서 모집한 공무원에 다시 채용되어 고전면사무소에 근무하고 있었다.

"정 서기, 그래 안녕허신가?"

범식은 평소에 알고 지내던 면 직원들과 인사를 나누거나 목례를 하면서 아는 체를 하였다. 범식이 출입문 쪽에 놓인 내빈석에 앉자 근무 중이던 진영이 다가왔다.

"아재, 요새 별일 읎으십니꺼?"

"그래, 조칸가? 내사 머, 장 잘 있재."

"그런디 무신 일로 여꺼지 내리 오싰십니꺼?"

범식은 사뭇 진지한 표정을 지으며 말했다.

"그런디 조캐, 인자 해방이 된 거 아이가? 그런디 조캐도 알다시피 우리 범용이 성님이 독립군이다 아이가? 맞재?"

"예, 맞십니더. 그런디 와 그럽니꺼?"

"인자 우리나라도 해방이 됐응께로 나라에서 독립군 식구헌티 무신 대접을 좀 해 조야 허는 거 아인가? 해서 그러는디… 면에서 내가 일헐 자리 한 개 읎겄능가?"

"아재, 무신 말인지 잘 알겄십니더. 그런디 면소서도 해방되고 나서 일이 많아 아직 정신이 읎어서 눈코 뜰 새가 읎네요. 제가 차차 알아보고 일자리가 생기모는 뒤에 알려 드리모 안데겄십니꺼? 그러닝깨로 오늘은 집에 가시고 찬차이 좀 기다리 보시지요."

"그래, 잘 알겄데이, 조캐 자네 말이모 내가 믿재. 믿고말고…"

그러나 범식이 집에 돌아와서 며칠을 기다려도 면사무소에서는 아무런 소식이 없었다. 범식은 아무리 기다려도 소식이 없자 하도 답답하여 밤에 명교에 사는 진영의 집으로 찾아갔다.

"어흠, 강 서기 집에 있는가?"

"아이고, 아재가 여거꺼지 어찌 오이십니꺼?"

범식은 집안에 들어서자마자 인사말도 제대로 나누지 않고 진영에게 따지듯이 물었다.

"강 서기, 하도 소식이 읎어 답답해서 자네를 찾아 왔다 아인가 배."

"아재, 그 저어, 면사무소 일자리 땜에 그러시지요?"

"그래, 내가 눈디, 독립군 식구 아인가? 그런디 우리나라가 해방이 됐는디 다른 사람은 몰라도 우리 범용이 성님 낯을 봐서래도 내 일자리 한 개 몬 맨든단 말인가?"

"아재, 그게 저어…"

"어디 말 좀 해 보게. 이 사람아, 자네가 내헌티 몬헐 말이 어디 있는가?"

"아재, 사실은 일자리가 있긴 있는디요. 그게 아재가 해낼 수 있는 일자리가 아인 거 겉애서…"

"그기 무신 말이고?"

"저어, 실은 면서기가 델라카모 한문이건 한글이건 글자를 깨치야 허는디… 아재는 글을 모리지 않십니꺼?"

"그래, 그건 자네 말이 맞네. 조캐도 알다시피 울 아부지가 누구신가? 울 아부지는 누가 머라 캐싸도 큰 성님이 독립군이라 캄시로 절때로 왜놈들 밑에서 왜놈 교육을 받아서는 안 된다고 허싰재. 그래서 울 아부지가 내를 핵교 문턱에도 몬 가고로 했던 걸 자네도 잘 안다 아이가? 그러닝게 내가 무신 재주로 글을 알겄나?"

"그래서 말인디요. 면서기 대신에 아재가 한글이라도 깨치 감시로 일을 허실라모 급사 자리가 있기는 헙니더."

"머시라꼬? 급사? 조캐, 내가 그리뿌이 안 보이나? 독립군 가족이 해방된 조선 천지에 헐 일이 읎어서 급사라꼬? 시방 내 나이가 몇인디? 허, 참, 기가 찰 일이세, 기가 찰 일이라."

그는 버럭 화를 내며 급사 자리는 어림없는 일이라고 손사래를 쳤다. 그는 말로는 나이 핑계를 댔지만 실은 자기가 그 나이에 글자를 배울 엄두가 나지 않았던 것이다.

"그러닝게 지금꺼정 제가 아재한테 아무 말씸도 몬 드린 거 아입니꺼? 아재, 제를 용서 허이소. 지도 속이 답답해 죽겄심더."

범식은 강 서기의 말을 듣고 보니 그도 그럴 것 같았다.

'그놈의 글자가 원수고나. 어쩌겄나? 우리 아부지를 원망헐 수도 읎는 노릇이고…. 그렇다고 급사 노릇을 헐 수도 읎는 일이재. 급사 월급이 눈꾸 반만치도 안 된다 쿠던디. 차라리 농사짓는 기 낫재.'

그리하여 독립군 가족으로서 대접을 받고자 했던 영광된 꿈은 자기의 무식 때문에 물거품이 되고 말았다. 그렇다고 이미 돌아가신 아버지를 원망할 수도 없는 일이었다. 그는 그 후에 자기의 속마음을 누구에게도 말하지 않았다.

그러다가 몽환을 만났을 때 자기가 독립군의 가족인데 국가에서 해

주는 게 없다는 불만을 토로했다. 이 말을 들은 몽환은 전에 새실 살적에 친형처럼 지냈던 범용이 형을 생각하며 범식의 마음을 위로해 주고, 더 많은 소작을 부치게 해주었다. 그래서 범식은 풍족하지는 않지만, 그럭저럭 생활하는 데 별 어려움 없이 살게 되었다.

고전면에 북한 공산군이 쳐들어와서 공산당 세상으로 바뀌자 범식은 독립군 가족으로서의 꿈을 펼쳐보려고 이번에도 또 자진하여 치안대를 찾아갔다. 그런데 그가 할 일은 역시 무식하다는 이유로 인민재판을 받을 사람들이나 반동분자를 체포해 오는 행동대원 자리밖에 없었다.

'머시이? 공산주이가 무산대중이 세상이라 캤나, 머라 캤나? 친일헌 놈들은 모다 쎄리 직인다꼬? 그러몬 경진이는 왜놈 밑에서 공부허다가 내보담 잘 살기 땜에 서울대학교꺼지 댕긴 거 아이가? 그러닝깨 친일험시로 일본 놈 밑에서 돈 있어 공부헌 사람은 팔자가 피고 독립군 동생인 내만 무식허다꼬 찬밥 신세 된 기내. 공산주이가 이승만 시대허고 다린 기 머꼬? 내가 치안대에 들어간 기 몽환이 성님 끌고 오는 일 헐라고 헌 기 아인디. 은혜를 원수로 갚으라 쿠는 기 공산주이가?'

범식은 우리나라가 해방되었는데 아무리 독립군의 가족이라 해도 못 배운 사람만 찬밥 신세 대접을 받는 것이 억울하기만 했다.

범식은 '공산주이고 머시고 간에 빨갱이건 껌뎅이건 다 왜놈들 밑에서 친일험시로 공부헌 놈들만 득세허는 세상'이 원망스럽기만 했다.

범식은 웃몰로 몽환을 잡으러 가면서 어린 시절 새실에서 몽환 형님과 이웃에 살면서 친형제처럼 가까이 지냈던 일과 그의 도움으로 지소로 이사 와서 가난을 면하고 살게 된 일들이 주마등처럼 머릿속을 스치며 지나가고 있었다.

농사農事 유비예有備豫

　몽환은 하동군 양보면의 이명산 산자락에 있는 새실부락[34]에서 태어났다. 그의 아버지는 머슴을 두세 명 정도 데리고 알뜰하게 농사를 지으며 사는 평범한 유학자였다. 아버지는 결혼한 뒤에 본처가 네 아들과 두 딸을 낳고 별세하자 재혼했다.

　몽환은 재혼한 후처의 2남 1녀 중에서 큰딸에 이어 첫째아들로 태어났다. 그런데 그는 계모 아들이라고 하여 이복형들로부터 차별 대우를 받으며 서럽게 자랐다.

　그는 어려서 아버지의 농사일을 도우면서 자랐는데 공부는 서당에서 겨우 천자문 정도 익히는 데에 그쳤다. 그는 성격이 중후하면서 인

---

34) 봉곡

내심이 강하였고 근면 성실하였다.

그는 열여섯 살 때 집에서 가까운 진교면 월운에 사는 함안 이씨 처자와 결혼했다. 그는 결혼 후에는 새실 아래에 있는 딱밭골로 분가하여 신혼살림을 차렸다.

이곳에 산 지 얼마 지나지 않아 고전면 지소부락에 논 너 마지기를 사서 겨우 이삿짐 석 짐을 지고 동네 맨 위쪽에 위치한 두 칸짜리 조그만 오두막집으로 이사했다. 이 집은 그가 워낙 가난해서 사립문도 없고 거의 다 쓰러져가는 울타리가 엉성하게 둘러쳐져 있는 좁은 집이었다.

그는 아침 일찍 일어나 별로 손볼 집안일도 없었지만 내 집이라는 생각에 마당을 쓸고 울타리를 정성껏 손질하였다. 그러다 울타리 밑에 깨어져 나뒹구는 사금파리 하나를 보고도 아깝다는 마음이 들었다.

'저 사금파리가 조깸만 덜 깨졌이모 나물 그릇이라도 헐 낀디…'

이삿짐을 정리하고 집안 손질을 대충 마친 어느 날 아침, 아내가 부엌에서 아침 준비하느라 딸가닥거리는 그릇 부딪치는 소리를 듣고 잠을 깼다. 방문을 열고 마당에 나서니 이른 봄의 꽤 싸늘한 바람이 두 뺨을 스치고 지나갔다. 동쪽의 소-산 너머에는 훤하게 먼동이 트고 있었다.

'오늘은 날씨가 좋겄다. 우신에 산에 올라가서 부엌에 땔 땔나무부텀 해 와야 허겄다.'

그는 마당 한구석에 세워 둔 지게를 짊어지고 사립문을 나서면서

"저-. 내 나무 한 짐 해 옴세."

그 당시만 해도 남녀유별의 전통이 살아 있는 데다가 아직 신혼이라

내외간의 호칭이 어색했다. 그는 아내에게 멋쩍게 인사말을 하고는 산으로 올라갔다.

집 가까이 있는 뒷산은 다 주인이 있는 산이어서 그곳에서는 땔나무를 할 수가 없었다. 그래서 그는 서쪽 멀리 계월봉 아래에 있는 염시골로 가서 나무를 하기로 마음속으로 정하고는 뒷골 개울가에 나 있는 논두렁길을 따라 올라갔다. 조금 올라가다가 길 가 논두렁에 걸터앉아 동쪽을 바라보니 붉게 물든 하늘 아래 유독 우뚝 솟아있는 소-산이 한눈에 들어왔다.

백두대간이 소백산맥 산줄기를 따라 남쪽으로 뻗어 내려오다가 높은 지리산봉우리를 만들었다. 그 남동쪽으로 올망졸망한 산봉우리를 잔잔한 물결처럼 펼쳐놓은 곳에 노량 근처에 홀로 우뚝 솟아있는 단봉산이 소-산이다.

'저 소-산은 참 높우고도 멋지내. 그런디 생긴 모습이 어쩌몬 똑 채알[35] 겉이 비내. 큰 삿갓 엎어 논 것도 겉고… 그 참! 저걸 채알이라 치모 내는 이 담에 반드시 저 채알 안에 쌀 가마이를 한 그슥[36] 채울만헌 큰 부자가 데고 말 끼다.'

몽환은 소-산을 보고 마음속으로 앞으로 큰 부자가 될 꿈을 그리며 부싯돌로 담배를 피워 담배 연기를 크게 한 모금 들이마셨다가 하늘로 날려 보냈다.

---

35) 햇볕을 가리는 차일의 경상도 사투리
36) 가득

몽환이 지소로 이사를 오게 된 것은 가난 때문이었다. 그는 결혼하여 제금 날 때 아버지로부터 논 두 마지기를 물려받았다. 아무리 두 사람만 사는 신혼살림이라 해도 그 논에서 나는 수익만으로 살림살이를 꾸려 나가기에는 턱없이 부족했다.

분가하기 전에 고전에 사는 친척에게 들은 이야기가 있었다. 고전면에 지소마을이 있는데, 그 동네에는 천수답[37]이 많다고 했다. 그리고 이곳 마을 이름이 '지소紙所'인 것은 옛날에 종이 만드는 천민들이 살던 곳이라 하여 논값이 싸다는 말을 들었다.

몽환은 일부러 지소로 가서 논값을 알아본 결과 양보 딱밭골보다는 반값 정도로 싸다는 것을 알았다. 그래서 그는 딱밭골에 있는 옥답 두 마지기를 팔고 지소 뒷골의 천수답 네 마지기를 대토하여 이사를 오게 된 것이다.

그의 생각에는 열심히 노력만 하면 천수답일지언정 면적이 넓은 만큼 소출을 더 올릴 수 있다고 보았다.

몽환은 지소로 이사한 뒤에 매일 농사일을 열심히 하였으며, 틈만 나면 다른 집의 농사일을 해주고 받은 품삯을 알뜰히 모았다. 그리고 돈이 되는 일이면 무엇이든 가리지 않고 열심히 일했다.

그는 농사일의 효율을 높이기 위해 품앗이를 할 때도 아무하고나 같이 하지 않았다. 일부러 자기처럼 열심히 일하는 성실한 사람을 골라서 품앗이를 할 정도로 농사일에 정성을 다하였다.

---

37) 물에 의하여서만 벼를 심어 재배할 수 있는 논.

그의 아내도 천생배필이어서 그와 마찬가지로 부지런하였다. 농촌 여자들은 농번기를 제외하고는 돈을 받고 일하는 일터를 찾기 어려웠다. 그래서 아내는 농번기가 아닐 때는 중땀에 있는 정 부잣집에 자주 드나들며 집안일을 거들어 주었다. 그리고 그녀는 일해 주고 품삯을 받는 대신에 그 집에서 먹고 남은 음식을 구해 와서 끼니를 때웠다.

아내는 정 부잣집에서 일을 도와 달라는 요청을 받고 가는 것이 아니었다. 그녀가 농번기에 정 부잣집에 일하러 갔을 때 그 집 안주인 관곡댁이 자기와 성이 같은 함안 이씨라는 것을 알게 되었다. 그 후로 그녀는 일부러 안주인에게 접근하여 친하게 지내려고 노력하였다.

"아지매, 제도 함안 이 간다요. 아지매허고 같은 성이네요. 제가 사람들헌티 물어보고 촌수를 대 본깨로 아지매가 저보담 촌수가 높십디더. 그러닝깨로 앞으로 아지매라 불러도 데지예?"

하면서 안주인과 친척임을 내세워 가까이 지내기를 청하였다. 정 부잣집 안주인도 몽환의 아내가 성격도 좋고, 또 자기가 하는 일을 눈치껏 잘 도와주며 매사에 살갑고 붙임성 있게 대하는 것이 싫지는 않았다. 그래서 그녀가 자기 집에 드나드는 것을 마다치 않았다.

정 부잣집 안주인은 젊은 몽환의 아내가 없는 살림인데도 잘살아 보겠다고 발버둥 치는 모습이 안쓰럽다는 생각이 들었다. 그녀는 몽환의 아내가 일을 마치고 집에 돌아갈 때면 남는 음식을 아끼지 않고 함지에 담아주며 인심을 나누었다.

몽환은 아내와 일심동체가 되어 열심히 살림살이를 모아 몇 년이 되지 않아 논밭도 꽤 늘었고, 달덩이 같은 아들도 얻게 되었다.

가을 추수가 끝나고 날씨가 제법 쌀쌀해진 어느 날, 몽환은 큰어머니 제삿날을 맞이하여 쌀 한 되를 무명 자루에 담아 메고 새실로 제사 모시러 갔다. 그의 아내도 젖먹이 첫째 아이를 등에 업고 같이 길을 나섰다. 그들은 잔내 앞에 있는 냇물의 징검다리를 건너서 수까무재를 넘어갔다.

재 너머 들판 곳곳에는 아직 보리 갈이 하는 농부들이 드문드문 보였다. 들판 양쪽에 길게 늘어서 있는 산등성이에는 늦가을 단풍이 시들어 빛이 바래가고 있었다. 몽환은 아내와 길가 잔디밭에 앉아 풀벌레 소리를 들으며 지난날 제금 날 때의 일을 회상하여 보았다.

몽환이 새실 큰집에서 딱밭골로 분가했다가 지소마을로 이사 온 지 어느덧 3년이 지났다. 그가 분가하던 날 살림살이래야 겨우 이삿짐 석 짐 정도 되는 것을 아내와 큰집 머슴과 셋이서 이고지고, 이 고개를 넘으며 꼭 부자가 되기로 결심했던 일이 생생한 기억으로 떠올랐다.

그는 지금까지 자기 꿈을 이루기 위해 정말 열심히 일하고 저축했지만 아직은 겨우 끼니를 이어 나갈 정도밖에 이루지 못했다. 그러나 뒤에서 따라오는 아내의 등에 업힌 아들의 또랑또랑한 울음소리를 들으면 가슴에 부풀어 올랐다. 그는 우렁찬 아들 울음소리에 뭔가 힘이 솟구치고 가슴속 깊은 곳에서 꿈틀거리는 희망의 꿈에 부풀어 남몰래 미소를 지었다.

새실 큰집에 도착하니 식구들은 제사준비를 하느라 모두 분주히 움직이고 있었다. 여자 식구들은 제사에 쓸 떡을 빚거나 지짐을 부치고 나물 반찬을 하느라 바빴고, 머슴들은 떡방아를 찧거나 장작을 패서 부엌으로 나르고 있었다.

마당에서는 멍석 위에 널어놓은 나락을 가마니에 담아서 장에 내다 팔기 위해 저울에 달고 새끼줄로 묶느라 분주했다. 이미 큰집에는 일가친척들도 와 있어서 집안이 시끌벅적하였다.

몽환 부부는 우선 사랑채에 가서 아버지께 인사를 올렸다. 방안에는 형님들과 조카들이 둘러앉아 이야기를 나누고 있다가 몽환의 가족을 반갑게 맞이했지만, 몽환은 예전부터 느껴 오던 뭔가 서먹서먹한 분위기를 느낄 수 있었다.

사실 그의 아버지는 자식들끼리 신분차별 하는 것을 달가워하지는 않았다. 하지만 본처 처가 식구들의 아집과 허세 때문에 어쩔 수 없이, 후처의 자식들에게는 안쓰러운 일이지만, 마음에도 없는 차별대우 받는 일을 묵인하고 있었다.

조금 있다가 아버지가 안채 쪽을 보며 몽환에게 말했다.

"그래, 먼 길 오느라 고생했다. 안방에 가서 네 에미헌티도 인사디리야재? 얼러 안에 가 보거라."

몽환은 아내와 같이 안방으로 가서 어머니와 여자 손님들에게 인사를 드렸다. 몽환이 인사를 마치고 안마당으로 내려가니 앞집 사는 범용 형이 입이 찢어져라 웃으면서 반겼다.

"이거 몽환이 동승 아이가? 그래 장가 가더이 깨가 서 말이나 쏟아 짐능가 배. 신수가 훤허데이."

"참, 성님도 무신 말을 그러코롬 허능기요? 내 팔자에 신수는 무신 신수…. 그래, 성님 얼굴도 갠찮아 비는 디요. 요새 성님 집에도 깨 농사가 풍년이 들어서 깻자루를 확 디리 붓는가 배요?"

사실 몽환과 범용은 어려서부터 이웃에 살면서 친형제처럼 가까이 지내던 사이였다.

범용은 집안이 무척 가난했다. 그래서 새실 마을에서는 비교적 부자로 사는 몽환 아버지의 농사일을 도와주고 받은 품삯이나 때때로 나누어 주는 음식을 얻어먹으면서 살았다.

그런데도 그는 항상 밝은 얼굴로 부지런히 일하여 몽환의 아버지뿐만 아니라 동네 어른들의 칭찬을 받으면서 사는 성실한 청년이었다.

그는 기골이 장대하고 잘 생겼으면서 이웃 간에 인정도 많았다. 몽환이 어렸을 때 이복형들로부터 차별대우를 받고 우울해 하거나 슬픔에 잠겨 있을 때면 한밤중이라도 마다치 않고 몽환을 자기 집으로 불러서 따뜻하게 위로해 주던 사람이 바로 범용 형이었다. 그는 때때로 몽환에게 세상 살아가는 물정을 가르쳐 주면서 어린 가슴에 희망을 심어 준 속 깊은 고향 형이었다.

오늘도 범용형뿐만 아니라 범용의 가족들도 거의 다 큰집에 와서 제사 일을 돕고 있었다.

저녁을 먹고 사랑방에서 집안 친척들과 이야기를 나누고 있는 몽환을 범용 형이 밖으로 불러내었다.

"몽환이 동숭, 안 바쁘모 바람 씨러 안 갈래?"

"성님, 그라내도 성님 보로 나갈라 쿠는 참인디…. 쪼깸만 기다리이소, 바로 나갈 낑께."

"요 앞 타작마당 덕석바구 우로[38] 퍼뜩 나오이라이."

동네 앞에는 마을 사람들이 곡식을 타작하면서 공동으로 사용하는 타작마당이 있었다. 타작마당 한 귀퉁이에는 여러 사람이 앉아서 놀기 좋을 만한 크기의 평평한 바위가 자리 잡고 있었다. 이 바위를 동네 사람들은 넓은 멍석처럼 생긴 바위라는 뜻으로 '덕석바구'라고 불렀다.

몽환이 타작 마당에 나와 보니 중천에 떠 있는 달빛이 타작 마당 가득히 환하게 비치고 있었다. 마당 구석에 있는 덕석바구 위에 앉아있던 범용 형이 환하게 웃으며 몽환을 반겼다.

"몽환아, 여다. 여로 얼러 온나."

두 사람은 바위 위에 앉아서 몽환이 가져온 제사음식을 나누어 먹으면서 환담을 나누었다.

"몽환이 너 집 게 부침개는 언제 무도 맛있데이."

"성님, 마이 드이소, 그라고 내는 그동안 성님 생각 마이 했소."

"손님 너무[39] 말 허지 마래이. 그렇다고 니가 내만치나 했겠나?"

"그래, 내 생각해 주는 사람은 성님뿐이 더 있겠소?"

"근디 아까 니 새끼 본께로 참말로 잘 생깄더라. 말이사 허는 말이지. 몽환이 니보다는 상구[40] 더 잘 생깄던디."

"성님, 농담 그만 허소. 그런디 요새 범식이 동승도 잘 있능기요?"

---

38) 멍석바위 위로

39) 남의

40) 훨씬

"잘 있기는 허재. 우리 형편에 어쩌겄나? 가는 박드리⁴¹⁾서 남우 집 꼴 때미⁴²⁾로 살고 있다 아이가?"

"모도 다 고생허요. 내라도 마, 잘 살모 도와 주 낀디."

"뎄다, 마, 그거는 그렇고, 너 아부지한테서 무신 말 몬 들었나?"

"무신 말인디요?"

"아, 글씨, 우리나라가 곧 망헌다고 험시로 옥종서 양 장군인가 허는 사람이 일본군허고 싸울라꼬 의병을 일으킸다 쿠던디… 아직 너 아부지가 미처 말을 안 했능가 보구마."

"머시! 나라가 망헌다꼬요?"

몽환은 처음 듣는 말이라서 도저히 이해가 안 간다는 듯이 고개를 가로저으며 큰소리로 되물었다.

"그래, 진짜로 우리나라가 곧 망한다고 안 카나?"

"에이-, 무신 자다 봉창 뚜디는 소리 허능기요? 나라가 망헐라모 누가 쳐들어와야 헐 끼 아인기요?"

"니 아부지헌티 들었는디 진짜랑께로…"

"허, 참, 성님, 생각을 좀 해 보소. 나라가 망헐라모 누가 쳐들어와야 허는디 우리나라에 왜놈이 쳐들어왔단 말이요, 아이몬 오랑캐가 쳐들어왔단 말이요?"

"아, 글씨, 왜놈들헌티 우리나라가 망헌다 카더랑께…"

---

41) 박달
42) 어린 머슴

"그러몬 성님, 왜놈들을 한 놈이라도 본적이 있소? 내는 왜놈 그림자도 몬 밨는디."

"있기는 있싱께로 의병을 일으키는 거 아이겄나?"

몽환은 너무도 뜻밖의 이야기를 듣고는 어안이 벙벙하여 한동안 할 말을 잃었다. 타작 마당 가득히 소리 없이 내리는 달빛 가루에 그들의 마음도 가라앉았는지 한동안 침묵이 흘렀다.

"허기사, 내는 지소 골짝 동네서 농새 짓니라 정신이 없었잉깨… 나랏일이 내허고 무신 상관이 있는 긴지? 어디 생각이나 해 봤어야재…"

몽환은 가만히 생각하다가 뭔가 이상하다는 생각이 들어서 범용형에게 따지듯 물었다.

"성님, 오랜만에 만내 가꼬 내헌티 그런 이야구는 와 꺼내능기요?"

"몽환아, 니 내 꼬라지 한본 보래이. 천 날 만 날 일해 봤자 돈이 모이겄냐? 평생 이러다가 입에 풀질허기도 바뿌재… 우리 아부지는 사흘디리 병치레고, 우리 어매허고 내허고 쎄가 빠지기 일해 봤자 걸베이 신세 몬 면헌다 아이가?"

"글씨, 그런 성님 형편을 내가 모리는 것도 아인디… 그래 무신 일이 있었능기요?"

범용은 몽환의 말을 가로막듯이 말했다.

"내가 의병 갈라고 헌데이."

몽환은 그 말에 깜짝 놀라 되물었다.

"머시? 의병요? 누가 의병을 모우기나 헌답디까?"

"아까 너 아부지가 옥종서 양 장군인가 허는 사람이 의병을 모운다 쿠더라 카이."

"내는 그런 소리 몬 들었는디요. 그러모 성님! 의병이 무신 일을 허는지 알기나 아능기요?"

몽환은 범용이 걱정되어 큰소리로 물었다.

"왜놈들허고 쌈 붙는 거뿌이 더 허겄나?"

"왜놈들은 총을 갖고 있다던디… 성님이 그런 왜놈들허고 싸우다가 총 맞아 죽을지도 모린다 아이요? 그걸 알고나 허는 말이요?"

"인명은 재천이요, 사람 팔자 시간문제 아이겄나? 그런디 내헌티는 입에 풀칠허는 기 더 급헌 일인 기라 카이… 내가 의병에 들어가모 설마 명색이 군인인디 밥도 안 미고 싸우라 쿠겄나?"

"그런디 성님, 참 간도 크요이. 글씨, 어쩌다 간에 바람이 든 기요? 성님 부모허고 젊은 형수허고 범식이는 우짤 긴대…"

"몽환아, 사람팔자 누가 알겄나? 의병 가서 내 팔자가 제대로 풀릴지… 낼 모래쯤 너 아부지가 옥종 의병대장 양 장군헌티 쌀가마이를 보낸다 쿠더라. 그때 내 보고 일꾼들 여 나무 명 덴고 옥종꺼지 짐을 져다 주고 오라꼬 허싰네."

"아이구! 옥종 길이 제북 먼디… 황토재를 넘어서 북천장터를 지내 갖고 옥종 청룡꺼지 갈라 카모 술차이 힘들 낀디요? 옥종 양 장군헌티 쌀 가마이 저다 주고 고마 휑허이 집으로 돌아오소이. 딴 생각은 허지 들 마라 이 말이요."

몽환은 단호한 어조로 힘주어 말했다.

"글씨, 일단 옥종 가서 형편 살피보고 결정헐란다. 아적꺼지는 내 맴을 내도 모리겄내."

다음 날 아침에 몽환의 아버지와 집홀에 사는 작은아버지, 그리고 가까이에 사는 집안 어른들이 사랑방에 모여앉아 집안회의가 열렸다. 몽환도 영문을 모른 채 의아한 표정으로 방 한구석을 차지하고 앉았다.

우송 작은아버지가 무슨 종이 한 장을 방바닥에 펼쳐놓고는 읽어 내리기 시작했다. 그 글은 옥종 의병장 양문칠梁文七 장군이 보내온 격문檄文이었다.

"그래, 무신 내용이더냐?"

아버지가 동생에게 물었다.

"예, 형님. 을사늑약乙巳勒約 이후에 국운이 풍전등화처럼 기울어 가는 조국을 구헐라꼬 의병을 일으킨 옥종 정수 사람인 양문칠 장군이 하동의 각 고을에 보낸 격문입니다. 내용인즉슨 '조선인의 기상을 가진 청년들은 모두 일어나 의병으로 나설 것을 독려허는 내용이고, 또 의병을 일으킨 지 2년이 다 데 가는디 군량미가 부족해서 고충이 많다고 허네요. 그래서 의병 활동에 필요헌 군자금과 추수가 끝나는 대로 곡식과 소금 등을 보내 달라 쿠는 내용입니더."

"그렇겠지, 곧 차갑은 삼동이 다가오는디… 왜놈들과 싸우는 의병들 고초가 오죽허겄능가?"

몽환의 아버지가 의병들의 고충을 걱정하며 말했다.

"헌디 하동사람들의 호응으로 의병 규모가 400명 정도로 커졌다고 험니다. 요 얼마 전에는 산청 출신 박동의 경남창의대장과 합세하여 산청 경찰서와 군청을 습격해서 그곳에 주둔허고 있는 왜병들을 몰살허고, 멀리 등구, 마천의 지리산고개를 넘어 남원에 주둔하고 있던 일본군 수비대꺼정 급습해서 큰 타격을 주는 전과를 올렸다고 헙니더. 그래서 머잖아 일본군의 본격적인 보복 공격이 있을 끼라고 험시로 군병 보충과 군량미 확보가 시급해서 하동군민들의 분발을 강력허게 촉구허는 내용도 들어 있십니더."

"우리 집안은 아버님께서 자헌대부를 지내싰지 않느냐? 하동서는 다른 집안보다 조정의 은혜를 더 많이 입은 집안이재이. 그런디 나라의 위급한 처지를 그냥 바 넘길 수는 읎는 일 아이겠나? 그래, 동숭 생각은 어떤가?"

"성님, 저는 횡천, 청암 일대를 돔시로 의병 모집에 나서기로 했십니더. 그리고 최바꾸미재를 넘어 악양에 가서 개국공신 조준 대감의 후손인 조 진사 어른과 이 일을 상의해 볼 계획입니다. 그렇지만 형님은 건강이 안 좋으시니…"

자헌대부를 지낸 몽환의 할아버지는 2남 2녀를 두었는데 큰아들인 몽환의 아버지는 병치레를 자주 했다. 몽환의 할아버지는 두 아들을 훌륭한 유학자로 키우기 위해 한학 공부를 시켰다. 그중에 둘째 아들의 문장이 출중하여 과거 준비를 하고 있었다.

그런데 작은아버지의 과거시험 시일이 다가올 즈음 아버지의 병세가 악화되었다. 평소에 형제간에 우애가 깊었던 작은아버지는 과거를 다음 기회로 미루고 자기 형님의 병간호에 정성을 다했다.

형님의 병이 악화되어 위독해졌을 때 자기 새끼손가락에 상처를 내어 피를 형님의 입에 흘려 넣어 형의 병을 낫게 하였다. 그런 일이 주변 사람들에게 알려지면서 그들 형제간의 우애 있는 행실이 많은 사람으로부터 칭송을 받았다.

그 이후에 몽환의 작은아버지는 열심히 공부하여 다시 과거를 치르려고 했지만, 과거가 폐지되는 바람에 과거급제의 꿈을 접어야만 했다. 그렇지만 그의 학문은 하동 일대에 널리 알려지게 되어 많은 제자를 가르치는 선비로서 두루 존경을 받고 있었다.

"그래, 네 말이 맞다. 나는 마음이야 앞서지만 그럴 처지가 몬 되닝깨 군량미라도 한 열 섬 정도 허고 소금 한 가마이를 보낼까 헌다."

"형님! 그 정도 양석이라도 보내모 양 장군헌티 큰 보탬이 되지 않겄십니꺼?"

"그러모 다행이재. 낼 모레, 날씨 바서 짐꾼을 구해 우리 앞집 범용이 편으로 보내모 안 데겄나?"

"예, 범용이 정도모 신실헌 청년잉깨 실수 읎이 일을 잘 처리허고 올 낍니더."

몽환은 어제 밤에 범용 형과 이야기 나눈 것을 생각하며 범용 형이 옥종에 가서 무사히 일을 마치고 돌아오기를 마음속으로 빌었다.

어느 무더운 여름날, 몽환의 이웃집에 사는 범사 김 센이 병을 앓다가 세상을 떠났다. 몽환은 자기 일을 제쳐놓고 이웃집 초상 치르는 일을 자기 일처럼 열심히 도왔다. 김 센은 범사에 사는 홍팔준이라는 마름의 고숙이라는 것을 소문으로 들어서 알고 있었기 때문이다.

홍팔준은 전라도 구례군의 대지주인 김 개묵[43] 소유의 고전면 일대에 있는 많은 논을 관리하는 마름이었다. 그는 자기가 관리하는 논이 너무 많아서 각 마을마다 책임자를 한 사람씩 두어 소작논을 배정하고 관리하는 일을 맡겼다.

범사 김 센은 홍팔준과 인척 관계여서 지소 소작논의 관리책임자 역할을 해왔다. 그래서 몽환은 김 개묵의 소작논을 많이 얻어서 농사를 지어볼 욕심으로 범사 김 센의 일이면 우선으로 도와 왔었다.

범사 김 센이 죽은 다음 날도 많은 문상객이 다녀갔다. 점심때쯤 되어서 키가 작달막하고 가무잡잡하게 생긴 사람이 하얀 모시 두루마기에 큰 갓을 쓰고는 몇 사람을 수행하고 문상을 왔다.

그런데 문상꾼들이나 초상집 사람들이 모두들 그 사람 앞에 와서 굽실거리며 인사를 하였다. 몽환은 그 사람이 누군지 궁금하여 오래전부터 그 동네에 살고 있던 고종 동생 정문용에게 물었다.

"동숭, 저 사람이 누고?"

"참, 성님도, 아직꺼정 저 사람이 누군지도 몰랐소?"

"아, 글씨, 닌디?"

"구례 김 개묵의 큰마름 홍팔준 영감이 아인기요? 저 어른헌티 잘 비야 논마지기 소작도 얻을 수 있잉께로 단디 봐 노소. 마."

"아! 저 사람이 소문으로만 듣던 홍 영감이가?"

---

43) 감역: 조선 시대에, 선공감에서 토목이나 건축 공사를 감독하던 종구품의 벼슬. 또는 그런 벼슬아치.

몽환은 문용의 말을 듣고 마치 예전부터 홍팔준을 아는 사람처럼 그의 앞으로 다가가서 공손히 인사를 올렸다. 그러나 홍팔준은 대충 알은 체만 하고는 거드름을 피우며 안으로 들어 가버렸다.

범사 김 센이 죽은 후에 지소의 소작논 관리는 그의 아들인 김용석이 맡아 하였다. 그런데 그는 몽환보다 서너 살 아래였다. 범사 김 센이 죽은 후에도 몽환은 변함없이 김용석의 일을 도우며 홍팔준과 연줄을 대 보려고 노력하였다.

몽환은 결혼한 지 몇 해가 지나는 동안 아버지에게서 물려받은 논 네 마지기 농사를 정말로 열심히 지었다. 아내와 함께 남의 일을 하고 받은 품삯 한 푼도 허투루 쓰지 않고 알뜰살뜰 살림을 모았다. 그리하여 그는 예닐곱 마지기가 넘는 논과 상당한 넓이의 밭도 마련할 수 있었다.

몽환은 부지런히 노력하며 농사를 지었기 때문에 농산물 수확량도 항상 남들보다 많았다. 그리하여 동네에서는 농사를 잘 짓는다는 평판을 받아 그가 바라고 바라던 구례 김 개묵의 소작논 다섯 마지기 농사를 지을 수 있게 되었다. 이 논은 건너들 봇목에 있는 물 사정이 좋은 논이었다.

그는 작년에도 소작논 농사를 잘 지어 남들보다 소출이 많았다. 그래서 구례 김 개묵의 마름인 홍팔준의 인정을 받았다. 그리고 올해에도 농사를 잘 지으면 소작논을 더 늘려 주겠다는 구두 약속을 받아 놓고 있었다.

몽환은 더 많은 소작논을 배정받게 되면 살림살이를 더 늘릴 수 있겠다는 희망에 부풀어 더욱 열심히 농사를 지었다.

그런데 몽환은 올해 들어 여름 날씨가 너무 무더운 것이 아무래도 무슨 나쁜 징조가 아닐까? 하고 가슴 한구석에 불안한 마음이 들기 시작했다. 아무래도 올가을에는 벼멸구가 극성을 부릴 것 같은 예감이 들었기 때문이다.

몽환은 아직도 더위가 가시지 않은 늦여름 아침에 보리 한 가마니와 쌀 몇 되를 지고 배드리장에 장보러 집을 나섰다. 중땀에 사는 고종동생 정문용을 장애 가는 길동무나 삼을까 하여 그의 집 사립문 앞에 가서 물어보았다.

"동숭, 장보로 안 갈랑가?"

"참, 성님도, 피사리⁴⁴⁾는 안 허고 무신 장을 보로 가는 기요?"

그는 퉁명스럽게 대답했다.

"올여름 날씨가 올매나 덥었는가? 아매도 올해는 멸구가 극성일 거걸네. 그래서 왜지름⁴⁵⁾ 한두 통 사 놓는 기 좋을 거 겉에서 장에 갔다 올라 카네."

"허, 참, 그 비싼 왜지름을 사로 장에 간단 말이요?"

"그렇네, 그래도 멸구헌티는 누가 머라 캐싸도 왜지름이 최고 아이겠나?"

---

44) 농작물에 섞어 자란 피를 뽑아내는 일.
45) 왜기름, 등유

"성님이나 잘 갔다 오소. 내는 피사리 허기 바쁜깨로⋯"

몽환은 퉁명스럽게 대답하는 문용을 뒤로하고 서둘러서 논짐이재를 넘어서 배드리장으로 갔다.

배드리장은 시골에 있는 장이지만 고전면과 양보면, 금남면, 횡천면, 멀리 북천면 사람들까지 이용하는 장이어서 인근에서는 꽤 규모가 큰 오일장이었다.

몽환은 우선 냇가 쪽에 있는 친구인 김경필이 운영하는 싸전으로 보리쌀을 팔러 갔다. 몽환의 친구 김경필은 서로 친구 사이로 지내기는 해도 실제 나이는 자기보다 서너 살 위였다.

그는 힘들여 농사지어서 거둔 보리라 제값을 받기 위해 싸전 근처에 보리 지게를 지겟작대기로 받쳐 세워 두고 싸전 앞을 기웃거렸다. 다른 사람들이 보리를 얼마 받고 파는지 살펴보기 위해서였다.

그는 보리 값을 미리 알아보고 나서야 싸전으로 가서 보리를 팔았다. 몽환은 친구에게 보릿값을 더 쳐 달라고 일부러 승강이를 벌인 뒤에 적당한 값에 흥정을 끝내고 팔았다.

보릿값을 더 받지도 못하면서 친구와 그렇게 승강이를 벌여 보는 것은 그렇게 하여야만 보릿값을 제대로 쳐서 받았다는 기분이 드는 것이 몽환만의 심정일지도 모르는 일이었다.

몽환은 곡식을 팔고 받은 돈을 허리춤에 찬 무명 주머니에 단단히 챙겨 넣었다. 그러고는 어물전에 가서 일꾼들 반찬에 꼭 필요한 마른미역이며 갈치, 바지락 등의 반찬거리를 사서 지게에 얹었다.

그는 곧장 기름집으로 가서 가격이 비싼데도 불구하고 벼멸구 퇴치를 위해 석유 한 말을 샀다.

　석유와 건어물과 생선을 지게에 지고 장꾼들로 발 디딜 틈이 없는 의류, 신발가게 앞을 지나는데, 특히 그의 눈길을 끈 것이 있었다. 그것은 신발가게에서 파는 고무신이었다.

　몽환이 생전 처음 보는 고무신은 보기만 해도 윤기가 나고 부드러우며 색동무늬 칠을 한 신발 코가 아주 예뻐 보였다. 몽환은 멋지게 생긴 하얀 고무신을 보고는 문득 아내 생각이 났다.

　아내가 정 부잣집에 일하러 갔다 오면 자기의 눈치를 보아가며 넌지시 정 부자 아내가 신고 다니는 여자 고무신 이야기를 꺼낸 적이 있었다.

　"시상에 그러코롬 곱고 이쁜 신발이 어디 있일꼬?"

　하지만 몽환은 아내가 한 말을 생각하다가 머리를 살래살래 흔들며 혼잣말로 중얼거렸다.

　'아이재, 시방은 아이다. 내가 부자가 데모 생각해 볼 일이재이. 어디 고무신이 여편네들헌티 무신 소용이고? 고무신 한 커리에 돈이 얼맨디… 짚신은 돈 안딜이고도 얼마든지 맨딜어서 신을 수 있는 거 아이가? 어림 반 푼어치도 읎지, 암, 어림 읎고말고…'

　그는 얼른 집에 돌아가서 논에 피사리해야 하겠다는 바쁜 마음에 뒤도 안 돌아보고 장터를 빠져나왔다.

　몽환은 배드리장터 뒷동네인 성터마을 골목길을 돌아 올라가서 논 짐이재에 이르렀다. 늦여름의 꽤 뜨거운 햇볕을 받으며 석유통과 장거리를 짊어지고 비탈길을 올라오느라 이마에 땀방울이 구슬처럼 맺혔다. 그는 길가의 느티나무 아래에 지게를 세워 놓고 얼굴에 송송 맺혀 있는 땀을 삼베 소매로 닦아냈다.

그는 담뱃대에 담배꽁초를 비벼 넣고는 부싯돌로 불을 붙여 담배를 한 모금 길게 빨아들였다가 내뿜으며 혼잣말로 중얼거렸다.

'이 왜지름이 보배지. 조선 팔도서는 눈 씻고 볼라고 해도 몬 보던 귀하고 귀한 보물이재. 작년에는 멸구가 덜해서 효험을 못 봤지만 올해는 다를 걸시. 멸구가 들판을 씰어 오몬 이 왜지름을 확 논에 붓고, 왜지름 물을 나락에 퍼지기모 멸구 제 놈이 안 죽고 배길 끼가?'

석유로 논의 멸구를 몰아내 벼농사가 대풍이 들 것을 상상하며 혼자 입가에 미소를 지었다. 그는 옆에 서 있는 느티나무를 쳐다보고 마치 사람하고 대화하듯이 말했다.

"설령 멸구가 설허모 애끼 났다가 불 밝히는디 쓰몬 밑져 봤자 본전 아이겠냐?"

구한말부터 듣도 보도 못한 석유라는 기름이 외국으로부터 수입되어 가정에서는 등불을 밝히고 농촌에서는 벼멸구 퇴치에 사용하기 시작했다. 그러나 가격이 워낙 비싸서 농민들은 밤에 호롱불을 밝히는 데만 아껴서 겨우 사용하는 실정이었다.

지소마을의 농부들도 벼멸구를 퇴치하는 데 석유를 뿌리면 큰 효과가 있다는 것을 잘 알고 있었지만 '설마 올해에도 벼멸구가 심할까?' 하는 안일한 마음으로 크게 신경 쓰지 않았다. 그런 데다가 석유값이 워낙 비싸서 석유를 미리 사서 준비해 두는 사람은 아주 드물었다.

그 당시에 농민 대부분이 주로 벼멸구를 퇴치하는 방법은 논에 물을 가두고 대막대기로 벼 줄기에 붙은 멸구를 떨어내어 논물에 빠뜨리는 것이 전부였다. 그렇게 한 뒤에 논에 물을 많이 대어서 벼멸구를 아래쪽 논으로 흘려보냈다. 그런데 아래로 떠내려간 멸구는 곧바로 다시 날아올라 벼 줄기에 또 달라붙기 때문에 별 효과가 없었다.

벼멸구를 가장 효과적으로 퇴치하는 방법은 먼저 논에 물을 가득 가두어 물고를 단단히 막고 나서, 석유를 논물에 그득히 뿌리고, 바가지나 손으로 석유가 섞인 물을 퍼서 벼 줄기에 뿌려 잘 스며들도록 하여 대작대기로 벼에 붙은 벼멸구를 떨어뜨려서 물 위에 둥둥 떠다니는 석유에 빠뜨려 죽이는 것이었다. 그리하여 석유를 뿌린 물에 빠진 벼멸구의 날개에 기름이 묻어 몸통에 달라붙게 해서 날개를 움직여 날아오르지 못하게 하여 익사시키는 방식이었다.

평소에도 농사일에 누구보다 열심이었던 몽환은 쌀 생산량을 늘리는 일이면 어떤 일도 마다치 않고 최선을 다했다.

몽환은 매년 벼멸구를 퇴치하기 위해 있는 돈 없는 돈 다 긁어모아 미리 석유를 준비해 두었다. 고전면에서 이렇게 벼멸구 퇴치를 위한 준비를 미리 해 두는 사람은 몽환이 유일하다시피 했다.

몽환이 올해부터 구례 김 개묵의 논 다섯 마지기 소작을 하게 된 것은 그의 마름인 홍팔준의 영향력이 컸다.

사람들이 그를 '홍 영감'이라고 부르는 것은 그의 지위가 높아서가 아니라 가난에 찌들어 사는 농민들에게는 마름이 상전과 같은 존재였기 때문이다. 그의 말 한마디에 자기가 부치던 생명줄 같은 소작논이 남의 손으로 넘어가 버려서 생계에 직접적인 위협을 받는 것이 현실이었다. 그래서 농민들이 너도나도 경쟁하듯이 그에게 아첨하느라 붙여진 경칭이었다.

농민들이 농사를 잘 짓는 것만 가지고 홍 영감의 눈에 들어서 소작논을 배정받는 것은 아니었다. 가난에 쪼들린 농민들은 김 개묵의 소작논을 단 한 마지기라도 더 많이 얻어서 농사를 지으려고 눈에 불을 켰다. 이를 위해 농민들은 홍팔준에게 아첨하며 자진하여 상전 모시듯이 모시는 일을 마다치 않았다.

몽환도 범사 홍 영감의 눈에 들기 위해 온갖 노력을 다했지만, 워낙 가난한 처지라 별로 뾰족한 방법이 없었다. 겨우 할 수 있는 일이라면 홍 영감을 만날 때마다 극진히 인사를 올리거나 그의 비위를 맞추는 정도였다.

그러던 어느 날 몽환이 배드리장에 갔는데 마침 싸전 옆에 있는 주막에서 전에 이웃집 범새 김 센의 초상날 본 적이 있는 홍 영감이 얼근히 술에 취해 나오는 것을 보았다. 몽환은 대번에 그를 알아보고는 그의 앞으로 가서 공손히 인사를 올렸다.

"영감님, 장에 오싰십니꺼? 오늘 영감님 기분이 영 좋으신 거 겉십니더?"

"아하! 그래? 가만있자, 자네가 누구더라?"

"예, 제는 지수[46) 사는 강몽환이라고 헙니더."

"아, 그래, 자네가 지수 산다고? 그랬던가?"

---

46) 하동군 고전면 지소마을

홍 영감은 별 볼 일 없다는 듯이 인사치레만 하고 그냥 지나치려고 했다. 그래도 몽환은 그의 환심을 사기 위해 지레짐작으로 혹시나 도울 일이 있지나 않을까 하여 헛인사를 했다.

"저어, 영감님! 혹시 머 제가 도울 일은 읎능가 해서요. 마침 제가 범새[47]갈 일이 있는디 머 가지고 갈 짐이라도 있으시몬 저헌티 맽기 주이소. 제가 마, 영감님 댁 안마당꺼정 잘 져다 디리겄십니더."

홍 영감이 몽환의 친절을 다한 인사말에도 아무 대꾸 없이 어물전 쪽으로 몇 걸음 걸어가다가 문득 생각난 것이 있는지 몽환을 향해 뒤돌아보며 말했다.

"아 참, 그렇재, 강 센, 나 좀 봄세. 내가 깜빡했네. 우리 마누라가 며리치 젓갈을 사 오라고 캤는디… 그래, 내가 젓갈 한두 통 사 주모 자네가 우리 집꺼정 져다 줄 수 있겄능가?"

몽환은 재빠르게 홍 영감 앞으로 다가가서 허리를 굽히고는 흔쾌히 그의 부탁을 받아들였다.

"아이구, 영감님! 시키만 주이소. 져다 디리고 말고요."

"그럼, 잘 됐네. 이리로 따라 오게."

사실 몽환은 범사에 갈 일이 없었지만, 혹시나 싶어서 홍 영감에게 헛인사를 한 것이 적중했다. 그는 홍 영감의 환심을 살 수 있는 일을 할 수 있게 되어 너무 기뻐서 속으로 웃었다.

그 뒤부터 몽환은 장에 갈 때마다 일부러 홍 영감이 장에 왔는지를

---

47) 범사

수소문하여 찾아냈다. 그러고는 홍 영감을 우연히 만난 것처럼 위장하고 또 무슨 도울 일이 없는지 극진히 인사를 청했다.

그리하여 홍 영감이 필요한 일이 있을 때마다 도와주면서 그의 환심을 얻게 되어 김 개묵의 소작논 다섯 마지기 농사를 지을 수 있게 되었다.

물론 그렇게 된 데에는 몽환의 이웃에 사는 홍 영감의 인척이면서 지소 소작논 배정에 간여하는 김용석의 영향력이 크게 작용했다. 홍 영감이 김용석에게 몽환이라는 사람이 농사를 잘 짓느냐고 자문했을 때 그는 지소에서 몽환만큼 농사를 잘 짓는 사람은 없다고 말을 잘해 주었던 것이다.

올해 들어 몽환이 석유를 미리 사서 준비해 둔 뒤에도 무더운 날씨는 초가을까지 계속되었다. 몽환의 예상대로 지소동네 들판의 곡식이 누렇게 익어 갈 무렵 벼멸구가 극성을 부리기 시작했다.

들판 여기저기서 벼 포기들이 허옇게 말라가기 시작하더니 볏논 가운데가 마치 둥그런 무늬를 그리듯이 멍석만 한 넓이의 벼가 꺼뭇꺼뭇 시들어 가고 있었다.

지소동네 농민들은 그 모습을 보고 걱정을 하면서도 설마 벼멸구가 예전보다 크게 번지기야 하겠나 싶어서 별로 손을 쓰지 않았다. 그런데 날이 갈수록 벼가 논 가운데부터 말라가면서 허옇다 못해 시커멓게 썩어가기 시작했다.

밭들에 있는 거의 대부분의 논에 벼멸구가 빠르게 번져나가더니 당산 밑의 냇가 논과 건너들의 논에도 벼멸구가 번져서 온 들판에 벼멸구가 극성을 부렸다. 그제야 지소 농민들은 벼멸구를 퇴치하려고 시도

했지만 별로 뾰족한 방법이 없어서 발만 동동 구르고 있었다.

그렇다고 농부들은 벼멸구가 벼 줄기의 진을 빨아먹어서 벼가 속절 없이 말라 죽어가는 모습을 보면서 손 놓고 있을 수는 없는 노릇이었 다. 그들이 할 수 있는 일은 논에 물을 가두고 대막대기로 멸구를 논물 에 떨어뜨려서 물에 떠내려가게 하는 일이 전부였다.

그래도 그런 일을 계속할 수밖에 없는 것은 벼멸구가 단 몇 마리라 도 도망가거나 죽어서 쌀 몇 톨이라도 더 거둘 수 있지 않을까 하는 기 대 때문이었다. 그러나 농민들의 속이 타들어 가는 심정과는 달리 벼 멸구는 온 들판으로 번져 더욱 극성을 부렸다.

오늘은 몽환네 식구들과 머슴들이 모두 벼멸구를 퇴치하는 일에 나 섰다. 몽환은 미리 사 두었던 석유통을 짊어지고 가족과 일꾼들을 데 리고 건너들로 가서 먼저 김 개묵의 소작논부터 벼멸구 퇴치작업을 시 작했다. 왜냐하면, 김 개묵의 농사를 잘 지어야 내년에 더 많은 소작논 을 배정받을 것으로 기대되었기 때문이다.

'일찌감치 왜지름을 사두기 잘했재. 농사질 때는 머시라 캐싸도 유비 무환이 젤인기라. 돌아가신 아부지의 말씀이 옳고 말고… 어른 말을 들 으모 누서 떡 얻어 묵는다 안 쿠더나?'

몽환은 아버지의 말씀을 되새기며 먼저 논에 물을 그득히 가둔 뒤 에 논 위아래의 물꼬를 단단히 틀어막았다. 가족들과 머슴들은 남들 이 미처 구하지 못한 귀하디귀한 석유를 각자 조그만 바가지에 나누어 담고는 손으로 벼 줄기에 골고루 뿌렸다. 석유는 벼 줄기를 타고 흘러 내리면서 벼멸구의 날개에 스며들어 몸통에 찰싹 달라붙게 한 뒤에 다시 논물 위로 흘러내렸다.

모든 일꾼은 석유가 온 논에 골고루 퍼져 물 위에 둥둥 떠다니게 되기를 기다렸다. 시간이 조금 흐른 뒤에 모두 옆으로 한 줄로 늘어서서 벼논에 둥둥 떠다니는 석유를 바가지나 손으로 퍼서 벼 줄기에 골고루 스며들도록 마구 뿌렸다. 그러자마자 석유 냄새가 독했던지 벼멸구들이 날아올라 달아나는 모습이 보였다.

"멸구 제놈이 아무리 독해 봤자 왜지름을 당할 수야 있겠나?"

몽환이 통쾌하다는 듯이 기뻐서 하는 말을 들은 가족과 머슴들도 더욱 신이 나서 석유가 벼 줄기에 흠뻑 젖어들도록 더 열심히 논물을 퍼서 뿌렸다. 그런 뒤에 또 모두들 옆으로 한 줄로 서서 대막대기로 벼 줄기를 두들겨서 벼멸구를 석유가 둥둥 떠 있는 논물에 떨어뜨렸다.

벼멸구가 논물에 빠지자 석유가 묻은 날개가 몸통에 더 세게 찰싹 달라붙어 날지 못하고 버둥거리다가 익사하고 말았다. 겨우 날아오른 일부의 벼멸구들은 석유 냄새를 피해 멀리 날아서 도망가 버렸다.

몽환은 다음 날 아침 일찍 논에 가서 물꼬를 열었다. 그러자 날개가 양쪽으로 축 늘어져 죽은 벼멸구의 시체들이 허옇게 둥둥 떠서 물꼬 밖으로 떠내려 나가는 모습이 보였다. 몽환은 기뻐서 어쩔 줄을 몰라 벼멸구에게 꾸지람이라도 하듯이 나무랐다.

"이 못뎬 놈들아! 어디서 귀중코 귀중헌 나락 진을 뽈아 묵을라 캤내? 괘씸헌 것들! 다시는 우리 논에 얼씬도 헐 생각을랑 허지들 마라. 허허허! 허여이 떠내리 가는 꼴이 베기 좋-다. 이 숭칙헌 놈들아! 감히 니 풍년 농새를 망칠라꼬…"

몽환은 벼멸구의 시체들이 물꼬 밖으로 떠내려가는 것이 마치 자신의 몸에 붙어 있던 이나 벼룩이 떨어져 나가는 것 같아서 근질근질하던 몸이 개운해지는 느낌마저 들었다.

몽환은 다음날에도 어제와 마찬가지로 모든 식구와 머슴들이 같이 퇴꼬랑으로 가서 석유를 뿌리고 벼멸구 퇴치작업을 했다. 뒤이어 다른 곳에 있는 모든 논에도 같은 방법으로 벼멸구를 박멸하고 퇴치했다.

지소 뒷산의 단풍잎이 빨갛게 물들며 가을이 깊어가고 있었다.

몽환은 아침을 먹고 건너들에 나가 논 가운데에 드문드문 자라고 있는 이삭이 거무튀튀한 피를 뽑으며 자기 논을 둘러보고 있었다. 그는 다른 사람들의 논이 벼멸구 피해를 입어 벼가 시커멓게 말라 죽어 있는 데 반해 자기 논에서는 아직 시퍼런 벼잎과 탐스러운 벼 이삭이 누렇게 잘 익어 황금 물결로 넘실거리는 모습을 보고는 마음이 흐뭇하여 콧노래가 절로 나왔다.

몽환은 아침나절이 다 지나갈 무렵에 당산 밑으로 가서 피사리를 하고 있었다. 그때 그의 눈에 동네 어귀 숫돌바구 근처의 오솔길에 하얀 두루마기를 입고 갓을 쓴 사람이 몇 사람을 대동하고 걸어가는 모습이 보였다.

몽환은 '어디 한가헌 양반이 동네에 볼일이 있는가 보네.' 하고는 별일 아니라는 듯이 혼잣말로 중얼거리며 하던 일을 계속하다가 점심때가 되어 집으로 돌아왔다.

몽환이 점심을 먹고 씨기들 논두렁에 쇠꼴을 베려고 지게를 지고 사립문을 나서려고 할 때였다. 그런데 뜻밖에도 범사 홍 영감의 집사가 웃는 얼굴로 몽환의 사립문으로 들어오면서 놀라운 말을 전했다.

"어이, 강 센! 오늘 경사 났소. 경사 났어."

"그게 무신 말인기요?"

"아! 글씨, 홍 영감이 시방 강 센을 퍼뜩 정 부잣집으로 오라 카요, 가 보몬 알 거 아이요?"

몽환은 지게를 짊어진 채로 홍 영감의 집사를 따라 정 부잣집으로 갔다.

몽환이 정 부잣집의 대문 안으로 들어서니 대청마루에 몇 사람이 술상을 차려놓고 앉아서 환담을 나누고 있었다. 그들은 정 부자와 범사 홍 영감, 그리고 아까 들판에서 본 듯한 낯선 사람이었다.

몽환이 처음 본 낯선 사람은 하얀 도포에 갓을 쓰고 앉아있었는데, 그 모습이 마치 점잖은 선비 같아 보였다. 그는 체격이 크고 온화한 인상을 풍기면서 얼굴은 이마가 넓고 볼은 약간 둥글었으며, 눈썹은 검댕이 숯이 묻은 것처럼 새까맣게 짙었다. 몽환은 그에게 눈을 한 번 맞추고는 얼른 정 부자 앞으로 다가가서

"동초 아재, 진지 자이십니꺼?"

하고 인사를 한 뒤에 홍 영감에게도 인사를 올렸다.

"아이구! 범새 홍 영감님도 에롭운 걸음을 하싰네요? 홍 영감님께서 제를 찾으싰습니꺼?"

그러자 홍 영감이 낯선 사람에게 공손히 허리를 굽히며 말했다.

"감역 어르신, 이 사람이 아까 건너들에 있는 어르신의 논 중에서 나

락 이파리가 아적도 시퍼러이 살아 있고로 농새를 잘 진 이 동네 사는 강 센입니더."

몽환은 홍 영감이 감역이라는 호칭을 쓰는 것으로 보아 낯선 사람이 소문으로만 듣던 하늘 같은 구례 김 개묵임을 짐작으로 알아챘다.

"아! 그런 기여, 강 센이라고라. 싸게 이리로 올라와 편히 앉으시요이."

김 개묵은 얼굴에 미소를 지으면서 몽환에게 친절하게 앉을 자리까지 권하며 반갑게 맞이했다. 몽환은 김 개묵을 직접 대하고 보니 몸 둘 바를 몰라서 우두커니 서 있었다. 그러자 범사 홍팔준이 재촉하듯이 말했다.

"강 센, 머 허고 있는가? 이 사람아, 퍼뜩 구례 감역 어른께 인사 안 올리고…"

몽환은 그 말을 듣고 정신이 번쩍 들어 재빨리 축담 위로 올라가 큰 절을 올렸다.

"예-, 예! 아이구, 김 개묵 어르신! 이렇게 의관도 몬 챙기고 어르신을 뵙게 데서 정말 제송헙니더. 저는 지수 사는 강몽환이라고 헙니더, 절 받으시지요."

"아-! 인자 고만허모 뎄당깨로 멀 그래 쌋능 기여. 싸게 이리 올라오시랑께. 그래 젊은 양반이 어찌 그리 내 농새를 잘 짓당가? 혹시 중국의 농새 신인 강 신농씨의 후예라서 그리 농사짓는 재주가 신통헌기여?"

김 개묵의 농담에 모두 큰 소리로 웃으며 다들 한 마디씩 몽환을 칭찬하는 말을 보탰다. 범사 홍 영감도 자기가 관리하는 소작인이 칭찬

받는 것이 기쁘다는 듯이 김 개묵의 앞에서 연신 고개를 숙이며 온갖 아첨을 다 떨었다.

고전면 일대에서 김 개묵이라 불리는 사람은 구례군 마산면 냉천리에 사는 김배홍이라는 사람으로 구례군과 하동군 일대 대부분의 토지를 차지하고 있던 대지주였다.

그는 광양에서 포목장사를 하는 가난한 상인의 둘째 아들로 태어났다. 그로 인해 그는 어린 시절에 시장가의 가난한 아이들과 어울리며 어려운 환경 속에서 자랐다.

그런데도 그는 아버지의 높은 교육열에 힘입어 어려운 살림살이에도 불구하고 형과 같이 서당공부를 할 수 있었다. 머리가 총명하여 학문에 재능을 보이자 아버지가 기대를 걸고 유학공부를 계속 시켰다. 그는 성년이 된 뒤에도 광양향교에 나가 유학공부를 하여 학문에 상당한 식견을 갖추게 되었다.

그의 형은 성격이 유순하고 순종적이어서 서당공부를 마친 후에 아버지의 포목장사 하는 일을 도왔다. 그리고 아버지의 유업을 이어가기 위해 가업에 충실했다. 동업하는 사람들과 교류하는 일 외에는 별로 대인 접촉을 하지는 않았다.

반면에 배홍은 어려서부터 학구열이 강하여 향교에 다니면서 사서삼경을 비롯한 경전을 탐독하며 지역 선비들과 폭넓게 교류했다. 그는 특히 역사에 대한 관심이 많아 자치통감이나 동국통감, 초한지 등의 사서를 즐겨 읽었다. 그러나 그의 신분이 상인의 자제여서 지역 선비들 사이에 알게 모르게 차별대우를 받으며 살았다.

　배홍이 신분차별로 인한 고충을 뼈저리게 느끼며 살고 있을 즈음에 전라도 정읍에서 탐관오리 조병갑의 수탈과 착취를 견디지 못한 농민들이 분기하여 동학운동을 일으켜 전라도 일대를 휩쓸었다.

　동학운동의 주동자인 전봉준은 무장봉기를 일으켜 전주성을 점령한 후에 전라도 일대로 세력을 확장해 나갔다. 이에 다급해진 정부 측 행정관인 전라감사는 동학의 지도자인 전봉준과 협상을 하게 되었다.

　협상 내용은 도내의 안정과 치안, 질서유지를 위하여 전주성에 농민군의 총본부인 전라좌우도 대도소大都所를 두고, 군현 단위로 집강소를 설치한다는 것이었다. 이 기구는 동학군이 지방관과 협력하여 통치하는 조직을 만들고 농민들의 의견을 반영하여 통치한다는 취지로 만들었다. 그러나 지방관의 권력이나 지위는 형식적이었고 실질적으로는 집강소가 지방행정을 장악하게 되었다.

　배홍은 동학운동이 신분제철폐와 평등을 강조하는 '인내천' 사상을 기치로 내건 데에 크게 감명을 받고 자진하여 동학도가 되어 활동하였다.

　그는 자기의 유학지식을 바탕으로 동학도들과 같이 광양군의 지방관과 아전들의 폭정을 개혁하고, 신분과 성차별을 철폐하는 신분해방운동에 적극적으로 참여하였다. 이 일로 그는 동학군에게 능력을 인정받게 되어 김개남 휘하의 광양집강소에서 집사 일을 맡아보게 되었다.

　그는 동학운동을 하면서 전라도 고부군수 조병갑이 정읍천에 있었던 만석보 아래에 농민을 강제로 동원하여 필요 없는 보를 만들고는 과다한 수세를 거두어들인 것에 민심이 폭발하여 동학 봉기가 일어났다고 판단했다.

그리고 전라도의 호남평야와 각지에 있는 부호들이 비싼 고리채와 과다한 소작료를 거두어 농민들을 착취한 것도 농민봉기의 또 다른 원인으로 작용했다고 여겼다. 그는 이러한 일련의 사태를 보면서 민심이 얼마나 무서우면서 폭발력이 강한 것인지를 절실히 깨닫게 되었다.

그는 광양집강소의 행정을 담당하는 집사로서 동학도들에게 집강소의 강령을 철저하게 지키게 하면서 그들의 교화에도 힘썼다.

그는 유학공부를 한 유학자로서의 학식을 활용하여 동학운동의 정당성을 설파하였다. '인내천' 사상이 곧 '민심이 천심이다'라는 것을 동학도들에게 교육했다. 남명 조식의 저서 「민암부」와 당태종의 치세를 적은 「정관정요」에서 위징이 주장한 '군주민수'의 예를 들면서 동학 정신을 가르쳤다.

'자고로 나라에 있어서 백성은 물과 같은 막강한 힘을 가진 존재다. 백성은 임금을 추대하기도 하지만 때로는 나라를 뒤엎기도 한다. 물이 배를 띄울 수도 뒤엎을 수도 있듯이, 백성도 임금을 추대할 수도 있고, 권좌에서 물러나게 할 수도 있는 것이다. 국가를 형성하는 가장 중요한 주체가 바로 백성이다. 그러므로 지배자들이 지켜야 할 대원칙은 민심을 읽고 백성들의 마음을 얻는 쪽으로 정치를 해 나가는 것이다.'

그는 이러한 내용을 소개하면서 민심이 곧 천심임을 강조했다. 그리고 그는 농민들에게 자기주장을 덧붙였다.

"동학농민군 여러분! 여러분들이 이 나라의 주인이요, 여러분들의 마음이 곧 천심이니 천심이 통하는 나라를 세웁시다. 궁을가는 이러한 우리들의 소원이 담긴 노래입니다. 모두들 궁을가를 큰 소리로 부르며 들불처럼 봉기하여 탐관오리들을 뿌리 뽑고 인내천의 정신으로 세상을 바꿉시다.”

그의 말은 동학도들의 심금을 울렸고 주민들의 자발적인 호응이 더해져서 광양군 동학군의 기세는 하늘을 찔렀다.

광양, 구례 일대의 동학군은 정식으로 군사훈련도 받지 못한 농민이 대부분이었다. 그렇지만 그들은 탐관오리를 몰아내고 농민들이 원하는 새 세상을 만들겠다는 열망에 사기가 충천하였다.

그런데 일본군이 군함을 몰고 남방으로 해상로를 따라 섬진강을 거슬러 올라와 정부군과 합세하여 먼저 광양, 구례의 동학군과 전투를 벌일 것이라는 소문을 듣고는 두려움에 떠는 병사가 늘어났다.

이를 알아차린 동학군 지휘관들은 ‘궁을가를 지성으로 부르면 외국 병마가 침범하지 못하고 일본군들이 쏘는 총알도 피해 가며, 성궁성을 成弓成乙 성도成道하면 온갖 허깨비들도 자멸하고 만다’고 하면서 궁을가를 부르게 하여 일본군에 대한 불안감을 떨쳐내게 했다.

동학 가사의 ‘궁을가’는 4·4조로 된 장편 후렴 가사다. 이것은 1행이 끝날 때마다 ‘궁궁을을 성도로다’를 붙여 부르는 후렴구인데, 원래 ‘궁궁을을弓弓乙乙’은 정감록에 나오는 문구로 ‘피난처’ 또는 ‘해결방안’을 의미하는 것이다.

이는 정 도령을 상징하는 표현으로서 장래에 정 도령이 나타나 세상을 구하고 이롭게 한다는 의미이다. 이것은 어찌 보면 정 도령이 이씨왕

조를 무너뜨리고 새 왕조를 연다는 역성혁명을 의미하고 있어서 이 노래를 부르는 사람은 역모로 몰릴 수도 있는 위험을 내포하고 있었다.

배홍은 이러한 사실을 알고도 동학군 병사들에게 '궁을가'를 가르치며 '나라님이 백성을 잘 다스려서 구제하지 못하면 민심이 천심이 되어 새로운 왕조를 건설할 수 있다'는 즉 농민이 주인이 되는 나라를 세울 수 있다는 내용을 주지시켰다.

배홍은 지금의 민란 봉기의 직접적인 원인을 제공한 조병갑이 어떤 인물인지에 대해 골똘히 생각해보았다.

'조병갑. 그자는 대체 누구인가? 그는 왜 세도가들의 권세를 등에 업고 조선의 곡창인 호남지역에 부임해 와서 백성들을 착취하여 자신과 세도가들의 사리사욕을 채우려고 했을까? 왜 조선 후기에 들어서 안동 김씨와 풍양 조씨, 여흥 민씨 집안의 세도정치 세력이 득세하여 삼정이 문란해지고 민생은 도탄에 빠지게 되었는가?'

그는 이러한 사태가 벌어진 원인을 알아보기 위해 조선이 개국 될 때의 창업정신이 어떠했고 그 정신이 어떻게 퇴색되어 갔는지에 대해 살펴보았다.

이성계가 조선을 개국한 뒤에 건국의 기틀을 마련했던 정도전이 유학의 핵심사상인 '위민민본 사상'을 실현한다는 명분으로 이성계의 어린 아들 방석을 태자로 삼아 '신권중심'의 정치를 펼치려고 했다.

이에 맞선 태종 이방원은 정도전에게 죽을 고비를 넘기고 정권을 잡은 후에 정도전 못지않게 '위민민본 사상'을 실현할 수 있는 '왕권중심' 통치체제를 구축하기 위해 피바람도 마다치 않았다.

이방원은 정도전이 왕권이 세습되는 경우 우둔한 왕자가 태어나 왕위에 오르면 정치가 잘못되는 것을 막을 수 없기 때문에 과거를 통해 현명한 신하들을 등용하여 정치하게 하는 '신권중심' 정치제도를 확립하려고 했던 점을 잘 알고 있었다.

그렇지만 그는 고구려 시대에 실권을 장악한 신하인 연개소문이 당나라와의 외교관계로 자신과 갈등을 빚었던 영류왕을 시해하고는 시신을 몇 토막으로 잘라 시궁창에 버리는 악행을 저지르고는 자신이 임금 못지않은 권세를 누린 적이 있었다는 사실을 상기했다. 그러므로 신하의 권력도 비대해지면 언제나 왕권을 위협할 수 있고, 오히려 폭정을 자행할 수도 있다고 보았다.

또한, 중국의 왕망이란 자는 전한시대 말기에 입지전적인 인물로 뛰어난 학문과 겸손한 성격을 인정받아 높은 지위의 벼슬에 오르게 된 자였다. 그런 그도 최고의 벼슬자리에 오르게 되자 자기가 황제가 되려는 권력욕을 버리지 못하고 어린 평제를 옹립하여 세도정치를 펴다가 결국에는 평제를 독살하고 해괴한 오행참위설五行讖緯說을 퍼뜨려 스스로 황제가 되었던 전례도 있었다는 역사적 사실을 이방원은 잘 알고 있었다.

이방원은 과거 역사에서 보았듯이 정도전도 코흘리개 방석을 태자로 삼은 뒤에 실권을 쥐고 있다가 아버지 이성계가 죽고 나면 어린 왕을 허수아비로 앉혀 두고 자기가 섭정을 하다가 기회를 봐서 왕권을 찬탄하고 말리라는 것을 믿어 의심치 않았다. 그리하여 이방원은 왕위에 오른 뒤에 정도전보다 더 훌륭하게 '위민민본 사상'을 실현하여 조선창업 후의 태평성대를 이루기 위해 최선을 다했다.

그는 특히 정도전이 우려한 대로 우둔한 왕의 출현을 막기 위해 왕자 전용교육기관인 '시강원'을 두어 왕자교육에 누구보다도 심혈을 기울였다. 시강원에는 세자에게 영의정을 중심으로 하여 여러 석학들을 전문분야별로 가르치는 스승으로 삼고, 경전과 역사서 등을 철저하게 가르치도록 했다. 그리하여 그가 왕위에 오른 뒤에 바른 정사를 펼칠 수 있는 치도의 자질과 덕을 갖추도록 하였다.

그리고 왕도 막강한 권력을 함부로 행사하지 못하도록 하기 위해 사관을 두어 왕의 치적을 실록으로 남겨 임금의 독주를 경계하고 후세에 귀감이 되도록 하였다.

또한, 그는 우선 왕이 위민정치를 펴는 데 걸림돌이 되는 공신과 외척들의 세력을 척결하였다. 그는 특히 자기가 왕권을 잡을 때 결정적인 역할을 한 공신 이숙번도 결국에는 함양으로 유배 보낸 뒤에 평생을 유배에서 풀어주지 않았다.

그뿐만 아니라 그의 가장 가까운 인척인 처남들에게도 외척세력을 형성하여 권력을 잡으려고 한다는 죄목을 씌워 사사하였고, 셋째 아들인 충녕을 세자로 앉히면서도 죄 없는 그의 장인 심온 대감을 역모로 몰아 사약을 내려 외척의 발호를 미연에 방지하였다.

그리하여 세종대왕을 비롯한 후대 왕들이 명종을 제외하고는 태종의 창업정신을 살려 세도정치를 잘 막아왔다. 그러다가 조선 말기에 이르러 노론세력이 일당독재로 득세한 후에 그들의 핵심 세도가인 안동 김씨가 거의 모든 권력을 장악하면서 삼정이 무너지게 되었던 것이다.

이후부터 왕권은 유명무실하게 되었고 안동 김씨 일족이 국정을 농단하고, 그들과 결탁한 탐관오리들이 매관매직을 일삼았다. 이에 더하여 농민들에게는 높은 토지세를 부과하고 구휼을 위해 운영해야 할 환곡제도를 악용하여 백성들을 수탈하였다.

이러한 탐관오리들의 착취를 견디다 못한 농민들이 진주민란을 시발점으로 삼남지방의 곳곳에서 농민들의 민란이 그치지 않았다. 그러던 중에 대원군이 집권하여 개혁정치를 펼치자 비로소 민심이 안정되어 갔다.

그 후에 서양세력이 몰려온 뒤에 척화파와 개화파가 대립하여 정치가 혼란에 빠지고 대원군의 개혁정치가 쇠퇴하게 되자 탐관오리가 다시 득세하기 시작했다. 이에 반발하여 일어난 임오군란 후에 대원군이 청나라 군대에 의해 중국 천진으로 피랍되자 조대비와 민비의 외척들이 득세하였는데 조병갑도 그러한 무리들의 세력을 등에 업은 탐관오리였다.

조선이 건국하여 지방 행정제도가 중앙집권적 군현제로 확립되면서 모든 지방 관리를 중앙에서 직접 파견하게 되었다. 실세인 탐관오리들이 가장 선호하는 지역이 조선의 곡창인 전라도였다. 전라도는 우리나라에서 쌀이나 산물이 가장 풍부하고 부호들이 가장 많이 사는 지방이었기 때문이다.

조병갑도 이들 세도가들과 손잡고 전라도 고부군수가 된 뒤에 농민들을 착취하여 자기의 배도 불리고, 자신을 발탁해 준 상관인 세도 정치가들에게 뇌물을 상납하기 위해 고부군민들에게 학정을 저질렀다.

전국적으로 동학군 봉기가 일어나면서 전라좌도를 관할하고 있던 김개남으로부터 광양의 동학군을 남원으로 집결시키라는 통문이 왔다. 배홍은 광양 관아에 주둔하고 있던 동학군이 남원으로 출병하자 광양 집강의 지시에 따라 광양에 남아서 패정을 개혁하는 일을 계속했다.

배홍은 광양에서 탐관오리들의 학정에 시달린 농민들의 억울한 사정을 경청하여 지방 관원이나 아전들의 횡포를 시정하는 일에 열중하였다. 그러면서 동학 혁명군의 봉기가 전국적으로 확산되어 동학군이 기치로 내건 '인내천' 사상으로 누구나 평등하고 복되게 잘 사는 세상이 만천하에 이루어지기를 간절히 기원했다.

그런데 전봉준이 이끄는 동학군이 공주의 우금치에서 잘 훈련되고 우수한 신무기로 무장한 일본군과 정부군의 연합부대와 운명의 일전을 벌였지만 참패해 후퇴하다가 순창에서 체포되고 말았다. 그리고 전봉준의 지원 요청을 받고 북상하던 김개남의 동학 농민군도 청주에서 일본군과 정부군의 공격을 받고 패배하여 태인 방면으로 패주하다가 김개남이 붙잡히면서 동학운동은 결국 실패로 끝나고 말았다

이 소식을 전해 들은 배홍은 동학운동이 성공을 눈앞에 두고 있었는데 일본군의 개입으로 실패한 데 대한 울분을 참을 수가 없었다.

그런데 그가 울분을 삭이기도 전에 뒤이어 전주로 진격한 일본군과

정부 관리들이 전라도 각 지역의 동학세력을 색출하여 처벌하기 시작했다. 동학운동에 적극적으로 참여한 사람이나 지도자들은 체포되는 대로 효수형으로 다스렸다.

배홍은 우선 신변에 대한 위협이 급박한지라 지방 관원들의 감시망을 피해 급히 다압면 금천리로 피신하였다. 그렇지만 그곳도 안전하지는 못했다. 관아에서는 동학군을 신고하는 자에게 포상금을 주고 회유하고 있었기 때문이다. 그는 하는 수 없이 야음을 틈타 변장을 하고 나룻배로 섬진강을 건너서 화개 쌍계사의 암자인 칠불암으로 가서 몸을 숨겼다.

칠불암 가까이에 있는 불일폭포의 얼음기둥이 녹기 시작하고 진달래꽃이 피어 산기슭을 분홍빛으로 물들이기 시작하는 따뜻한 봄이 왔다. 배홍은 불일폭포 아래의 양지바른 바위에 앉아 불경을 읽다가 개울가에 핀 개나리꽃을 보고는 문득 고향이 그리웠다.

'부모님은 안녕허신지? 광양에서 동학운동을 같이 했던 동료들은 참혹한 변을 당하지나 않았는지?'

그는 이런저런 생각을 하다가 나랏일이 걱정되었다.

'왜놈들이 이번 동학운동 때에 동학농민군들이 거센 세력으로 봉기하는 모습을 보고 크게 놀랐을 것이다. 만일 동학군들이 공주 전투에서 신무기로 그들과 맞섰다면 과연 그들이 감당할 수 있었을까? 조선 침략의 야욕을 가진 그자들이 동학운동으로 봉기하는 민심을 보고 또 무슨 계략을 꾸미고 있을지 모를 일이다. 이런 때일수록 위정자들은 조선을 외국 세력으로부터 보호해야 할 방도를 찾아야 하는데 조정 중신들은 뭐하고 있는지? 실로 걱정이로다.'

그는 생각이 여기에 미치자 나라에 또 무슨 불상사가 일어날 것 같은 불안한 예감이 들었다. 그래서 그는 곧 암자로 돌아가서 고향에 계시는 아버지와 몇몇의 지인들에게 편지를 썼다. 아버지에게는

'머지않아 분명히 나라에 무슨 변고가 일어날지도 모르니 아버지께서는 대비책을 잘 강구해 두도록 하시기 바랍니다.'라는 내용의 편지를 썼고 지인들에게는

'내가 돌아가면 다시 모여서 앞으로의 국난극복을 위한 대책을 논의해 보자.'

라는 편지를 써서 동자를 시켜 쌍계사에 가서 그가 아는 스님에게 부탁하여 광양에 있는 아버지와 지인들에게 자기 편지를 몰래 전하도록 하였다.

광양에 있는 배홍의 아버지는 배홍이 광양에서 동학운동을 하다가 지방 관속들의 눈을 피해 피신한 일로 고초를 겪고 있었다. 그의 아버지는 광양 관아의 아전들에게 잡혀가서 아들의 은신처를 밝히라는 일로 문초를 받기도 하고, 심한 감시 때문에 장사에 지장이 많았다.

그러던 어느 날, 한 스님이 시주를 받으면서 시장골목을 돌고 있다가 배홍 아버지의 포목가게에 들어섰다. 배홍의 큰형이 스님에게 시주 돈을 건네자 스님은 염불하였다.

"극락왕생 하이소, 나미아무타불 관세음보살."

스님은 시주를 받고 나서 다른 집에서와는 달리 가게 안에서 주판으로 장부를 정리하고 있는 배홍의 아버지 앞으로 다가가더니 의미심장한 말을 했다.

"지금꺼정은 이 집안에 우환이 많았는디. 머잖아 이 집에 서광瑞光의 기운이 비치겠도다. 길조로다. 나무관세음보살."

그 말을 들은 배홍의 아버지가 깜짝 놀라 일어나며 스님에게 물었다.

"스님, 시방 머라고라? 길조라고 허신 기여? 아이고, 말씀만 들어도 고맙지라. 스님, 시장할 낀디 시방 안채로 가시서 점심이나 잡숫고 가시랑께요."

"감사헙니다. 나무관세음보살."

배홍의 아버지는 스님을 상점 안채의 마루로 모시고 가서 점심상을 내놓았다. 스님은 점심을 들기 전에 집안 주위를 살피고 나더니 조용히 말을 꺼냈다.

"주인장, 잠깐만 앉으이소. 사실 제는 둘째 아드님 심부름을 온 사람입니더."

하고는 칠불암에 피신하고 있는 배홍의 자세한 근황과 함께 그의 편지도 전해 주고 돌아갔다.

밤이 되자 배홍이 아버지와 그의 형은 같이 편지를 읽어 보고는 편지에 쓰인 배홍의 의중을 파악하기 위해 의논하였다.

그런데 장사 일에 잔뼈가 굵은 그의 아버지는 머리 회전이 빨랐다.

"나라의 변고라는 거이 머이겠냐? 아매도 국상이겠지라이? 그러모 이 일을 어떻게 대비해야 허는기여?"

조선 말기 일본의 낭인 사무라이 자객들이 명성황후를 죽인 을미사변이 일어나 전국적으로 국상을 치르게 되었다. 그래서 각 지방 고을에서는 갑자기 마포 수요가 급격하게 늘어났다. 광양의 지방 관속과 백성들도 상복을 만들어 입기 위해 너도나도 포목상에서 삼베를 사 가느라 삼베가 동날 지경이었다.

국상을 치르던 날 광양의 많은 관민은 상복을 입고 광양 관아에 모여서 왜놈들의 만행에 치를 떨었다.

"그놈의 숭악헌 왜놈들이 우리 동학군을 직이디만 인자는 우리나라 국모를 칼로 찔러 직여 부렀당께. 이 무작한 놈들, 싸그리 직이 삐야 씨겄지라."

모두들 금시라도 왜놈들이 있으면 때려죽일 기세로 거리로 나가서 함성을 지르며 왜놈들을 성토하였다.

배홍의 아버지는 꼭 이러한 변고가 일어날 것이라고 확신하지는 않았다. 하지만 아들의 편지와 스님의 길조 예언을 생각하며 혹시나 하여 상복을 만드는 데 사용되는 마포를 미리 많이 구해서 보유하고 있었다. 배홍의 아버지는 명성황후 국상을 치르면서 마포를 팔아 큰돈을 벌었다.

그리하여 그는 그 돈으로 지리산 아래의 구례군 일대에 수자원이 풍부하여 논농사 짓기에 좋은 논 7~8천 마지기를 대량으로 매입하여 구례 일대의 대지주가 되었다.

명성황후 시해사건 후에 일본의 위협을 느낀 고종이 아관파천을 하여 친일 내각을 몰아내고 친러시아 내각을 수립하였다. 이에 따라 고종황제는 일본식 제도를 철폐하고 구제도를 복원하였다.

이를 계기로 조정에서는 동학운동을 불문에 부치면서 동학도들을 방면하고 그동안 숨어 지내던 동학도들의 체포를 중단하였다. 그리하여 배홍은 고향으로 돌아올 수 있게 되었다.

배홍의 아버지는 죽기 직전 광양에서 장사하던 큰아들에게는 광양과 서울에 새로 마련한 집과 상점 등을 유산으로 남겼고, 작은아들 배홍에게는 구례 일대의 논 7·8천 마지기를 물려주었다.

배홍은 아버지에게서 물려받은 재산을 바탕으로 더욱 저축하고 금전을 잘 굴려서 구례군 일대와 하동군의 화개면과 악양면, 적량면, 고전면 일대로 토지를 사들여 만석꾼의 부자가 되었다.

그는 그 부를 바탕으로 구례고을의 원님과도 자주 교류하면서 관청에서 하는 일에 많은 협찬을 하여 교분을 쌓았다. 그리하여 고을 원님으로부터 '감역'이라는 임시 관직을 하사받고 관청의 건축과 수리 등의 공사를 감독하는 일을 맡아보게 되었다.

그 이후부터 사람들이 그를 '김 감역'이라고 부르게 되었다. 그런데 그의 토지를 소작하는 하동군 농민들은 경상도식 방언의 발음형식에 따라 '김 개묵'이라는 별칭으로 부르게 되었던 것이다.

벼 이삭이 무르익어가는 가을이 되자 김 개묵은 자기 논의 벼농사 작황을 살펴보기 위해 구례군과 하동군의 너뱅이와 목도 들판을 둘러보았다. 그는 하동읍에서 친구가 경영하는 광양상회에서 하룻밤을 보내고 아침 일찍 고전면 일대의 벼 작황을 둘러보기 위해 광평에서 배를 타고 전도나루에 와서 내렸다.

그는 미리 기별해 두었던 범사의 홍팔준을 비롯한 몇몇 사람들과 같이 전도리 일대를 둘러보고 배드리에서 내려오는 주교천과 성천리에서 내려오는 고전천이 합쳐지는 곳에 위치한 넓은 잔녀리 들판을 둘러보았다.

이곳은 지대가 낮은 상습 수몰지역인데 홍수만 나지 않으면 대개는 풍작을 이루는 기름진 땅으로 쌀 생산량이 상당한 곳이었다.

김 개묵은 올여름에는 날씨는 무던히도 더웠지만, 큰비가 내리지 않아서 잔녀리 들판은 작황이 좋을 것으로 기대를 걸고 왔다. 그런데 이곳도 하동의 다른 지역과 마찬가지로 벼멸구가 극성이어서 들판 곳곳의 벼가 시커멓게 시들어 가고 있었다. 평소에 비교적 낙천적인 성격의 김 개묵도 들판의 부실한 벼 작황을 보고는 실망감이 역력해 보였다.

"세상에, 하늘도 어찌 이러코롬 무심헌 기여? 저놈의 멜구 땜에 살아남을 나락 모가지가 있겠당가? 쯔쯔."

김 개묵은 주위 사람들을 둘러보며 혀를 찼다.

그는 다시 백석과 방깨 앞을 지나서 지소에 이르러 들판을 둘러보다가 갑자기 얼굴에 화색이 돌면서 냇물 건너편에 있는 한 논을 가리키며 큰소리로 말했다.

"허! 이 사람들아! 저거 좀 보랑께로… 저 논 농새를 짓는 사람이 누군기여? 저 논 나락은 우찌 저러코롬 이파리가 시퍼렇고 나락 모가지가 누렇고로 잘도 익었당가?"

홍팔준이 즉시 그 논을 농사짓는 사람이 누군지를 알아채고는 대답했다.

"아! 예-, 지주 어른, 그 논은 지수 사는 젊은 강 센이 짓는 논입니더."

"신농일세, 신농인기여. 지수 강 씨라고라?"

"예, 그렇십니더."

"홍 씨, 나중에 점심 때 그 사람을 좀 만내 보고로 주선해 주시겄당가?"

"예, 그리 허겄십니더."

그리하여 김 개묵은 지소 정 부잣집에서 강몽환을 직접 만나보고 돌아갔던 것이다.

추수가 다 끝난 뒤에 동지가 가까워져 올 무렵 범사의 홍팔준이 몽환에게 기적과도 같은 소식을 전해왔다. 구례 김 개묵이 홍팔준이 소작료를 계산하러 구례 냉천으로 올 때 몽환을 같이 데려오라는 기별이 왔다는 것이었다. 그리고 홍팔준이 모레 구례로 떠날 계획이니 아침 일찍 채비해서 범사 자기의 집으로 오라고 했다.

몽환은 한편 놀라워하면서도 얼마 전에 김 개묵을 만났던 일을 떠올리며 '분명히 무신 재수 좋은 소식이 온 기 맞을 끼라.'는 짐작이 들었다. 그는 기뻐서 어쩔 줄을 몰랐다.

몽환은 홍팔준과 약속한 날 아침 일찍, 나들이 채비를 하고는 혹시나 자기가 지고 갈 짐이 있을까 하여 빈 지게를 짊어지고 부푼 기대감으로 설레는 가슴을 달래며 범사로 향했다.

범사 홍팔준의 집에 다다르니 머슴들이 너른 마당을 바삐 오가며 김 개묵에게 바칠 물건들을 챙기느라 부산하였다. 몽환은 먼저 사랑채에 있는 홍팔준에게 가서 인사를 했다.

"영감님, 안녕허십니꺼? 지를 구례 김 개묵 어른이 만내겄다는 소식을 듣고 이렇기 영감님을 찾아뵙십니다."

"아, 그래. 강 센 왔는가? 어서 오게. 쪼깸 기다렸다가 우리 큰머심이 주는 짐을 챙기서 지고 항캐 구례로 가세."

"예, 그리 허겄십니더. 머시던지 시만 주이소."

"그런디 강 센, 구례 김 개묵 영감이 자네를 보자꼬 허는 걸 봉께로 아매도 자네헌티 무신 좋은 일이 있을 꺼 겉네. 하이튼 같이 가 봄세."

"예, 영감님, 또 지가 지고 갈 기 있이몬 더 주이소. 지는 마, 남는 기 등심뿐이라 얼매든지 더 질 수 있십니다. 제 지개에 더 얹어 주이소."

홍팔준은 커다란 갓에 도포를 입고 긴 담뱃대에 담배를 피워 물고는 다시 한 번 장부와 짐을 챙겼다. 그는 장부 보따리를 든 큰아들과 김 개묵에게 바칠 선물을 잔뜩 진 머슴들과 몽환을 대동하고 식구들의 배웅을 받으며 집을 나섰다.

몽환은 전도까지 좁은 논두렁길을 따라 무거운 짐을 지고 홍팔준의 머슴들 뒤를 따라 걸어가는데, 구례에 가면 무슨 좋은 소식이 기다리고 있을 것 같은 기대감에 등에 진 짐이 조금도 무겁게 느껴지지 않았다.

'김 개묵의 집은 얼매나 클꼬? 뭣 땜시로 내를 만나자꼬 했일꼬? 그

렁코롬 점잖은 영감을 만내몬 무신 말을 해야 헐꼬?'

오늘 저녁에 김 개묵의 집에서 벌어질 일들이 꼬리에 꼬리를 물고 몽환의 뇌리를 스치고 지나갔다.

전도에서 몽환은 평소에 멀리서 보기만 했지, 한 번도 타 본 적이 없는 돛단배를 탔다. 그 배에는 섬진강 하구에 있는 갈사와 망덕 등지에서 하동장이나 화개장터로 가는 사람들이 이미 타고 있어서 배 안은 사람들과 짐짝들로 가득 차 있었다.

돛단배는 전도에서 섬진강까지 폭이 좁은 주교천의 뱃길을 따라 뱃사공이 노를 저어 내려갔다. 배가 강폭이 갑자기 넓어진 섬진강에 이르자 싸늘한 초겨울 바람이 불어왔다. 뱃사공이 커다란 돛을 올리자 돛단배는 황포돛에 강바람을 한껏 안고 물살을 가르며 빠르게 섬진강을 거슬러 올라갔다.

몽환은 배를 처음 타 보는지라 시퍼런 강물에 익숙하지 않아서 두려운 마음에 뱃전을 꼭 붙잡고 사방을 둘러보았다. 그가 배 위에서 처음으로 바라보는 섬진강 양쪽에 펼쳐진 풍경은 새로웠지만 들뜬 기분 때문인지 한 폭의 그림처럼 아름답게 보였다.

점심때쯤 되어서 배는 하동읍의 광평나루에 닻을 내렸다. 하동장에 볼일이 있는 사람들이 내리고 나서 악양장터나 화개장터로 일보러 갈 사람들이 또 올라탔다. 돛단배가 광평나루를 떠나 소전을 돌아 흥룡 앞을 지나갈 무렵 바람이 잔잔해지기 시작했다. 그러자 뱃사공이 근심에 찬 얼굴로 걱정스럽게 말했다.

"큰일 났네. 밀물이 빠지기 전에 화개장터꺼정 배를 대야 허는디. 바람이 안 불어서 잘몬허모 악양꺼정 뿌이 몬 올라가겄는디."

사실이 그랬다. 섬진강에서 조수 간만이 바뀌는 시간이 약 6시간 정도였다. 갈사에서 출발한 돛단배가 강 위로 거슬러 올라가는 밀물을 받으면서 바람을 잘 받아 올라가면 6시간 안에 겨우 화개장터까지 닿을 수 있었다. 그것도 사리 때에 밀물을 잘 받아서 배를 몰아야 하고 악양에서 화개까지는 수량이 풍부해야 짐을 실은 배가 강바닥에 좌초하지 않고 올라갈 수 있었다. 그런데 이러한 조건 중에서 하나라도 맞지 않으면 배가 악양이나 광평나루까지 밖에 올라가지 못하는 경우가 많았던 것이다.

시간이 조금 지나서 다시 남동풍이 불기 시작했다.

"허, 참, 물기신이 내가 허는 소리를 들었능가 보내. 또 바람이 기통차게 우로 쎄게도 분다이. 허허허."

사공이 기뻐서 너털웃음을 터뜨리며 신나게 배를 몰았다.

돛단배는 황포돛에 강바람을 한껏 받으면서 며칠 전에 내린 비로 불어난 강물을 수월하게 거슬러 올라가서 목적지인 화개나루에 도착할 수 있었다.

일행은 배에서 내려 각자 짐을 지고 섬진강변의 산자락을 따라 굽이굽이 일곱 구비를 돌아서 소나무 숲이 우거진 오솔길로 접어들었다.

"강 센, 김 개묵 어른이 와 자네를 냉천꺼정 불러딜이는지 모리겄내?"

홍팔준이 뭔가 이상하다는 듯이 고개를 갸웃거리며 말했다.

"젠들 머 땜시 부리는지 우찌 알겄십니꺼?"

몽환은 김 개묵을 만나면 좋은 일이 있지 않을까 하는 기대감에 부풀어 신나게 말하고 싶었지만 홍 영감의 심기를 건드릴까 봐 조심스럽게 대답했다.

"예삿일은 아일 낀다… 하이튼 자네헌티 무신 좋은 일이 있으몬 가마이 있일 낀가?"

"참, 영감님도… 존 일이 있으몬 지가 가매이 있일 리가 있겠십니꺼? 이기 다 홍 영감 덕분인디요."

몽환은 무슨 좋은 일이 생기면 당연히 다 홍 영감 덕분이라고 생각하면서 정감 나게 농담을 건넸다. 일행은 토지면의 들판을 지나 저녁 때쯤에 마산면의 냉천마을에 도착했다.

냉천마을은 섬진강과 서시천이 만나는 합수머리 북쪽에 있는 너른 들판 가운데에 자리 잡고 있었다. 냉천마을은 동네 한가운데에 사시사철 차가운 맑은 물이 솟아 넘치는 샘이 있다고 하여 옛날부터 '냉천'이라는 지명이 붙여진 곳이다. 이 마을은 꽤나 큰 마을이어서 골목길을 굽이굽이 돌아들어 가다가 마을 한가운데에 이르니 고래 등같이 큰 김 개묵의 집이 나왔다.

김 개묵의 집은 돌담이 사람 키보다 높게 둘러쳐져 있고 커다란 솟을대문이 우뚝 서 있는 큰 기와집이었다. 대문을 들어서니 커다란 사랑채가 나타났다. 그리고 사랑채 뒤에 또 토담이 쳐져 있고 가운데에 작은 대문이 나 있었다. 그 안쪽에는 사랑채와 별도의 공간에 안채가 자리 잡고 있었다.

홍팔준은 일행과 같이 사랑채 앞으로 갔다. 그는 먼저 마루에 올라가 지주에게 정중히 인사를 올렸다.

"감역 영감님! 그 새 옥체 강녕허십니껴?"

"으메, 기헌 손님들이 멀리서도 오싰고마이. 징허게 반갑쇼잉. 싸게들 들어오시게."

"예, 어르신. 어르신이 기별허신 대로 지소 사는 강 센도 항케 왔십니더. 강 센, 어서 인사 올리게."

"예! 지는 전본에 한본 벤 적이 있는 농사꾼 강몽환입니더. 우찌 지같은 별 볼일 읎는 사람을 여꺼정 오라 카싰는지 감사헐 뿌입니더."

"그려, 고전면 신농이 오싰구마잉. 반갑쇼잉, 그 새 잘 지내싰기여?"

"예, 어르신 덕택이 잘 지냈십니더."

"자! 안부 인사는 찬차이 허고 다들 싸개 방안으로 드시랑께."

김 개묵은 농사꾼들에게는 하늘 같은 만석꾼의 지체 높은 대지주였지만 마름들에게도 함부로 하대하지 않고 점잖은 목소리로 일행을 반갑게 맞이했다.

모두들 커다란 사랑방으로 들어가서 미리 와서 앉아있던 하객들과 같이 둘러앉아 환담을 나누고 있을 때 저녁상이 나왔다.

역시 만석꾼 집안의 저녁상답게 풍성한 음식과 보기만 해도 군침이 도는 맛있는 반찬으로 가득 찬 커다란 밥상이었다. 몽환은 생전 처음 맛보는 고기반찬도 많았지만, 감히 만석꾼 주인어른 앞인지라 앞에 가까이 있는 반찬만 조심스레 젓가락으로 집어서 먹었다.

저녁을 먹고 방안의 여러 하객들과 같이 담소를 나누다가 김 개묵이 홍팔준에게 소작인들의 근황에 관해 물었다.

"범사 홍 씨, 저번에 내가 기별헌디로 멜구 피해를 입은 소작인들 실태를 소상히 알아보고 잘 적어 오싰지라?"

"예, 말씸허신대로 다섯 단계로 분별하여 세세히 적어 왔습니다."

"잘 허싰지라. 그럼 지소 강 센허고 항께 옆방으로 가서 정 집사허고 소작료 계산부터 마치고 다 끝나몬 말해 주시겄당가?"

그는 정 집사를 불러서 지시하였다.

"정 집사, 홍 씨가 적어 온 장부에서 멜구 피해를 본 소작인들의 소작료는 3할에서 2할로 나차 주고, 피해가 심헌 사람들헌티는 1할만 받고, 피해가 극심헌 소작인들은 올해 한 해 소작료를 감혀 주도록 허시게이."

이 말을 들은 몽환은 멸구 피해를 입은 소작인들의 소작료를 감하여 주는 김 개묵의 인심 좋은 아량에 큰 감동을 받았다.

배홍은 젊은 시절 동학운동에 적극적으로 참여하여 활동했을 때에 농민들이 지방 관속들과 부호들에게 착취당하다 못해 봉기하여 삽시간에 전라도를 휩쓸어버린 민심의 무서운 위력을 직접 겪은 바 있었다.

배홍이 생각하기에 동학운동은 고부군수 조병갑이 만세보를 신설하여 과다하게 수세를 거두어서 이를 견디지 못한 농민들이 봉기한 사건이었다. 이에 더하여 전라도에 사는 부호들이 비싼 소작료와 고리의 이자를 착복하여 농민들의 민심을 잃은 탓도 컸다는 사실을 잘 알고 있었다.

그때 어떤 부호는 소작인들을 깔보고 행패를 부리다가 성난 농민들에게 맞아 죽거나 아니면 살림살이가 풍비박산이 나는 모습을 두 눈으로 똑똑히 보았다.

그는 아버지가 마포 장사를 하여 쌓은 재산을 유산으로 물려받아 만석꾼이 된 뒤에는 그때의 일을 거울삼아 가난한 농민들의 민심이 부자들의 부를 떠받드는 밑바탕임을 깨달았다.

그래서 그는 소작료도 다른 부호들보다 비교적 싸게 받았다. 그리고 그가 살고 있는 마산면 인근에 사는 가난한 사람들이 출산하면 미역한 단과 쌀 두세 말을 보내어 산후조리에 보탬이 되게 하는 덕행을 베풀어 오고 있었다.

몽환은 홍팔준과 정 집사와 같이 옆방으로 가서 소작료를 기록한 장부를 보고 세세히 살피며 계산하는 것을 지켜보았다.

몽환은 생전 처음으로 소작료를 계산하는 것을 보고 계산이 복잡하고 신기하기도 하여 계산과정을 유심히 살펴보았다. 정 집사가 계산을 다 마쳤다고 김 개묵에게 아뢰자 김 개묵이 그들을 불렀다.

"다들 이방으로 오시랑께."

모두들 김 개묵의 방으로 가서 좌정하였다.

"범사 홍 씨."

"예, 말씸 허시지요?"

"내가 평소에 홍 씨헌티 자주 말헌 거 잘 기억허고 있지라?"

"예, 늘 민심이 천심인 걸 절대로 잊어서는 안 된다고 허싰지요?"

"그래, 그런 기여. 민심이 천심이고, 한 고을에 만석꾼이 나모 그 고을에 걸뱅이가 만 명이 생긴다고 혔지라. 부재들이 잘 사는 거는 부재가 복이 많은 기 아이고, 그 부재를 위해 쎄가 빠지고로 농사짓는 농사꾼 덕이라는 걸 꼭 명심혀야 헌다 이 말인 기여."

홍팔준은 허리를 굽실거리며 말을 받았다.

"예, 명심허고 말고요. 어르신의 말씸은 한시도 잊은 적이 없십니다."

"그래야 쓰겄지라이. 그러고 항시 소작인들을 하늘겉이 모시는 심정으로 대허고 그들 새에 분쟁이 있고로 혀서는 안 데는 기여이이."

그러고는 몽환을 보고 미소를 지으며 바라보다가 부드러운 말투로 말했다.

"강 센, 그래 다른 사람들은 다 멜구 땜에 설농을 혔는디. 어찌 혀서 그리 농사를 잘 짔당가? 어디 야기나 좀 해 보시랑께잉."

"어르신! 지가 무신 농사짓는 재주가 있겄십니꺼? 제는 호매이로 막을 일을 가래로 막는 일이 읎고로 헐라고 심씬⁴⁸⁾ 거 뿌입니다. 멜구를 쫓을라꼬 미리 왜지름을 사 났다가 어르신의 논부텀 잘 뿌리서…."

몽환은 그동안의 농사지은 과정을 상세히 설명했다.

"참말로 신농인기여. 내가 바래는 기 바로 그런 농사꾼이 나기를 바랬던 기여. 옛말에도 농자천하지대본이라 허지 안 혔소이. 강 센이 내 소원을 풀어 준 기여."

그러자 홍팔준이 허리를 굽실거리며 잽싸게 말을 받았다.

"예, 지가 어르신의 맴을 잘 알고, 강 센을 만낼 쩍마다 농사 잘 짓는 기 체고라고 갤칬십니다."

홍팔준은 마치 자기의 공으로 몽환이 농사를 잘 짓게 된 것처럼 아첨하였다.

---

48) 힘쓴

"그래, 홍 씨도 애썼소. 그런디 나는 강 센매이로 농사를 잘 짓는 소작인들에게 본베기를 비고 싶어서 강 센헌티 상을 주고 싶당게."

그러자 몽환은 무릎을 꿇으며 사양하였다.

"어르신! 지헌티 상이 무신… 당치도 안십니다."

"아인 기여, 내가 오랫동안 생각헌 기랑게. 그러닝깨 명년부터는 강 센이 지소들판에 있는 내 논 약 오백 마지기 소작인들을 챙기보도록 허시요잉."

그 말을 들은 몽환은 깜짝 놀라서 자리에서 일어났다가 다시 지주 앞에 엎드리며 사양하였다.

"지주 어르신! 당치도 안십니다. 시방꺼정 범새 홍 영감님이 얼매나 잘해 왔는디… 그리 큰일을 제가 어찌 감당헌단 말입니꺼?"

몽환은 말을 하면서 옆에 앉아있는 홍팔준의 눈치를 보니 얼굴빛이 금시 흙빛으로 변해 가고 있었다. 그는 김 개묵의 처사에 대한 불만을 참지 못하고 퉁명스럽게 말했다.

"지주 어르신! 그러닝깨 제 마림 자리를 떼서 강 센헌티 넘길라꼬 강 센을 냉천꺼지 부르싰단 말입니꺼? 지는 자다가도 어르신 일을 제 일맨키로 돌볼라꼬 온 힘을 다 썼는디요. 혹시 지를 불신허는 거는 아입니꺼? 정말 섭섭헙니다."

그러자 김 개묵이 웃는 얼굴로 홍팔준을 넌지시 바라보며 타일렀다.

"홍 씨, 너무 서운해 마시랑게. 내가 홍 씨가 그리 나올 줄 알고 생각해 둔 게 있지라. 내가 지금 양보면 장암 들판 논을 흥정허고 있당게로… 그 논을 사게 되몬 지소 논 대신에 그 논을 홍 씨헌티 관리허고로 해줄 낀께로 그리 허모 안 되겠당가?"

홍팔준은 뭔가 몽환에게 신망을 빼앗긴 것 같아 불만이 이만저만이 아니었지만, 감히 김 개묵의 명을 거역할 수는 없었다.

"예, 그러시다모 어르신 분부대로 따리겠습니더."

"홍 씨, 아매도 장암 들판에 있는 논이 물질도 좋고, 지소 논보담은 관리허기가 상구 술헐 끼여.⁴⁹⁾"

다음 날, 몽환은 홍 영감과 같이 김 개묵의 집에서 아침을 먹고 서둘러 길을 나섰다. 몽환은 김 개묵의 마름이 된 것이 너무도 기뻐서 몸이 하늘로 날아갈 것만 같았다. 그러나 홍 영감이 기분이 상해서 무슨 트집을 잡을지 몰라 죄지은 사람처럼 고개를 숙이고 말문을 닫고 그의 뒤를 따라 걸었다.

몽환은 그를 무슨 말로 위로해야 할지 궁리해 보았지만 적당한 말이 떠오르지 않았다. 그러면서 묵묵히 걷고 있는데 침묵을 먼저 깬 사람은 홍팔준이었다.

"이 사람아, 퍼뜩퍼뜩 안 걷고 먼다꼬 그리 꾸물대는가?"

그는 괜히 죄 없는 자기 머슴을 보고 투덜댔다. 그의 머슴은 영문도 모른 채

"예, 쎄기⁵⁰⁾ 가고 있십니더."

---

49) 훨씬 수월할 것이다.
50) 빨리

하고 눈치껏 대답했다. 모두들 어색한 분위기로 입을 다물고 걷다가 토지면을 지날 즈음 홍팔준이 대뜸 하는 말이

"강 센, 자네 땜시로 내 꼴이 말이 아닐세. 그래, 자네가 무신 재주가 있능가? 자네 재주로 지소 논 오백 마지기를 관리헐 수 있을 거 같은 가?"

"영감님, 죄송시럽십니다. 제가 멀 알겄십니꺼? 지는 단지 김 개묵 어른이 시키는지라 우째야 헐지 모리겄십니다."

"자네 재주로 오백 마지기를…. 어림 반 푼어치도 읎는 일이재. 두고 보게, 자네가 해 보모 알겄지만 곧 앞발 뒷발 다 들고 말 걸세."

"죄송시럽십니다."

"허 참! 지수동네 벼락부자 생기겄내. 인물 났어, 인물 나. 내 참 기가 차서…"

그는 몇 번이고 혀를 차며 걷다가 괜히 길가에 나뒹구는 돌멩이를 걷어차며 화풀이를 했다.

그들이 화개장터 아래에 있는 나루터에 이르자 홍팔준이 먼저 나룻배에 올라탔다. 몽환은 홍 영감과 같이 배를 타고 가는 것이 아무래도 어색할 것 같아서 하직인사를 했다.

"영감님, 배로 먼첨 가이소. 제는 뱃삯도 아깝고 해서 악양으로 걸어서 갈랍니더."

"그래, 그런 거는 자네가 알아서 허게."

홍팔준은 마치 갈라져서 가는 것이 속이 시원하기라도 한 것처럼 차갑게 내뱉었다.

몽환은 악양 들판을 지나 하동에 다다르니 마침 그날이 장날이었다. 그는 먼저 목고개에 있는 소전으로 갔다.

'인자, 내도 큰 소를 한 마리 장만해야 안 허겄나? 내도 명년부텀은 농사가 많아질 낀다… 어디 쓸 만헌 큰 소가 있는가 둘러나 보까?'

몽환은 주머니에 가진 돈도 없으면서 마치 소를 살 사람처럼 행세하면서 소전을 돌아다녔다. 그는 이 소 저 소의 고삐를 잡고 소를 걸려보기도 하고, 소 볼기짝도 만져보며 마치 소를 살 것처럼 흥정해 보기도 했다. 그리고 남이 흥정을 하는 모습을 구경하다 보니 마치 자기가 큰 소도 사고, 당장 큰 부자라도 된 듯이 기분이 좋았다.

몽환은 소전에서 읍내로 내려오다가 전에 본 적이 있는 하동 고을원 님이 거처하던 동헌 앞을 지나갔다. 그런데 그 자리에는 예전의 기와집을 뜯어내고 새로이 집을 짓고 있는지 사람들이 부산하게 움직이고 있었다.

그가 가까이 가서 구경해 보니 검은 사각모자를 쓰고 양복을 입은 사람이 널빤지 위에 무슨 종이를 펼쳐놓고 호각을 불어대며 큰 소리로 조선 사람들을 부리고 있었다.

그런데 집을 짓는 것이 좀 이상했다. 목수들이 나무로 기둥을 세우고 망치로 못을 박으면서 집을 지어가는 것은 별로 이상할 것이 없었다. 그런데 마당 한가운데에 무슨 회색 가루를 땅바닥에 붓고는 모래와 자갈에 물을 부어가며 삽으로 섞더니 물통에 담아서 널빤지로 만든 나무기둥 속에 채워 붓는 것이 너무 신기했다. 뻘 같은 반죽으로 어찌 집을 짓는 것인지 도무지 알 수가 없었다.

주변 사람들에게 무슨 집을 짓고 있는지 물어보니 일본 사람들이 군청을 짓는다고 하였다.

'인자 나라가 망허기는 망헌기내. 볼씨로 우리 원님을 몰아낸 자리에 왜놈 군수가 살 집을 새로 짓는 걸 봉께로…'

그는 일본 사람들이 설치는 것을 보고 불안한 마음이 들기도 하였지만 나와는 별 상관없는 일이라 생각하고 어물전으로 갔다. 기분이 내키는 김에 주머니에 있는 돈을 탈탈 털어서 명태 대여섯 마리를 사서 지게에 걸치고는 집으로 향했다.

몽환은 해가 서산으로 뉘엿뉘엿 넘어갈 무렵 도둑골재에 이르렀다. 이 고개는 고전, 진교 사람들이 하동장에 갈 때 넘어다니는 고개인데, 옛날에는 이곳에 도둑들이 살면서 장꾼들의 재물이나 돈을 빼앗던 곳이라 하여 '도둑재'라 불리는 고개다.

몽환은 예전에는 혼자 고개를 넘어갈 때 불현듯 도둑이 나타날 것 같은 불안감에 조그만 다람쥐나 비둘기가 날아오르기만 해도 소스라치게 놀랐다. 그런데 오늘은 지소동네 마름이 된 것이 너무도 기뻐서인지 무서운 생각은 싹 사라지고 왠지 신이 났다. 그는 이 고개가 꽤나 경사가 가파른 고개인데도 힘들이지 않고 가볍게 고개를 넘었다.

몽환이 산비탈을 지나 동네 입구에 있는 고숙재 근처에 이르자 동짓달의 짧은 해는 이미 저물어 어둑어둑해지기 시작했다. 그런데 오늘따라 저 멀리 동쪽에 우뚝 솟아 있는 소-산이 가난으로부터 벗어나게 된 자기의 행운을 축하라도 해주는 듯이 미소를 짓고 있는 것 같았다.

소-산허리의 중턱 위에 하늘 높이 덩그렇게 떠 있는 반달도 그의 행운을 함께 축하하기라도 하는 듯이 그의 발밑을 환하게 비추어 주었다.

몽환은 피로에 지친 시골 아낙네들을 잠재우려는 듯이 호롱불이 가물거리는 고랑물 초가집들 사이의 골목길을 지나갔다. 그는 곧장 대여섯 가구가 옹기종기 모여 사는 웃몰의 자기 집 앞에 이르렀다. 그의 집안에서는 아내가 베틀로 베를 짜는 소리가 '달칵달칵' 들려오고 있었다.

그는 사립문을 들어서며 너무도 기분이 좋아 예전에 없던 큰 소리로 아내를 불렀다.

"임자-! 퍼뜩 나와 보래이."

그러자 그의 아내가 몽환의 고함소리에 놀랐는지 베틀에서 일어나 급히 방문을 열고 뛰쳐나오며 남편이 예전에 없이 큰 소리로 자기를 부르는 것이 이상하다는 듯이 물었다.

"진송이 애비요, 와 그러는디요?"

"아! 글씨, 내 말 한번 들어 보라캉께. 인자 우리가 벼락부자가 된 기라 카이."

"도대체 그기 무신 말인 기요?"

"고마 퍼뜩 안으로 들어가세. 들어가모 얘기 헐 낀께로… 여거 내가 명태 몇 마리 사 왔싱께로 맛있기 묵고로 끊이고 아들도 깨우게."

몽환의 아내는 남편에게서 김 개묵의 집에 갔다가 그곳에서 있었던 자초지종의 이야기를 듣고는 너무도 기쁜 나머지 그동안의 고생한 시절이 생각났는지 한없이 기쁨의 눈물을 흘렸다. 몽환 부부는 저녁을 먹은 뒤에 앞날의 살림살이 계획을 세우느라 밤새는 줄 모르고 이야기꽃을 피웠다.

몽환은 김 개묵의 마름이 되었다는 너무도 기쁜 소식을 제일 먼저 새실에 사는 부모님을 찾아가서 전하기로 했다. 다음 날, 그는 아침 일찍 부모님께 드릴 마른 찬거리를 급히 챙겨 사립문을 나섰다. 이미 소-산 동쪽 하늘에는 여명이 밝아오고 있었다.

'아부지! 인자 제가 구례 큰 지주 어른인 김 개묵 씨의 마름이 뎄습니더. 인자 부자가 되고 잡은 제 꿈이 이루어질라 쿱니더. 아직꺼정은 제가 가진 쌀가마이가 저 소-산 채알에 눈꾸 반만치도 몬 채았지만, 두고 보이소. 지가 꼭 저 소-산 채알에 쌀가마이를 한 그석 채울 만치 큰 부자가 되고 말 낍니더.'

아버지께 전할 말을 생각하면서 금방 만석꾼이라도 될 것 같은 희망에 부풀어 수까무재를 넘는 발걸음도 한층 가벼웠다.

새실 본가에는 부모님과 큰형님의 식솔들과 신혼인 동생 부부가 아직 분가하지 않고 같이 살고 있어서 대가족을 이루고 있었다.

그는 큰집에 도착하여 사랑방에 앉아 계시는 아버지께 큰절을 올렸다. 몽환은 방 안으로 들어가며 예전에 없던 큰소리로 말했다.

"아부지! 제가 구례 김 개묵 어른 소작논을 관리허는 마름이 뎄습니더."

그의 말을 들은 아버지는 깜짝 놀라 입을 다물지 못했다.

"머라꼬? 그기 참말이가?"

"예, 아부지! 제가 지소 있는 김 개묵 어른의 논 오백 마지기를 관리허는 마름이 덴 깁니더."

몽환은 아버지의 놀라는 모습을 보고 자신감이 생겨서 자기 목소리에 더 힘을 주어 말했다.

"그래? 네헌티 정말 큰 복이 닥쳤구나! 장허다, 장해! 그동안 네가 고생헌 보람이 있었내. 얼른 안에 가서 네 에미헌티도 기쁜 소식을 전해 디리거라."

"예, 아부지! 그러모 안에 어머이께 인사디리고 오겄십니더."

몽환은 안방으로 들어가며 큰 소리로 어머니를 불렀다.

"어매! 제가 왔십니더. 몽환이가 큰 부자가 데 갖고 왔십니더."

몽환은 어머니를 만나기도 전에 큰 소리로 자기의 기쁜 소식을 외치며 급한 일도 아니면서 단걸음에 어머니 방으로 뛰어들어갔다.

"야아 야! 그기 무신 소리고? 우리 몽환이가 부자가 뎄다고? 그기 참말이가?"

몽환의 어머니는 아들이 부자가 되었다는 너무도 기쁜 소식에 큰 소리로 대답하며 기뻐서 어쩔 줄을 몰랐다. 그리고 온 식구들도 몽환의 희소식을 축하해 주었다.

"아이고! 몽환아! 내 새끼가 벼락 부자가 뎄다고? 장허다, 장해! 인자 네 팔자가 학 핐내. 학 핐어."

그동안 암암리에 신분차별 때문에 자기 자식들이 차별받는 것에 대한 서러운 일도 많이 겪었던 어머니의 기쁨은 이만저만이 아니었다.

"그래, 동숭, 그동안 지소 가서 삼시로 고생이 많았는디. 참 잘 뎄내. 이거이 다 자헌대부님허고 조상들의 음덕인 기다. 그러닝깨로 늘 겸손험시로 소작 부치는 사람들헌티 함부로 대허지는 말거래이. 그리고 집

안 어른들헌티도 너무 티를 내지는 말거라."

큰형님도 지금까지 은근히 동생들을 무시했던 것이 미안했는지 멋쩍어하면서 축하해 주었다.

지소동네 사람들에게 몽환이 김 개묵의 소작논을 관리하는 마름이 되었다는 소식이 전해지자 평소에 은근히 몽환을 무시하고 지냈던 김 개묵의 소작인들이 받은 충격은 이루 말로 표현할 수가 없었다.

"머시라꼬? 강 센이 마름이 뎄다고? 그기 참말이가? 그로모 범새 홍 영감은 우찌 데는 기고?"

어떤 이는 긴가민가하여 어리둥절해 하기도 하고, 어떤 이는 잽싸게 몽환에게 달려와서 아첨을 떠는 이도 있었다. 그런데 그동안 젊은 몽환에게 하대를 하며 지내던 나이 많은 소작인들의 충격은 한층 더하였다.

그들은 연장자임을 핑계 삼아 평소에 가난하게 살아온 몽환을 은근히 무시해 오던 사람들이어서 충격은 더 클 수밖에 없었다.

"체, 제 놈이 마름이라꼬? 내 목에 칼이 들어와 바라. 제 놈 앞에 내가 굽실기리는가?"

하면서 몽환이 마름이 된 것을 못마땅해하는 사람들도 있었지만, 그들도 목구멍이 포도청인지라 대놓고 몽환 앞에서 본색을 드러내는 이는 드물었다.

몽환은 그러한 동네 사람들의 심정을 잘 헤아리고, 구례 김 개묵이 강조한 민심을 잘 살피라는 말을 되새기면서 자신의 행실에 조심했다.

몽환은 그해 겨울철의 어느 한가한 날을 골라 동네 소작인들을 집으로 초대하였다. 그는 마당에 멍석을 깔고 주안상을 푸짐하게 차려서 대접한 후에 소작인들에게 자기의 생각을 말했다.

"동네 어르신 여러분! 이 못난 지가 동네 여러 어른들 소작논을 챙기는 마림 일을 맡아보게 데서 송구시립십니다. 구례 김 개묵 어른의 명인지라 저도 그분 말씸을 안 따를 재주가 있겄십니꺼? 잘 좀 바 주이소. 그라고 여러분들이 젤로 걱정허는 소작논 갈라 부치는 거는 여러분들이 으논해서 결정허도록 허고 제는 그 결정대로 따리겄십니다. 김 개묵 어른께서 '어떻던가 소작인 여러분들의 인심을 젤로 중허기 여기고 잘 챙기라'고 허싱깨로…, 제가 그 어른 시는 대로 헐낍니다. 그렁깨로 우시내 소작논 배정허는 일을 책임지고 으논헐 사람을 몇 사람 뽑아 주이소. 그라몬 그분들과 상의해서 여러분들헌티 손해 가는 일이 읎고로 허겄십니다."

몽환은 소작논의 배정을 그 대표들이 서로 의논하여 정하도록 했다. 그리고 소작인들에게 예전부터 짓고 있던 소작논의 원래 기득권을 존중해서 될 수 있으면 자기 의견을 개입시키지 않으려고 노력했다.

그리하여 몽환은 소작논을 부치던 사람들의 민심을 무마하고 소작논 배정을 무사히 마쳤다. 소작논 배정에 관한 일로 소소한 시비가 없었던 것은 아니었지만 될 수 있으면 그들의 문제는 그들 스스로 해결하게 하여 동네 인심을 추스를 수 있었다.

그런데 몽환이 마름이 된 사실에 대해 유독 불만을 가지고 앙심을 품고 있는 자가 있었다. 그는 바로 이웃에 사는 용석이었다. 그는 자기의 아버지가 범사 홍팔준의 먼 인척인 관계로 지난날에 지소 동네 사람들에 대한 권세라면 권세라 할 수 있는 소작논 배정에 관련된 영향력을 행사해 왔었다.

그는 몽환이 마름이 되면서 지난날의 권세를 잃게 된 데 대한 불만이 컸다. 물론 몽환은 그가 지금까지 짓고 있던 소작논은 예전대로 그대로 배정해 주었다. 그리고 몽환은 그의 심정을 이해하면서 될 수 있으면 그의 심기를 건드리지 않으려고 세심한 주의를 기울였다.

몽환도 욕심 같아서는 자신도 김 개묵의 많은 소작논을 차지하여 농사를 많이 짓고 싶은 마음이 없지는 않았다. 하지만 동네 사람들과의 약속도 있고 해서 머슴 다섯 명의 노동력으로 농사를 지을 만큼의 논만 자기 몫으로 제하고 나머지는 다른 사람들에게 배분해 주었다.

그는 김 개묵의 기대에 어긋나지 않게 하려고 더욱 농사를 열심히 지었다. 다행히도 그해 가을에는 풍년이 들었다. 게다가 자기가 거둔 소작료 중에서 김 개묵이 제해 주는 수수료를 더하니 살림살이가 대번에 불어나기 시작하였다.

뒷골 도랑가의 버들강아지가 눈을 뜨고, 개나리꽃이 피기 시작하는 따뜻한 봄이 왔다.

몽환은 쇠코뚜레를 만들기 위해 노송나무를 구하러 계월봉 밑에 있는 염시골 골짜기로 올라갔다. 염시골 산비탈의 이곳저곳을 살피며 낫으로 엄지손가락 굵기의 노송나무 몇 그루를 잘랐다. 그리고 노송나무 껍질을 잘 다듬어 벗기고, 동그랗게 휘어서 칡덩굴로 감은 뒤에 지겟가지에 걸쳐 놓았다.

그는 지게 옆에 자리를 잡고 앉아 담배를 꺼내 피웠다. 그는 담배를 한 모금 빨아들여 내뿜고는 무심코 허공으로 사라져 가는 담배 연기를 바라보다가 눈길이 동네 앞 들판에 이르자 작년에 김 개묵의 논 오백 마지기 소작료를 계산할 때에 고생했던 일이 머리에 떠올랐다.

그는 구례 김 개묵의 집에서 그가 몽환에게 지소에 있는 논 오백 마지기를 관리하라는 말을 들었을 때의 꿈만 같았던 일이 다시 생각났다. 그때 얼마나 기뻤던지 지금 생각해도 가슴이 '쿵쾅쿵쾅' 방망이질을 하는 것 같았다.

'그런디 가만있자, 올 가실에 소작료 계산을 또 어찌 헌다. 작년에 오백 마지기 논 소작료를 다 장부에 적고 계산헐 적에 제북 심들었는디… 그리고 내가 만일 앞으로 더 많은 소작논을 관리허기 데모 내도 장부 정리헐 사람이 있어야 헐 낀디 어쩐다. 우시내 정 부잣집에 가서 주판알 놀리는 거부텀 배아야 허겄다. 그리고 훗날을 생각해서 큰아를 서당에 보내야겄다. 방깨 삼현三鉉 선생헌티 보내서 서당 글도 배우고 장부 정리허는 것도 배우고로 해야 허겄다.'

방깨에 사는 삼현 선생은 몽환보다 네댓 살 위였는데 고전면 일대에서는 명망이 높은 훈장이었다. 몽환은 평소에 그와 가까이 지내는 사이였다.

몽환은 큰아들에 대한 기대가 아주 컸다. 대개의 아이들은 나이가 예닐곱 살이 되면 서당에 보내서 한문 공부를 시켰다. 그러나 몽환은 그동안 살림살이가 너무 가난하여 아들이 열두 살이 되도록 서당에 보내지 못해 안타까워했다.

그 당시에 한 아이를 서당에 보내려면 봄에 보리 서 되와 가을에 쌀 서 되 정도를 훈장에게 내야 했다. 그러나 몽환의 살림형편이 여의치 않아 큰아이를 서당에 보내지 못해서 집에서 농사일을 도우면서 자랐던 것이다.

몽환의 마음속에는 항시 '조부님은 자헌대부를 지내셨고, 아부지 형제분은 유학을 익혀서 모두 유식허있다. 특히 잔아부지는 향교에 출입하시는 학문이 깊은 선비셨다.'는 사실을 되새기면서 아들을 훌륭하게 키우려는 꿈을 지니고 있었다.

'내 아들도 집안 어르신들 못지않게 훌륭헌 사람으로 키우고로 서당에 꼭 보낼 끼다. 요새 어떤 사람들은 왜놈들이 맨딘 핵곤가 머신가 하는 디를 보낸다는디… 글씨, 왜놈들헌디 글을 배와서 왜놈 맨딜리꼬? 어림 반 푼어치도 읎는 일이재.'

몽환은 큰아들 나이가 열두 살이 되어서야 마름 일을 맡으면서 재산의 여유가 생겼다. 그는 비로소 아들을 서당에 보내려고 방깨 삼현 선생의 서당을 찾아갔다.

그곳에는 예닐곱 명의 아이들이 한문 공부를 하고 있었다. 그는 보리쌀 서 되와 마른 찬거리를 삼현 선생한테 선물하고는 자식을 잘 가르쳐달라고 신신당부했다.

삼현 선생은 아들 다섯 명과 딸이 있었는데 넷째가 진송이보다는 한

두 살 아래였다. 진송은 삼현 선생의 넷째인 종석이와 그의 막내아들 종세와 같이 서당공부를 하게 되었다.

몽환은 아들에게 훈장님 말씀 잘 듣고 훈장님 아들과도 서로 친하게 지내면서 글공부 열심히 잘하라고 이르고는 먼저 집으로 돌아왔다.

아! 조국이여

　뻐꾹새 울음소리가 지소 뒷산 골짜기로 메아리쳐 울려 퍼지고 신록이 무르익어 갈 무렵, 몽환은 보리 타작과 이종 철에 쓸 마른 반찬거리를 사러 배드리장으로 갔다. 그는 머슴과 같이 장에 내다 팔 쌀 두 가마니를 나누어 짊어지고 집을 나섰다.

　구하동 성터재를 넘어 비탈길을 내려가기 시작하는데 예전에는 듣지 못했던 휘파람 같은 소리가 장터 쪽에서 들려왔다. 그것은 나라가 망하고 난지 몇 년 지나지 않아 배드리장에서도 들려오기 시작한 일본 순사가 불어대는 호각소리였다.

　몽환이 시장 입구에 들어서서 보니 시커먼 제복에 이상한 모자를 쓴 일본 순사가 긴 칼을 옆에 차고 조선인 통역을 앞세워 호각을 불어대면서 시장통을 휘젓고 다니는 모습이 보였다.

　몽환은 얼마 전에 배드리장에 갔다 온 사람들에게 장터에서 일본 순사가 칼을 차고 다니는 것을 보고 무서웠다는 소리를 들은 적이 있었다. 몽환은 긴 칼을 허리에 찬 일본 순사를 직접 보고는 두려운 생각이 들었다. 그는 일본 순사를 피해서 머슴을 재촉하여 쌀가마니를 지고 얼른 싸전으로 갔다.

'나라가 왜놈들헌티 망했다 쿠더마, 내 눈으로 순사를 똑띠 본께로 그 말이 맞기는 맞는 갑재. 큰일은 큰일일세.'

몽환은 친구 김경필의 싸전에 가서 쌀을 팔고 어물전으로 갔다. 그곳에서 마른미역이며 마른멸치와 명태, 갈치 등을 사서 지게에 얹었다. 그러고 나서 낫을 사려고 대장간으로 가는데 뒤에서 누가 부르는 소리가 들렸다.

"어이, 강 센. 장에 왔는가?"

몽환이 뒤돌아보니 범사 홍팔준이 주막에서 일본 순사와 같이 앉아 술을 마시고 있다가 주막 앞을 지나가는 몽환을 보고 일부러 불러 세웠던 것이다.

"아! 예, 영감님, 장에 오싰십니꺼?"

몽환이 허리를 굽혀 공손히 인사했다. 그러자 그는 은근히 위세를 부리며 말했다.

"강 센, 장에 오신 짐에 여거 와서 순사 어른께 인사 올리게."

몽환이 머뭇거리자

"어허! 머허는고? 퍼떡 순사님헌티 인사 안 올릴 끼가? 여기 계신 순사 어른이 얼매나 높은 분인지 몰라서 그러는가?"

몽환은 엉거주춤한 걸음으로 주막 안으로 들어서면서 하는 수 없이 인사를 했다.

"순사 어른, 안녕허십니꺼? 제는 지소 사는 강몽환이라 캅니더."

순사를 따라다니는 조선인이 통역을 하자

"반갑스무네다. 나는 키요시라고 하무네다. 당신들은 대일본제국 천황의 신민이니 천황께 충성을 다해야 하무네다."

라고 일본말을 하였다.

몽환은 생전 처음 들어 보는 일본 말인지라 어안이 벙벙하여 멈칫거리고 서 있었다. 그러자 조선인이 통역을 해주었다. 몽환은 얼떨결에 예를 표했다.

"예, 잘 알겄십니더. 순사 어른."

"강 센, 그러지 말고 어서 앉아서 순사 어른헌티 술 한 잔 따라 올리게."

몽환은 평소에도 술을 좋아하지 않아서 주막에는 잘 들르지 않았다. 그런 터에 일본 순사와 억지로 술자리를 같이하는 것이 여간 불편하지 않았다. 그런데 홍팔준과 일본 순사는 벌써부터 알고 지내면서 술자리를 자주 같이해 왔는지 술잔을 나누면서 허물없이 대화하기 시작했다.

홍팔준은 벌써 일본말을 배웠는지 더러는 일본말을 섞어가면서 아첨을 떠는 모습이 옆에서 보기에 속이 상할 지경이었다. 몽환은 그 술자리가 바늘방석에 앉아있는 것처럼 불편했지만, 꾹 참고 있다가 그들이 술이 얼큰해지는 것을 보고는

"영감님, 죄송허지만 지는 농새 일이 바빠서 먼첨 일어나야 허겠십니더."

라고 작별인사를 했다. 그러자

"아, 그래, 바쁜 사람은 먼첨 일어나야재. 그런디 강 센, 자네 땜시로

내가 얼마나 손해가 많은지 알기나 해?"

그 말에 몽환이 아무 말도 못하고 머뭇거리자 그는 더욱 목소리를 높였다.

"허이, 이 사람아! 내가 자네 땜시로 지수서 내헌티 들어오던 나락가마이가 얼마나 줄었는지 알기는 아난 말일세."

홍팔준은 몽환이 마름이 된 뒤로 지소에서 자기에게 들어오던 소작료가 줄어들게 되었다고 투정을 부렸다.

"영감님, 잘 알고 있십니더. 그라내도 맨날 영감님헌티 미안허다는 생각을 허고 있십니더."

"미안헌 걸 알모 다행이고…. 그래서 말인디 오늘 이 자리 술값은 자네가 내고 가게."

"예, 잘 알겠십니더. 그리 허지요. 영감님."

몽환이 하는 수 없이 술값을 치르고 주막을 나서려고 하자

"아참, 잠깐만, 저거 어물전에 가모 우리 머심이 지고 갈 짐이 좀 많을 낄세. 거로 가서 장거리를 우리 집꺼정 좀 져다 주게."

"예, 그리 하겠십니더. 그러모 제는 먼첨 일어나겄십니더."

몽환은 사실 홍팔준과 지위가 비슷한 김 개묵의 마름이었다. 그런데도 장에 오면 허세가 강한 홍팔준은 예전과 같이 자기 장거리를 집까지 져다 달라고 시켰다. 그래도 몽환은 두말하지 않고 그의 청을 들어주었다. 자기보다 위세가 강한 사람과 부딪히기도 싫었거니와 지난날 소작할 때에 입은 혜택에 보답하는 마음도 있어서 거절하지 못했던 것이다.

그러나 홍팔준은 몽환이 마름이 된 뒤부터는 김 개묵의 지소 소작논의 관리권을 마치 몽환이 빼앗아 간 것처럼 생각하는지 그를 대하는 태도가 완전히 달라졌다.

그는 별것도 아닌 일을 가지고 사사건건 시비를 걸고 심술을 부렸다. 그리고 몽환이 장에 오기만 하면 어찌 알았는지 그를 꼭 찾아내어 주막으로 불러서는 자기 술값을 대신 치르게 하였다.

잔돈 한 푼 허투루 쓰지 않고 저축하는 몽환은 자기가 잘 알지도 못하는 일본 순사를 대접하고 술값을 치르기가 아까워서 분통이 터졌다. 하지만 일본 순사가 무섭기도 하고 홍팔준과 친하게 지내는 일본 순사 앞인지라 꼼짝없이 술값을 치를 수밖에 없었다.

몽환은 다시 대장간으로 가기 위해 싸전 앞을 지나다가 방깨 삼현 선생과 마주쳤다.

"삼현 선생님, 장에 오이십니꺼?"

"아, 그래, 동숭이 장에 다 온 걸 본께로 이종 철이 다 데 가는 모양일세."

"예, 그렇십니더. 그런디 우리 자슥 놈 글공부나 지대로 허는지 모리겄십니더."

"진송이 말인가? 자네 아들인디 누굴 닮았겠능가? 잘 허고 있싱께로 걱정 말게."

둘이서 대화를 나누고 있는 것을 본 싸전 주인인 김경필이 끼어들었다.

"아재, 장에 오이십니꺼? 또 지필묵 사로 오싱는가 배요?"

김경필은 삼현 선생의 먼 친척 조카였다.

"맞네, 서당에 문종우가 다 떨어지 삤네."

"내사 그럴 줄 알고 먼첨 번에 하동장에 갔일 때 씰만헌 지필묵을 사다 났십니더. 자 이거 그냥 갖고 가이소."

김경필은 장에 오면서 미리 종이봉지에 싸 두었던 지필묵 봉지를 삼현 선생에게 건네주었다.

"허, 이사람 참, 이러코롬 번버이 신세만 지네. 글씨."

"신세는 무신… 그런 디는 신경 끄시고 제발 우리 행수나 잘 좀 갤치 주이소."

그의 아들 행수는 딸 셋을 낳은 뒤에 얻은 하나밖에 없는 귀한 아들이었다. 그는 아들 행수를 공부시켜 잘 키우려고 서당에 보냈지만 애석하게도 아들놈은 글공부에는 관심이 없었다. 행수는 방깨에 있는 서당에 간답시고 오다가다 지나는 개울가에 엎드려 참게를 잡거나 장터에 사는 친구들과 어울려 노느라 글공부를 소홀히 하였다.

"어이, 친구! 자네 자슥은 공부를 잘 헌다고 허닝깨… 우리 쌔끼허고 항케 놈시로[51] 동무가 되고로 좀 해 주게. 부탁허네."

"잘 알겄네, 친구 부택이를 안 들어주몬 데겄나?"

몽환은 겉으로는 친구의 청을 들어주는 척하며 대답했다. 하지만 사실은 삼현 선생한테서 행수 때문에 애를 태우고 있다는 소리를 들은 적이 있었다.

몽환은 큰아들에 대한 기대가 이만저만 크지 않았다. 그래서 그는 평소에 자기 아들이 행수라는 아이와 어울리지 말고 글공부를 열심히

---

51) 함께 놀면서

하라고 신신당부하여 오는 터였다.

몽환은 장을 다 보고 머슴에게는 홍팔준이 부탁한 장거리를 지고 범사에 다녀오게 했다. 그리고 그는 자기 장거리를 혼자서 다 짊어지고 논짐이재를 넘어서 집으로 돌아왔다. 지고 온 짐이 무거워서 어깨가 뻐근하기도 했지만 자기를 고생시킨 홍팔준을 원망하지는 않았다.

'나도 언젠가는 저 양반보다는 더 큰 부자가 데고 말 끼다. 그때꺼정은 팔자라 세고 참자.'

한여름의 햇볕을 받아 나락 모가지가 쑥쑥 고개를 내밀고 풋과일이 익어 갈 무렵이었다. 진송이 서당에서 공부를 마치고 집으로 돌아오려고 하는데 행수가 소맷자락을 끌며 같이 놀자고 꾀었다.

"진송아, 냇물에 가서 참게 안 낚을래? 나락 팰 때 잡은 게가 참 맛있데이."

"안 돼, 우리 아부지헌티 들키모 머라쿤다."

진송은 요 며칠 전에 행수와 삼현 선생의 막내인 종세와 게 낚으러 갔다가 바지저고리가 물에 젖어서 집에 돌아온 적이 있었다. 그때 아버지한테 혼이 난 일이 있었기 때문에 같이 놀기를 망설였다.

"와, 니 아부지 땜에 그러나? 그라몬 니는 옷 안 젖고로 방천 우에 가마이 앉아있어라. 내가 게 낚아 주께."

그러자 옆에 있던 종세도 거들었다.

"응가, 항캐 놀다 가자. 응, 응가야, 내 니 시는 대로 다 헐 낀께… 게 낚으로 항캐 가자."

"종세야, 니도 내허고 놀다가 너 아부지헌티 혼나모 우짤라꼬 그라노? 너 세이 뽄 좀 바라[52]."

"공부 벌거지 우리 종석이 응가 말이가? 종석이 응가가 우리 세이는 맞는디… 한문 공부 좀 헌다꼬 까부리 쌌는 기 내는 마, 꼴 보기 싫다 아이가? 그런깨로 진송이 응가, 우리 게 잡음시로 같이 놀자. 응?"

진송은 아버지의 호통을 생각하면 동무들과 같이 냇가에서 노는 것이 걱정되었다. 하지만 이미 냇가의 방천 아래의 게 구멍에서 커다란 게가 긴 발가락을 조심스레 내밀고 미끼를 낚아채려고 들락날락하는 모습이 눈앞에 어른거리는듯했다.

"에라, 모리겄다. 그라몬 쪼깸만 놀다 가지 머."

그들이 냇가에 다다르자 진송은 웃옷을 벗어 물에 적시지 않기 위해 방천 위에 올려놓은 뒤에 바지를 허벅지까지 걷어 올리고 냇물로 들어갔다. 행수와 종세는 신이 나서 진송과 같이 게를 낚았다. 각기 게를 대여섯 마리씩 낚았다. 종세가 진송에게 말했다.

"응가, 니 집에 이 게 가꼬 갈래?"

"머라꼬? 그 게 갖고 갔다가 우리 아부지헌티 들키모 어쩔라꼬?"

"그라몬 할 수 읎재. 그런디 응가 너 집 단감 다 익어 가재? 낼 서당에 올 때 꼭 한 개 따다 주라."

"안 덴다, 울 아부지가 지키고 있는디 어찌 따 온단 말이고?"

"그래도 항 개만 따다 주라."

---

52) 네 형 본 좀 받아라

"에롭울 낀다… 해나 감낭구[53]에서 떨어진 기 있이몬 주다 주깨."

종세는 머리가 총명하긴 했지만 형에 대한 열등의식 때문인지 형과는 달리 공부에는 별 관심이 없었다. 그래서 행수와 어울려 놀기를 좋아했고, 진송에게도 잘 따르면서 심심하면 맛있는 것을 갖다 달라고 조르기도 하였다.

"응가, 니는 부잣집 아들 아이가? 낼 올 때 꼭 떡도 한 개 갖다 주라. 내 응가 시는 대로 다 헐 낑께로…."

"머? 시는 대로 다 헌다꼬… 그러몬 내가 죽어라 쿠모 죽을 끼가?"

"응가도 참, 죽는 거 말고는 다 허깨."

"자슥, 농담도 몬 알아듣나?"

진송은 호랑이 같은 아버지의 엄명에 순종하여 공부도 게을리하지는 않았지만, 서당이나 동네의 개구쟁이들과도 잘 어울려 놀았다. 그럴 때마다 그는 늘 아버지한테 혼이 나곤 하였다.

몽환이 마름이 되고 난 뒤에 우리 민족의 최대 명절인 설날이 다가왔다. 그가 부자가 되어서 맞이하는 그해 설 명절은 몽환의 가족에게는 너무도 즐겁고 뜻깊은 날이었다.

그는 그믐날 여느 해와는 달리 큰집에 드릴 커다란 자반 고기와 부모님께 드릴 선물을 푸짐하게 준비했다. 그는 선물 보따리를 지고 아내와 큰아들과 둘째인 젖먹이를 데리고 수까무재를 넘어서 새실 큰집으로 갔다.

---

53) 혹시나 감나무

큰집에 도착하자 이미 형님들과 조카들이 와 있어서 집안이 시끌벅적하였다. 그런데 옛날과 달리 형들이 문밖까지 나와서 반갑게 맞아주었다. 몽환은 가족들과 같이 사랑채의 아버지께 인사를 올렸다.

"아버님, 그간 안녕허싰십니꺼?"

"오냐, 그새 잘 지냈느냐? 우리 복디 손주도 왔내."

몽환이 가족은 큰형님과 그 아래 형님들에게도 인사를 올렸다.

"동숭, 어서 오게. 그동안 잘 지냈는가?"

"성님, 어서 오이소."

분가하지 않은 몽환의 동생도 같이 나와서 인사를 했다.

"야야, 안채에 가서 네 에미헌티 인사 올리거라."

아버지의 말에 몽환은 안채에 가서 어머니한테는 마루에서 큰절을 올렸다.

"어매, 그 새 아푼디 읎이 잘 지냈십니꺼?"

"아이고! 그래, 내 아들 왔나? 그러고 달디 겉은[54] 우리 손주새끼들도 왔내. 어서 들어 오이라. 내사 마, 끄떡 읎다."

몽환이 마루에서 형수들과 인사를 나눈 뒤에 방에 들어와 앉자 조카들이 와서 인사를 올렸다.

"아재, 오이십니꺼? 그러고 안녕허싰십니꺼?"

"그래, 너들도 잘 지냈재? 아이구 우리 종손은 장가갈 나이가 다 뎄내."

---

54) 달덩이 같은

조카들에게 대충 인사를 받았지만, 조카들의 인사말이 그의 비위를 거슬렸다.

'아재? 내가 어째 아재고? 삼촌이라 부르모 무신 탈 나나?'

몽환은 뒤틀린 심사를 남몰래 감추고 가져온 선물 꾸러미를 풀어놓았다. 커다란 자반 고기와 누런 하동김과 사과와 같은 값비싼 찬거리를 보고는 다들 눈이 휘둥그레졌다.

"데럼,[55] 부자가 뎄다쿠더마 참말로 맞는 갑다이. 이러코롬 귀헌 반찬을 마이도 해 왔내. 아이고 싸기라.[56] 자반 고기가 이리 큰 거또 다 있는가 배."

형수들의 반응도 옛날과는 판연히 달라져 있었다. 몽환은 안식구들이 자기가 사 온 제사음식을 손질하는 것을 보고는 밖으로 나왔다.

그는 사랑방으로 가서 형님들과 그동안의 안부 인사를 나눈 뒤에 같이 둘러앉아 담소를 나누었다. 단연코 대화의 주제는 마름이 된 몽환의 소작논 관리나 소작료 등에 관한 내용이었다. 그리고 구례 지주인 김 개묵과 나눈 대화 내용과 구례 냉천에 있는 지주의 집 규모와 그의 집안에 관련된 것들이었다.

한참 이야기를 나누다가 둘째 민환 형님이 대뜸 몽환이 예상치도 못했던 말을 꺼냈다.

"아부지, 제가 아부지허고 형제들 모있일 때 디릴 말씸이 한 개 있십

---

55) 도련님.
56) 놀랍다

니더."

"그래, 어디 말해 보거라."

"예, 그런디 저-. 지금꺼정은 몽환이허고 재환이 동숭이 이복동생이라고 차별대우를 받어 온 거 겉은디 앞으로는 우리 형제 모두 차별 없이 우애 있고로 잘 지내고로 허는 기 좋을 거 겉애서 말씸 디립니더."

민환이 형의 말을 들은 아버지는 잠시 뜸을 들인 뒤에 반색하며 다른 아들들에게 의견을 물었다.

"큰아허고 너뜰 생각은 어떠허냐?"

큰형인 채환 형님도 웃으며 대답했다.

"예, 제도 그리 허는 기 좋다고 생각헙니더."

아버지는 몽환과 재환이를 보고 말했다.

"몽환아, 그러고 재환아, 너들은 시방꺼정 그 일로 마음고생이 많았을 끼다. 그런디 네 형들이 내 마음을 알고 형제간에 우애 있게 잘 지낸다고 허니 내 기분이 홀가분허구나. 그러니 앞으로는 너들도 형들의 아량을 고맙게 여기고 어떻던가 형제간에 우애 있기 잘 지내도록 허거라."

"예, 아부지, 아부지 말씸을 명심허겄십니더."

몽환과 동생은 감격하여 아버지와 형님들에게 감사하다는 절을 올렸다.

몽환은 이제야 비로소 제대로 자식 대접을 받는 것 같아서 기분이 좋았다. 재산의 위력에 의해 차별을 면하게 된 것이 좀 마음에 걸리기는 했지만, 그래도 자기를 위해 마음을 써 주는 형님들과 아버지께 감사하는 마음을 가졌다.

다음 날, 설 차례를 지내기 위해 차례상을 차리는데 몽환이 하동장에서 비싼 값을 치르고 사온 사과에 대한 얘기가 화제였다. 차례상의 맨 앞줄에 대추, 밤, 감, 배 다음에 사과를 올려놓자 제관들은 물론이고 큰집에 모인 조카들이 차례상에 오른 생전 처음 보는 사과를 보고는 모두 신기하다고 한마디씩 말했다.

"저거, 저, 뻘간 저기 머꼬?"

아버지가 묻자 몽환이 말씀을 올렸다.

"아부지, 저거는 하동장에서 산 능금이라고 허는 깁니더. 장사꾼이 그러는디 일본서 들어온 귀헌 과일이라 헙디더."

그러자 큰조카가 신기하다는 듯이 말했다.

"그러모 저거는 임금님이 묵는 감인가 배요? 그래서 능금이라 카는 갑지예?"

모두들 한바탕 웃음이 터졌다. 그 말을 듣고 있던 몽환의 아버지가 씁쓸한 표정으로 혀를 차며 말했다.

"그런디 나라가 망헌지 얼매나 됐다고 볼씨로 왜놈 과일이 하동장에 꺼정 들어 왔단 말이고? 양 장군이 의병을 일바씬지[57] 얼매나 됐다고…"

그러자 큰 형이 말했다.

"아부지, 나라 운명이 그런 걸 우짜겠십니꺼? 우리가 걱정헌다꼬 나라를 되찾는 거또 아이고…"

제관들이 아버지의 편찮은 심정을 눈치채고 잠시 침묵이 흘렀다. 몽

---

57) 일으킨지

환은 사과를 선물로 사 온 것인데 자기도 모르게 제사상에 올라 아버지의 심기를 건드린 것 같아 미안한 생각이 들었다.

몽환은 형님들과 같이 아이들을 데리고 뒷산에 있는 조상의 묘소에 성묘를 마친 뒤에 집홀에 사는 작은아버지께 세배를 갔다. 몽환의 아버지가 큰집에 양자를 간 처지여서 작은아버지와는 명절차례를 따로 지내고 있었다.

작은아버지는 향교에 출입하시는지라 사랑방에는 책꽂이에 한문책이 많이 꽂혀 있는 것이 눈에 띄었다. 몽환의 형제들은 작은아버지께 세배를 드리고 나서 환담을 나누었다. 작은아버지가 몽환을 보고 칭찬하는 말을 했다.

"그래, 몽환이가 구레 만석꾼 마림이 됐다고? 우리 집안에 경사 났내. 경사 났어."

"참, 잔아부지도… 무신 그런 말쌈을 다 허십니꺼?"

"하이튼 길조인기라. 가만있자. 네 새끼가 몇 살인고? 이름은?"

"예, 진송이라 카고, 열두 살입니더."

"그래, 인물이 훤한 거이 대부 할아부지 많이 닮았네. 그런디 야가 서당에 댕긴다 캤재?"

"예, 인자 보도씨[58] 천자문 배우고 있십니더."

"진송아, 부지러이 공부 해라이. 우리 집안은 대부 할아부지 후손인 걸 이자뿌리모 안 덴데이."

---

58) 겨우

잠자코 앉아있던 동생 재환이가 거들었다.

"석환 성님, 그런디 조캐 진덕이는 볼씨로 대학을 다 뗐담시로요?"

재환이가 사촌형인 석환에게 말했다.

"그래, 인자 중용 공부를 시작했니라. 동숭도 틈틈이 책 읽기를 게을리 허지는 말게."

"예, 잘 알겠십니다. 근디 진덕이 조캐도 대학, 중용 다 떼고 나모 잔 아부지맨키로 곧 훌륭헌 선비가 데겄네요?"

"아적꺼정은 멀었다. 더 부지러이 공부해야재."

몽환은 큰집으로 돌아와서 앞집의 범용이네 집에 세배하러 갔다. 먼저 안방으로 들어가 범용이 형의 부모님과 형수한테 세배하고는 안부를 물었다.

"그래, 아재 몸은 좀 어떻십니꺼?"

"내사 마, 맨날 매 마찬가지지 머. 콜록콜록."

범용이 형의 아버지가 기침을 쿨룩거리며 말했다.

"그라몬 범용이 성님 소식은 좀 있십니꺼?"

"야 이 사람아! 소식은 무신 소식… 죽었는지 살았는지 깜깜무소식일세."

"성님이 지헌티 말허기는 황토재를 넘어서 옥종으로 간다고 했는디. 어디 옥종에 아는 사람이라도 있이몬 좀 알아보지 그랬십니꺼?"

"어디 옥종에 아는 사람이 있어야재?"

범용의 아버지는 긴 한숨을 내쉬었다.

"우신애 입에 풀칠허기도 힘들 지경이네. 몽환아, 니는 인자 잘 살고로 뎃싱께로, 우리 좀 도와주몬 안 데겠나?"

"아재, 도와 디리야지요. 아재가 누군디요. 암 도와 디리고 말고요. 그라몬 여거 새실에 살지 말고 우리 지소동네로 이사를 오이소."

"내는 몸도 성치 몬 허고… 우리 집에는 농새일 헐 일꾼도 읎는디 그거로 가몬 우짤라꼬?"

"아재, 범식이가 있지 않습니꺼? 식구 전부 다 지소로 이사를 오이소. 그러모 제가 어떻기 허든 간에 아재 식구들은 살고로 해 디릴 낀께요."

그리하여 이듬해 봄에 범식이네 식구들은 지소의 음달로 이사를 오게 되었다. 그 뒤에 몽환은 김 개묵의 소작논 중에서 자기가 짓던 뒷골논 다섯 마지기와 다른 사람이 사정이 있어서 내놓은 논 네 마지기를 소작하도록 주선해 주어 살림살이를 꾸려 나가도록 도와주었다.

그 후로 범식의 가족은 몽환의 도움을 받으며 열심히 농사를 지어 지독한 가난에서 벗어날 수 있었다. 그때부터 범식이네와 몽환의 가족들은 농사일과 제반 가사를 서로 도와가며 친형제처럼 가까이 지내게 되었다.

이른 봄날, 몽환은 괭이와 낫, 부엌칼 등의 연장을 벼리려고 배드리장의 대장간으로 갔다. 그리고 돈을 사기 위해 머슴과 같이 쌀가마니를 지고 싸전으로 갔다. 그런데 요즈음 배드리장에는 예전과 다른 분위기가 감돌고 있었다. 예전보다 일본 순사들의 행인들에 대한 불심검문이 잦았고, 예전에는 순사 한 명이 조선인 조수를 데리고 장터를 순

지게 200

시했는데 요즘 들어서는 두세 명씩 조를 지어 다니면서 무언가를 조사하는지 눈빛이 예사롭지 않았다.

몽환은 싸전에 가서 쌀을 팔았다.

"친구, 요새 신수가 훤허네."

싸전 주인인 친구가 쌀값을 계산하며 농담을 했다.

"그래, 자네도 요새 장사가 잘 되는가 배? 자네 신수가 더 훤허니 말일세."

"그래, 쌀 폴러 장에 왔는가?"

"인자 봄이 왔다 아인가 배? 그래서 쌀 판 돈으로 연장 좀 베릴라고[59] 온 거 아이가?"

그런데 그때 언제 몽환이 장에 온 걸 알아봤는지 홍팔준의 머슴이 와서 자기 주인이 찾는다고 기별을 했다.

"강 센, 우리 영감님이 퍼뜩 주막으로 오라캄니더."

"그래, 알겠네, 곧 감세."

몽환은 이제 홍팔준에게 일본 순사가 있는 주막으로 불려가서 술값을 치르고 나오는 일이 다반사가 되어 있었다. 몽환은 또 홍팔준이 자기를 찾는 것이 속이 상했지만 어쩔 수 없이 그가 기다리고 있는 냇가의 주막으로 갔다.

주막에 가보니 역시나 홍팔준은 전에 수인사를 나눈 키요시 순사와 처음 보는 일본 순사, 낯선 한 남자와 멍석 위에 차려진 술상을 마주하

---

59) 벼리려고, 벼르다: 무디어진 연장의 날을 불에 달구어 두드려서 날카롭게 만들다.

고 술을 마시고 있었다. 그런데 그곳 분위기가 예전과는 사뭇 달랐다. 일본 순사 옆에 앉아있는 남자는 처음 보는 사람이었는데 생소한 옷차림을 하고 있었다.

그는 조선 사람들과 달리 두꺼운 천으로 만든 둥근 창이 달린 납작한 모자를 쓰고 소매가 좁고 앞에 단추가 여러 개 달린 남색 저고리와 가랑이가 좁고 긴 검은 바지를 입고 있었다.

그는 무슨 장부를 술상 위에 올려놓은 채 술을 마시고 있었다. 몽환이 어리둥절해 하자 홍팔준이 얼른 눈치를 채고는 낯선 사람을 소개했다.

"강 센, 어서 오게. 대천황폐하의 충신이신 키요시 순경님은 잘 알거이고… 여거 앉아 계신 이분은 대일본제국 기무라 순겡이시고, 이분은 고전면사무소에 근무허는 김 주사님일세. 인사 올리게."

"아, 예, 지는 지소 사는 강몽환이라고 캅니더. 처음 인사 올립니더."

몽환이 인사를 하며 술잔을 권했다.

"반갑스무네다. 나는 기무라라고 하무네다."

기무라 순경은 거만하게 손을 내밀어 인사했다.

"예, 나는 고전면사무소에 근무허는 김해준이라고 헙니더. 앞으로 면사무소서 허는 일에 많은 협조를 부탁 디립니더."

김 주사는 인사를 나누면서도 의미심장한 말을 했다. 몽환은 그가 하는 말의 진의를 눈치채지 못했다. 그런데 그 말이 의미하는 바는 그들이 나누는 대화에서 금방 드러났다.

서로 간에 의례적인 대화가 오간 뒤에 김 주사가 술상 옆에 놓아두었던 장부를 들고 뒤적이더니 홍팔준에게 뜻밖의 이야기를 꺼냈다.

"홍 영감님, 머라 캐싸도 홍 영감님이 앞장서서 대일본제국 천황폐하께서 허시는 사업에 앞장서서 도와 주시야 허겄십니다."

그러자 홍팔준은 김 주사의 말뜻을 이미 알고 있었는지 흔쾌히 대답하고는 덧붙여서 그의 말을 거들었다.

"예, 그리 허고말고요. 그런디 지수 강 센도 잘 알아 듣고로 새로 한본 더 말씸해 보이소."

"예, 그리 허겄십니다. 제가 디릴 말씸은 다름이 아이라, 대일본 천황폐하께서 우리 고전면민을 위허시는 사업을 허기 뎄십니다. 그중에서 젤 큰 사업이 진교서 배드리장꺼정 신작로를 딲는 일입니다. 그런디 우시내 질[60]에 들어갈 논도 사딜이야 허고, 또 중요헌 기 멩고서 날드리 새에 있는 냇물에 큰 다리를 건설해야 허는디 그기 큰일입니더."

김 주사의 말에 홍팔준은 설명을 덧붙이며 아첨을 했다.

"아! 예, 천황폐하께서 허시는 일에 우리가 앞장서서 협조해야 허지요. 암, 그렇고 말고요. 그런디 신작로 허고 다리라?"

"예, 그렇십니더."

"내가 하동장에 감시로 돌미강에 세운 집채보담 큰 다리를 보기는 밨는디…. 허기사, 쎄차가 댕기고로[61] 그러코롬 큰 다리를 맨딜라카모 돈이 술차이 들 낀디요?"

그러자 김 주사가 이상한 그림이 그려진 종이를 술상 옆의 빈자리에

---

60) 길
61) 자동차가 다니게

펼쳐 보이며 말했다.

"역시 홍 영감님은 천황폐하의 신민으로서 충성심이 남다르십니다. 맞십니다. 여거 이걸 좀 보이소. 이게 진교서 배드리장꺼정 새로 맨딜 신작로를 그리 논 설계도라 카는 깁니더. 질도 새로 딲고 날드리허고 멩고 새에 홍수가 나도 자동차가 댕길 수 있고로 큰 다리를 놀 계획입니더. 그렇께로 건설비가 마이 필요헙니더."

"홍수가 나도 물이 안 넘치는 큰 다리를 놓는다 이 말입니꺼? 시상이 좋기는 참 좋십니더이. 그런 높은 다리를 다 맨딜고…."

"그러닝깨 말이지요, 시방 우리가 누구 땜새 잘 묵고 편히 잘 삽니꺼? 다 천황폐하 덕분 아입니꺼?"

"그렇고 말고요. 백번 지당허신 말씀이지요."

홍팔준은 연신 맞장구를 치며 아첨했다.

"그래서 천황폐하의 은혜를 갚을라 카모 홍 영감님이 앞장서서 새 신작로를 내는디 목돈을 좀 써시야 허겄십니더."

홍팔준은 조금 전과는 달리 머리를 긁적거리다가 일본 순사의 눈치를 보아가며 말했다.

"암요, 헵조 해야지요. 천황폐하께 하늘같이 큰 은혜를 입은 걸 보답해야 허고 말고요. 김 주사님, 그러모 제가 쌀 한 섬에 4원으로 치고, 쌀 한 열 섬 값인 사십 원 정도 내몬 데겠십니꺼?"

그러자 일본 순사의 이맛살이 찌푸려지기 시작했다. 홍팔준이 재빨리 일본 순사의 눈치를 알아채고는 김 주사에게 넌지시 웃어 보이며 재빨리 말을 바꾸었다.

"아, 아이입니더. 더 내겠십니더. 그라몬 김 주사님, 한 백 원 정도몬 되겠십니꺼?"

"홍 영감님, 영감님의 성의에 감사헙니더. 그래도 쪼끔만 신경을 더 써서 쌀 50섬 값인 한 이백 원 정도로 희사해 주시모 고맙겄는디요."

그러자 홍팔준은 순식간에 얼굴이 일그러지면서도 뭔가 알 수 없는 야릇한 표정을 지으며 말했다.

"예- 예, 잘 알아 모시겄십니더. 이백 원? 좋십니더. 대일본 천황폐하께 충성헐라 카모 그 정도는 내야지요. 그리 허겄십니더."

홍팔준은 마지못해 김 주사의 제안에 따를 수밖에 없었다. 그는 심중의 불만을 감추기 위해 먼 산을 바라보며 딴전을 피우다가 갑자기 화풀이라도 하려는 듯이 몽환에게로 화제를 돌렸다.

"그라몬 어디 보자, 강 센!"

그는 갑자기 목소리를 높이며 윽박지르듯이 말했다.

"자네도 천황폐하께 충성헐라모 가마이 있어서는 안 델 낀디… 자네는 얼매나 낼 낀가? 내가 이백 원을 냈잉께로 한 백 원 정도는 내야 허지 않겄나?"

홍팔준은 마치 자기가 면서기라도 되는 것처럼 허세를 부리며 몽환에게 협박조로 말했다.

"지는 시방 홍 영감님이 무신 말씸을 허시는지 잘 모리겄십니더. 제는 다리가 먼지도 잘 모리겄고, 신작로로 댕긴 적도 읎는디요. 그라고

지한테는 쌀 한 데배이[62] 돈이 목심과도 같은디… 지헌티 백 원이 당치나 헌깁니꺼?"

몽환이 홍팔준이의 말을 듣고 깜짝 놀라 손사래를 치며 말했다.

"야 이 사람아! 자네도 천황폐하께 충성헐라모 그 정도는 내야재. 김 주사님 말씸을 멀로 알아들었는가? 김 주사님 안 그렇십니꺼?"

홍팔준은 자기 불만을 감추려고 은근히 김 주사에게 아첨했다. 몽환은 너무 큰돈을 희사하라는 홍 영감의 말에 도저히 동의할 수가 없었다.

"우리 신민들은 천황폐하께 충성을 다헐라모 정성을 다 바쳐야지요."

몽환은 김 주사의 말을 듣고 통사정을 하며 매달렸다.

"김 주사님! 제발 제 형편을 좀 바 주이소. 홍 영감님은 김 개묵 어른 농새를 관리헌 지가 몇 십 년도 더 됐십니더. 그런디 제는 그 분 마림 헌지가 인자 일 년뿐이 안됐십니더. 그런깨로 제헌티 무신 그리 큰돈이 있겠십니꺼? 제헌티는 열 섬 값도 과분헙니더."

그 말을 듣고 홍팔준은 자기가 분을 못 참겠다는 듯이 술상을 탁 치며 큰 소리로 말했다.

"강 센! 자네는 무식해서 천황폐하가 누구신지 모르닝께로 입에서 티 나오는 대로 씨부리는 기재. 자네 여거 계시는 순사님들의 니뿐도 맛을 좀 바야 헐 낀가?"

몽환은 홍팔준의 말에는 아랑곳하지 않고 김 주사 앞에 무릎을 꿇고 앉아 빌면서 애걸했다.

---

62) 되

"김 주사님! 그러닝깨로 꼭 제가 돈을 내야 헐 거 같으모 쌀 댓 섬 정도 내모 안 데겠십니꺼?"

그 말을 들은 기무라 순사가 긴 칼의 손잡이를 잡고 칼을 뽑아서 칼끝이 몽환을 향하도록 내보이고는 다시 칼집에 집어넣었다. 순간적이었지만 시퍼런 칼끝이 몽환의 목젖에 머물렀다. 몽환은 날카로운 칼끝을 보고 너무 놀라 눈을 질끈 감았다가 떴다. 기무라 순사가 협박조로 말했다.

"뭐라고 하시무네까? 돈을 못 내겠다고 하시무네까? 지금 대일본제국 천황폐하께 대한 충성심이 없다는 말을 하고 있는 것이무네까?"

몽환은 일부러 대답하지 않고 뜸을 들이고 있었다. 옆에서 그 모습을 지켜보고 있던 키요시 순사가 목소리를 낮게 깔고는 또박또박 한 마디씩 말했다.

"당신, 천황폐하께 충성하지 않으면 당신하고 당신 지주도 그냥 두지 않을 것이무네다."

어찌된 셈인지 일본 순사가 구례 김 개묵에 대해서 이미 알고 있는 눈치였다. 몽환은 놀라서 움찔했다. 아무리 그렇다고 이 일로 인해 김 개묵 어른까지 누를 끼치게 할 수는 없는 일이었다.

몽환은 일본 순사가 지주를 들먹이며 설치는 서슬에 놀라 엉겁결에 대답하고 말았다.

"예, 알겠십니다. 그런디 김 주사님 제가 돈을 백 원이나 내고 나모 우리 식구들 묵을 양식도 모지랩니더. 그러모 제발 부탁 디리는디 오십 원만 내고로 좀 해 주이소. 제도 홍 영감맨키로 돈을 마이 벌게 데모 더 내고로 허겠십니더. 제발 부탁디립니더."

몽환이 하도 통사정을 하는 바람에 김 주사는 난감한 표정을 짓더니 마지못해 몽환의 청을 들어주었다.

"알겄소, 그라몬 오십 원으로 허지요. 다음에 또 천황폐하께서 허시는 일이 있이모 적극적으로 협조해야 됩니더이."

김 주사의 말을 들은 일본 순사가 뭐라고 말을 하려는데 김 주사가 그의 허벅지에 손을 올려놓자 마지못해 입을 다물었다.

"예, 김 주사님 고맙십니더. 꼭 그리 허고로 허겠십니더."

몽환은 울며 겨자 먹기로 김 주사의 말을 거역할 수가 없어서 입술을 지그시 깨물며 고개를 끄덕였다. 김 주사는 상 위에 펼쳐 두었던 설계도와 서류를 챙기며 사무적인 어투로 말했다.

"예, 두 분의 협조에 진심으로 감사 디립니다. 두 분은 될 수 있이몬 빠른 시일 내에 면사무소에 들러서 필요헌 서류 수속을 밟으시기 바랍니더."

홍팔준은 김 주사의 말이 떨어지기가 무섭게 자리에서 벌떡 일어나 일본 순사와 김 주사에게 정중하게 절을 올리며 말했다.

"예- 예, 그리 허고 말고요. 김 주사님 걱정 마이소. 제가 퍼뜩 돈을 맨딜어서 갖다 바치겠십니더. 천황폐하를 위허는 일인디 제부텀 앞장서야지요."

몽환은 그들과 헤어진 뒤에 대장간에 가서 낫이며 괭이 등의 연장을 챙겨서 집으로 돌아왔다. 그는 반강제로 쌀 열두 섬 가까이 되는 돈을 일본 놈들에게 그냥 내놓으려고 하니 분통이 터져서 참을 수가 없었다. 오늘따라 집으로 가는 길은 멀게만 느껴졌고, 가슴속에 불덩이가 타듯이 뜨거워 숨이 턱턱 막혔다.

'홍팔주이! 이노무 자슥, 제놈이 머신디 남의 쌀을 내라 마라 쿠는 기고… 괘씸헌 놈, 두고 보재이. 제놈은 소작세만 받아 챙기는 거뿐이 모림시로 농새짓는다고 손 하나 까딱도 안 허는 놈 아이가? 쌀 한 데베이 맨딜라모 얼매나 고생허는지를 알고나 씨부리지. 오십 원을 모울라모 일~이 년은 더 모아야 헐 낀디… 빌어물 놈, 어디 두고 보자.'

그는 성안을 지나 논짐이재의 오솔길을 따라 잠자코 걸어 올라가다가 생각해보니 그동안 그가 잊고 있었던 것이 불현듯 머릿속에 떠올랐다.

'우리가 나라를 왜놈들헌티 뺏깄다 쿠더이마. 인자사 그 뜨겁은 맛을 보기 덴 긴가? 나라가 없잉께로 내 나락도 내 끼 아인 긴가? 배드리장 꺼정 신작로 내는 거허고 내허고 무신 상관인디… 내 참, 속이 상해서 미칠 지경이내.'

그는 평소에 왜 나라가 소중한지를 잘 모르고 살아왔다. 그가 지난번에 옥종에서 양 장군이 의병을 일으킨다는 말을 들었을 때만 해도 막연한 충성심으로 양 장군이 일본군을 물리치고 나라를 지켜주기를 바랐지만, 나라의 중요성에 대한 절실함을 느끼지 못했었다.

그런데 이번에 거의 강제로 오십 원이라는 거금을 빼앗기고 나서야 비로소 나라를 빼앗긴 설움을 실감하게 되었다.

그는 억울한 자신의 처지를 한탄하며 고개를 떨구고 길을 걸었다. 땅에서는 자신의 걸음걸음마다 흙이며 돌멩이며 풀이 발밑에 밟혔다. 몽환은 예전에는 그 존재조차 느끼지 못했던 미물들도 고통이 있다면 자신의 처지와 비슷할 것 같다는 생각이 들었다.

―   굴러온 돌

전라북도 진안군 팔공산 기슭에 있는 섬진강의 발원지 데미샘에서 솟아난 맑은 물이 팔공산 골짜기의 실개천에서 흘러온 백옥같이 깨끗한 물줄기를 모아 굽이굽이 돌면서 섬섬옥수를 물에 담그면 속살이 다 비치는 거울이 되었다.

장안산에 핀 진달래 꽃잎으로 치마폭을 두른 개울물이 죽림정사 아래의 가마소에서 단풍잎으로 단장하고, 지리산과 백운산에서 흘러내린 맑은 물과 보태어져 하류로 내려올수록 물이 맑아져 섬진강은 한반도에서 어느 강보다 맑은 물이 흐르는 강이 되었다.

섬진강은 마이산의 실개천에서 길 가는 나그네가 타고 가는 말 발자국 소리를 주워 담고, 곡성 도림사 계곡의 빨래터에서는 아낙네의 빨랫방망이 소리를 개여울에 실어 졸졸좔좔 박자에 맞추어 즐겁게 노래하며 흐른다. 그리고 구룡계곡의 산골 마을을 돌며 용꿈 꾸는 아이들

의 희망을 담고, 남원 들판을 지날 때면 나룻배를 띄워 뱃사공의 춘향가 곡조에 맞춰 잔물결이 춤을 춘다.

멀리 화순의 백아산에서 날아온 흰 눈가루로 분칠한 보성강물이 압록골짜기에서 섬진강물과 만나 서로가 낯이 설어 부끄럽다고 살여울이 되어 빠르게 흐르다가 구례의 기름진 들판에 이르러 농부가 부르는 육자배기 소리에 금세 마음을 풀고 어깨동무한다.

수락폭포 아래의 계척마을에서는 산수유를 가지고 시집온 중국 여인의 전설을 산수유 꽃잎에 담아 개울물에 띄워 보낸다. 꽃잎 배는 실개천의 바위틈을 돌고 돌아 갑산 마을에서 냇물에 비친 나물 캐는 처녀의 볼에 묻은 연지를 찍어 바르고, 서시천의 따스한 봄볕에 반짝이는 물결 위를 유유히 떠내려가다가 구례읍의 합수머리에서 섬진강의 품에 안긴다.

여인의 품속처럼 따스한 섬진강물은 이 골짝 저 골짝에서 사시사철 주워 담은 사연을 정감 나는 전라도 사투리로 긴 실타래를 엮어 흐르다가 잠시 숨 고르기를 하는 곳이 화개나루터다.

화개장터에는 아침부터 전라도의 남원과 곡성, 구례군의 농부들이 지고 온 곡식과 무명, 삼베옷과 지리산 고사리, 백운산 취나물, 의신 골짜기에서 캐온 도라지를 파는 경상도 장사꾼의 목소리가 모이고 모여 노랫가락이 되어 쌍계사 골짜기의 나뭇잎을 깨운다.

장터 아래 나루터에서는 하동, 남해, 광양에서 황포 돛단배에 싣고 온 하동김과 마른 멸치, 태인도 우럭, 큰디의 백합이며 꼬막, 바지락 등의 해산물을 파는 경상도와 전라도 장사치들의 짭짤한 사투리가 뒤섞

여서 시끌벅적한 함성이 되어 화개 골짜기를 울리고 메아리가 되어 금천리 계곡으로 울려 퍼진다.

섬진강은 다시 시원한 강바람을 맞으며 하동포구 팔십 리에 이르러 뱃사공의 구성진 노랫가락을 황포돛대 기폭에 스치는 바람에 실어서 망덕산과 소-산과 남해 망운산 위로 훨훨 날려 보낸다.

갈사만의 하동포구에는 섬진강 상류에서 흘러내린 깨끗한 모래와 개흙이 쌓여 더 넓은 갯벌을 이루었는데 사람들은 이 갯벌이 큰 언덕처럼 보인다하여 '큰 언덕'을 가리키는 이 지방 사투리로 '큰디'라 불리어 왔다.

섬진강물이 비교적 빠르게 흐르는 큰디의 한복판인 갈사 앞 갯벌에는 주로 무거운 모래가 쌓인 모래 갯벌이 넓게 펼쳐져 있고, 강 가장자리인 나팔, 용덕龍德부락과 전라도의 태인도 쪽에는 유속이 느려서 진흙 개펄이 많다.

이곳 기수 지역에서는 활발한 조수 흐름 때문에 풍부한 수중 영양분의 공급이 원활하여 김 양식에 최적의 조건을 갖추었고, 풍부하게 생산되는 수산물은 섬진강 하구에 사는 어부들에게 부를 안겨다 주었다.

추석이 지나고 한여름의 더위가 식어갈 무렵 갈사마을 선창가에 중절모자에 검은 양복 차림을 한 일본 사람들 한 무리가 배를 타고 나타났다. 그들은 큰디 갯벌의 이곳저곳을 살피며 섶에 붙어있는 김이나 파래를 뜯어서 맛을 보기도 하고, 갯벌의 지형과 유속 등을 조사하고 돌아다녔다.

이들은 일본에서 김 양식을 하던 사람들로 조선이 일본과 합병되자 조선에서 김 양식에 적절한 갯벌을 탐색하기 위해 현해탄을 건너온 어민들이었다.

그들은 수소문 끝에 조선에서는 하동김이 제일 맛이 좋아서 임금님 수라상에 진상하는 식품이라는 사실을 알게 되었다. 그리하여 그들은 갈사만으로 와서 김 양식을 하기 위해 적당한 입지조건을 갖춘 갯벌을 찾고 있었던 것이다.

이듬해 봄, 우수·경칩이 지나고 꽤 따사로운 봄바람이 귓전을 어루만지고 스쳐 가는 오후였다. 갈사만의 용덕부락에 사는 염치수와 이웃 친구인 황대성이 품앗이하여 염치수의 김밭에서 같이 김을 뜯어내어 대소쿠리에 담아 모으고 있었다. 염치수가 황대성에게 걱정스럽게 말했다.

"어이, 친구, 세상이 변하기는 마이 변한 기 맞재?"

"뜬금읎이 갑자기 그기 무신 소리고?"

"우리나라가 망헌 줄은 알고 있었지만서도 여거꺼지 일본 사람들이 들이 닥칠 줄 누가 알았겠나? 이 말일세."

"작년에 댕기 간 일본 사람들 보고 허는 소린가 배?"

"그래, 그런디 말일세. 그 사람들이 여거 용덕꺼정 와서 개뻘을 더터고 댕길[63] 적에는 분명히 무신 꿍꿍이가 있어서 온 거 아이겠나?"

---

63) 갯벌을 살피고 다닐

"재깟 놈들 댓 명이 와서 허기는 멀 헐 낀디…"

"나라꺼정 뺏아 문 놈들이 올 적에는 그냥 오지는 않았일 낄세. 분명히 무신 속셈이 있일 끼라 이 말일세."

"내사 그놈들이 개뼐을 쌂아 묵든지 꾸 묵든지 내허고는 상관읎는 일잉께. 내는 모리는 일일세."

대성은 그런 일에는 관심이 없다는 듯이 한마디 툭 쏘고는 김 뜨는 데만 열중했다.

"어이, 친구, 그는 그렇고, 한재 사람들헌티 무신 소문 몬 들었나?

"소문은 무신 소문?"

"한재 사람들헌티서 한재에 학교를 짓는다꼬 허는 소리가 들리던디… 자네는 그런 소리 몬 들었나?"

"내사 금시초문일세."

"내가 확실허이 들었는디 일본 사람들이 한재에 보통학교를 짓는다고 허더마. 만일 학교를 지모 니는 우짤 끼고?"

"짐[64] 농새만 잘 지모 됐지. 왜놈들이 학교를 짓던가 마던가 내허고는 상관읎는 일일세."

"그래도 이 사람아, 하동장에 가 봉께로 읍에서 똥깨나 끼는 사람들은 다 자식들을 학교에 보낸다고 허던디… 그냥 귀 막고 산다고 델 일은 아인 거 겉더마."

"그래, 아새끼들을 왜놈이 맨딘 학교 보내 갖고, 왜놈들 공부는 배와

---

64) 김

서 어디 씰라고? 그런 기 짐 농새허고 무신 상관이 있나? 이 말일세.”

황대성은 그런 데는 관심이 없다는 듯 잠자코 김을 뜯어 모으다가 덤덤하게 말했다.

“공부헐라모 책도 사고 다린 거 사는 디도 돈이 술차이 들 꺼 아이가? 멀라꼬 아깝은 돈을 그런 디다 써. 내는 그런 디는 맴이 없네.”

“자네, 하동장에 갔일 때 신작로에 자동찬가 머인가 집채만 헌 쎄차가 댕기고 노랑 앞바다에도 모섬보다 큰 배가 댕기는 거 안 봤나? 세상이 변하고 있단 말일세.”

“…”

염치수는 답답하다는 듯 다시 말을 꺼냈다.

“작년에 여꺼정 일본인들이 와서 설치는 거 봤재? 그놈들을 상대헐라모 우리도 배워야 헐 거 아이냐? 이 말일세.”

“세상이 변하구자모 주끼리 변하라고 해. 내허고는 상관이 읎인깨로… 등 따시고 배부리모 뎄지. 왜놈들이 멀라꼬 학교를 지서 조선 사람들을 가리치겠노? 다 주 존 일 헐라꼬 그러는 기지.”

황대성은 일본 사람들이 하는 일에는 전혀 관심이 없다고 쏘아붙였다.

“그래도 한본 더 생각해보게. 내는 우리 큰놈 준성이를 꼭 공부시서 내맹키로 무식허다고 무시당허지 않고 잘 살고로 허고 말길세.”

염치수는 벌써부터 결심을 굳히고 있었던지 목소리에 힘이 들어가 있었다.

일본인들이 큰디 갯벌을 다녀간 이듬해 갈사만일대서 김 채취가 거의 끝나가는 4월경이었다. 새까만 양복을 입은 일본인들이 순사 몇 명을 대동하고 갈사만의 갯벌에 다시 나타났다.

그들은 기다란 가슴높이의 삼발이로 떠받친 네모난 판 위에 흰 종이를 올려놓고 무엇인가를 자를 대고 그리면서 빨간 깃발을 든 사람에게 손으로 지시하고 있었다. 그들은 이리저리 옮겨 다니면서 깃발을 꽂았다가 뽑기도 하고 또 어떤 사람은 깃발을 뽑은 자리에 빨간 말뚝을 박아 표시해 두기도 하였다.

그리고 다른 일본 사람들은 순사와 함께 갈사와 나팔, 궁항, 용덕부락 등을 돌아다니면서 마을대표를 만나서는 일방적으로 지시사항을 전했다.

"마을대표자를 구장으로 정하고 음력 3월 7일 아침 일찍 광양군의 망덕 주재소에 모이라."

는 내용이었다. 그때까지 마을대표가 없는 부락은 구장을 새로 뽑아서 참석하라는 지시도 같이 내리고 돌아갔다.

음력 3월 7일 아침이 되었다. 경상도의 갈사, 나팔, 용덕, 고포, 궁항, 가덕 등의 마을구장들과 전라도의 망덕, 태인도, 진월, 신금 등의 진월면 어촌마을 구장들이 망덕 주재소에 모였다.

주재소 주위에는 무슨 영문인지 일본 경찰들이 와서 경계를 서고 있었다. 뭔가 강압적인 분위기 속에서 마을 구장들이 다 모이자, 양복을 입은 일본인 한 사람이 단상에 올라서더니 자기는 광양 수산해태전습소에 근무하며 김 양식과 판매 등에 관한 업무를 담당하고 있는 '이하라' 서기라고 소개했다. 그는 그 자리에서 김 양식을 하는 어민들에게 충격적인 사실을 발표하였다.

조선 후기부터 그때까지 섬진강 하구에서 김 양식을 해 오던 어민들은 김밭을 조상대대로 상속되는 논밭의 경우와 같이 배타적 점유권을 인정받아왔고 매매도 가능했다. 그런데 일본인 서기는 앞으로는 조선인들의 김밭 소유권을 인정하지 않겠다는 것이다.

"앞으로 조선총독부에서는 조선인들이 소유하고 있던 김 양식장의 점유와 소유권을 인정하지 않으며, 정기적으로 김 양식장을 어민들에게 공평하게 재배정할 것이고, 머지않아 망덕에 설치할 광양수산해태조합 분소에서 김 양식장 배정과 판매 등에 관한 업무를 전담하는 동시에 김 양식에 관한 기술교육을 실시한다."

고 하였다. 그런데 그들을 더 큰 충격에 빠뜨린 것은

"앞으로는 김 양식장의 소유권과 매매행위를 인정하지 않을 뿐만 아니라 김 양식장 배정을 이곳에 이주해 올 일본인들에게 우선적으로 배정한다."

는 일본인 서기의 발표 내용이었다.

큰디의 갯벌 인근에 사는 어민들 대부분은 논농사보다는 갯벌에서의 김 양식과 수산물의 수입에 의존하고 살아왔다. 이곳은 주변에 농업용수로 사용할 수 있는 냇물이 없어서 논은 거의 없었고, 마을이 해안가나 섬 주변에 위치하고 있어서 어업에 종사하는 사람들이 대부분이었다.

그런데 특히 김 양식은 논농사에 비해 거의 6·7배의 수익을 올릴 수 있어서 그들에게는 김밭이 단순한 재산이 아니라 생명줄과도 같은 재산목록 1호였다.

이곳 어민들은 김 양식 덕분에 다른 지역의 농민들보다 비교적 높은 수익으로 더 부유한 생활을 누려왔었다. 그런데 그들의 가장 중요한 수입원이며 전 재산이라 할 수 있는 김밭을 일본인들이 아무 대가도 없이 강제로 탈취해 가려고 하는 것이다.

이처럼 기도 안 차는 낭패를 당한 큰디 인근의 어민들은 하마터면 헉! 하고 신음소리를 내뱉을 정도로 놀랐다. 하지만 회의장 주위에서 칼을 차고 부동자세로 서 있는 일본 경찰들의 위세에 제압당해 누구 하나 입도 벙긋하지 못했다. 해태전습소 서기의 말은 계속 이어졌다.

"앞으로 김 양식장의 분배 등을 논의하기 위한 회의를 '건홍회'라고 명명할 것이며, 다음 '건홍회'는 보름 뒤에 개최할 것이고, 그날 회의에 참석할 때에는 지금까지 각 부락에서 김 양식을 하고 있는 어민들의 명단과 어민들이 소유하고 있는 양식장의 위치와 면적을 소상히 조사해 오라."

는 지시도 함께 내렸다.

회의를 마치고 마을로 돌아온 구장들이 해태전습소 서기가 지시한 내용을 어민들에게 전하자 그들의 반발은 이만저만이 아니었다.

"머라꼬? 우리 짐밭을 다 뺏아 뿐다꼬? 왜놈들 제까진 것들이 다 머신디? 나라 읎는 백성이라고 이러코롬 무시해도 데는 긴가?"

또 다른 사람들은 분기를 참지 못하고 같이 힘을 합해 투쟁하자는 말도 나왔다.

"모도다 이렇기 당허고도 가마이 있일 끼가? 왜놈들 허고 싸와야 헐 거 아이가? 이왕 죽을 판에 썩은 호박이라도 한본 찔러 바야 안 허겄나?"

그러나 누구 하나 발 벗고 나서서 일본인과 맞서 싸우려는 사람은 없었다. 총칼로 무장한 그들과 맞서 싸워서 이길 재간이 없었기 때문이다.

그런지 얼마 지나지 않아 광양수산해태전습소 직원으로부터 며칠 뒤에 진월면사무소에서 김 양식법을 교육한다는 통지가 왔다. 이곳 갈사만일대의 어민들과 전라도 어민들이 김 양식법 교육을 받기 위해 진월면사무소에 모두 모였다.

교육을 받지 않으면 김 양식장을 배정하지 않는다는 소식을 들은 어민들은 본의 아니게 참석할 수밖에 없었던 것이다. 교육내용은 대강 이러했다.

「재래로 해 오던 염흥식인 나무말뚝을 박아 놓고 매년 김이 붙은 것을 채취하거나 그 밖의 전통 양식 방법은 생산량이 떨어진다. 그보다는 매년 산죽이나 솜대, 그리고 가지가 길게 늘어진 싸리나무 등으로 다발을 묶어서 9·10월경의 간조 시에 개펄에 일정한 간격으로 세워 묻어서 김을 양식해야 대량으로 생산할 수 있다. 그리고 섶을 세운 간격이 3m 이상은 멀리 떨어져야 갯병이 걸리지 않는다.」

갈사만 일대의 어민들은 교육을 받은 뒤에 배를 타고 돌아오면서 할

말들이 많았다. 대부분의 사람이들 나누는 대화 내용은 자기에게 돌아올 김 양식장의 면적과 위치에 관한 것들이었다. 또 일본인들이 얼마나 몰려와서 위치가 좋은 김밭을 얼마나 차지할지에 대한 걱정도 하였다.

며칠이 지난 뒤에 용덕마을 염치수 구장이 망덕에 갔다 와서 어민들 김 양식장의 위치와 면적을 알려 주었다. 그런 뒤에 광양수산해태전습소에서 파견된 일본인 직원과 구장이 큰디의 갯벌에 와서 도면과 서류를 보고 말뚝으로 김 양식장의 위치와 면적을 표시해 가면서 어민들에게 김밭을 배정했다.

갈사만 어민들이 갯벌에 나와서 자기에게 배정된 김밭의 위치를 살펴보았다. 그 결과 조류의 흐름이 좋고 김 양식과 채취 작업이 편리한 김밭은 거의 다 일본인들에게 배정되었다.

반면에 조선인들에게는 개펄 변두리의 위치가 사나운 좁은 면적의 양식장을 배정했고, 기존에 양식해 왔던 김밭의 면적과는 상관없이 모두 일정한 면적으로 재배정했다.

어민들이 그동안 걱정했던 우려가 눈앞의 현실로 다가왔다. 특히 불만이 많은 사람은 기존에 위치가 좋고 넓은 면적의 김 양식장을 가지고 있던 사람들이었다. 그리고 다른 사람들도 김밭의 면적이 좁아진 데다가 위치가 너무 멀어서 모두 볼멘소리를 내뱉으며 애먼 구장들에게 따지고 대들었다.

그러나 구장들도 어쩔 수 없는 노릇이었다. 김 양식장을 구장이 배정한 것도 아니려니와 우선 자기에게 배정된 김밭도 불만인데 어민들까지 자기들에게 따지고 들자 그들도 입장이 난처했다.

특히 김 양식장 배정으로 불만이 쌓여 동네 안에서 집단으로 갈등이 깊어진 곳이 용덕부락이었다.

용덕부락은 일찍부터 염 씨 성을 가진 사람들이 집성촌을 이루고 살던 마을이었다. 그 뒤에 이 마을에 황 씨 성을 가진 사람들이 이주해 와서 살게 되면서 양 성씨 사람들이 부락 주민의 대부분을 이루게 되었다. 그들은 평소에는 서로 정을 나누며 살다가 때로는 다투기도 하며 별로 큰 마찰 없이 사이좋게 잘 살아왔었다.

그런데 원래 농촌이나 어촌에는 텃세가 있었다. 원래부터 이미 살고 있던 사람들이 새로 이주해 온 사람들에게 기득권을 행사하여 마을에서의 지위나 세력에 우위를 서는 경우가 많았다. 용덕마을도 다른 마을과 다르지 않았다.

일본인들이 용덕부락의 김 양식장에 대한 재산권을 박탈하고 다시 재배정하는 과정에서 황 씨 집안사람들은 염 구장을 중심으로 염 씨 집안사람들이 일본인들에게 아부하여 조건이 좋은 김 양식장을 배정받은 것으로 오해했다. 그로 인해 자기들의 김 양식장 대부분이 먼바다 쪽에 배정받게 되었고, 면적도 좁아졌다고 주장하면서 불평했다.

그러던 중에 염 구장과 친구이면서 이웃에 사는 황대성이 염 구장의 집을 찾아가서 김밭 배정에 대해 따졌다.

"어이, 염 구장, 나 좀 보세. 야, 이 사람아, 글씨, 해도 이거 너무 헌 거 아이가?"

"친구 자네도 짐밭 땜에 내헌티 왔나? 어디 짐밭 배정을 내가 했나? 머 땜시로 내헌티 와서 이 난리를 치는지 모리겄내."

"허, 이 친구 좀 보게. 발뺌만 허몬 단가? 와 자네 김밭은 여 앞에 가 차운데 배정받고 내 짐밭은 한정 없이 먼 가덕꺼정 가고로 해 났나? 이 말일세."

"야, 이 사람아, 그러코롬 따지자몬 와 자네 집안 황대만이 성님 짐밭은 내보담 더 가차이 배정 받았는디… 하이튼 내는 모리는 일이네. 따질라모 강 건너 멍디⁶⁵⁾로 가서 일본 사람들헌티 따지 보게."

염 구장이 볼면소리를 내뱉고는 김밭 배정에 관한 일이라면 학을 떼겠다는 듯이 두 손을 내저으며 일 보러 간다고 하면서 집을 나가버렸다.

마을 사람 중에서도 주로 황 씨 집안사람들이 계속 염 구장에게 불만을 품고 따지고 들자 염 씨 집안사람들이 이를 보고 염 구장의 입장을 옹호하여 편을 들면서 결국에는 양 집안 사이에 갈등의 골이 깊어지게 되었다.

그런데 사실은 일본인들이 구장의 손발을 빌려서 조선인들을 효율적으로 관리하기 위해 구장들에게 유리한 위치의 김 양식장을 배정한 것도 사실이었고, 구장들의 편의를 봐 준 측면도 없지는 않았다.

섬진강물이 남해로 흘러가듯이 세월이 지나자 이들 두 집안의 갈등은 점차 봉합되어 갔다. 오히려 옛날부터 그들이 차지하고 있던 김 양

---

65) 망덕

식장 중에서 조건이 좋은 김밭을 마치 자기들 것인 양 통째로 차지해 버린 일본인들에 대한 반감이 더 커져 갔다.

광양수산해태전습소에서는 갈사만 인근의 김밭을 새로 배정하면서 예전보다 전체면적을 확대하여 배정했다. 따라서 예전보다 넓어진 김 양식장을 관리하기 위해서는 훨씬 더 많은 김섶을 필요로 하게 되었다.

그래서 김 양식업자들은 김섶을 구하기 위해 근처의 소-산은 물론이고 더 멀리 섬진강 상류인 하동의 화개, 매계, 청학동 일대와 전라도 광양의 금천리 계곡까지 가서 산죽이며 싸릿대 등을 구해왔다.

그런데 의외로 김 양식 사업에 곤란을 겪게 된 사람들은 낯선 타지에 이주해 온 일본인 들이었다. 그들은 조선인들보다 훨씬 넓은 면적의 김 양식장을 차지하였기 때문에 더 많은 노동력과 김섶이나 장비를 필요로 했다. 이 문제를 해결하기 위해 그들은 많은 일본 사람들을 이곳으로 이주시켜 부족한 노동력을 충당하려고 했지만 여의치 않았다.

그 이유는 값싼 임금으로 김 양식 작업의 중노동을 견디는 노동자를 구하기 어려웠기 때문이다. 또한, 김을 양식하기 위해서는 멀리 섬진강 상류까지 올라가 김섶을 구해 와야 했다. 그리고 추석 무렵에 갯벌에 김섶을 삽식하는 일뿐만 아니라 김을 채취하여 민물에 씻어 뜨고 말려서 상품으로 만드는 데에도 집약적인 노동력이 필요했다.

그로 인해 김을 생산하기 위해 노임으로 많은 돈을 지불하고 나면 수지타산을 맞추기가 어려웠다. 그래서 일본인들은 하는 수 없이 스스로 김 양식장 면적을 점차 줄여 가기 시작했다.

그런데 갈사만 어민들은 일본인들 때문에 새로운 문제에 봉착하게 되었다. 그것은 채취한 생김을 가공하는 일이었다. 예전보다 김 양식장이 넓어지면서 김 생산량이 갑자기 늘어나게 되었다. 바다에서 채취한 생김을 김으로 만들기 위해서는 섶에서 뜯어 온 긴 김발을 잘게 썰어서 민물에 헹군 뒤에 갈대로 엮은 발에 얇게 떠서 말려야 했다. 따라서 김을 헹구기 위해서는 예전보다 더 많은 민물이 필요하게 되었다. 그런데 갈사, 용덕일대에는 우물이 적어서 생김을 헹구는 데 필요한 민물이 절대적으로 부족했다.

이러한 상황에서 일본인들은 옛날부터 갈사만 주민들이 조상 대대로 사용해 오던 마을 우물을 강제로 차지해서는 그들 마음대로 이용했다. 그뿐만 아니라 조선인들은 식수와 빨래 이외에는 우물물 사용을 금하였기 때문에 조선인들은 김을 가공하는 데 더 큰 곤란을 겪게 되었다.

그로 인해 조선인 김 양식업자들은 하는 수 없이 일본인들이 잠든 깊은 밤에 우물물을 몰래 길어 와서 김을 헹구었다. 그래도 민물이 부족하여 배를 이용하여 멀리 소-산 아래의 진정, 덕천마을이나 노량 쪽으로 생김을 싣고 가서 개울물에 헹구어 오거나 그곳 민물을 물통에 담아 배로 운반해 와서 사용해야 했다. 이로 인해 갈사만일대의 조선인들이 겪는 불편은 이만저만이 아니었다.

"문용이 동숭, 머 허능가? 퍼떡 나오게."

들판에 보리가 제법 파릇파릇 돋아날 무렵 몽환은 송아지를 팔러 하동장에 가려고 집을 나섰다. 그는 고종 동생뻘 되는 문용과 같이 장에 가려고 중땀에 있는 그의 집 사립문 앞에서 출발을 재촉했다.

"예, 성님, 시방 나갑니더."

몽환은 문용과 같이 송아지를 몰고 고숙재로 올라갔다. 몽환의 어린 송아지는 아직 사람 손을 타지 않아 여차하면 길길이 날뛰었다. 몽환은 송아지를 앞에서 끌고, 문용은 뒤에서 밀면서 겨우 고숙재를 넘어서 하동장으로 갔다.

몽환은 김 개묵의 마름이 된 이듬해 봄에 하동장의 소전에 가서 제일 실하고 덩치가 큰 세 살배기 젊은 암소 한 마리를 사 왔었다.

그때까지 소가 없었던 그는 중땀의 정 부잣집에 가서 며칠이고 일을 해주고 품삯 대신에 그 집의 소를 빌려 논밭을 갈았다.

몽환은 지난봄 평생 소원했던 소를 사서 집으로 몰고 올 때의 기분을 생각하면 지금도 가슴이 설레었다. 그런데 그 소가 벌써 송아지를 한 마리 낳아서 지금 하동장에 팔러 가게 된 것이다. 그는 송아지를 팔아서 돈 벌 생각을 하니 송아지의 동그란 눈이 그렇게 예뻐 보일 수가 없었다.

"성님은 기분 좋겄소. 이러코롬 토실토실헌 송아치를 폴러 하동장에 가닝깨로…."

"동숭헌티는 좀 미안허네만 기분이야 무신 말로 다 허겄능가? 그런디 요새 우리 소가 송아치를 또 뱄다 아이가?"

"성님헌티 복이 터져 뺐내? 성님, 그런디 내가 이만치롬 살기 뎅 것도 다 성님 덕분이라는 거 다 알고 있소. 그러닝깨 부탁인디. 이번에 낳는 송아치는 내헌티 재정배로 내주모 안 데겄소?"

재정배란 이 지방의 방언인데 이것은 암소가 암송아지를 낳으면 다른 사람에게 주어서 기르게 하였다가 그 송아지가 다 커서 어미 소가 되어 송아지를 낳으면 어미 소는 주인에게 돌려주고 송아지는 기른 사람이 가지는 이곳 농민들의 오랜 전통이다.

"하모, 그리 해야재. 내사 마, 동숭 니 아이모 어디 제대로 농새나 짓겄나? 내헌티는 동숭 니 뿐인디…. 걱정 말게. 이번에 놓는 송아치는 꼭 동숭헌티 재정배로 내 줄 낀께로."

두 사람이 하동장의 목고개에 있는 소전으로 송아지를 팔러 가려고 군청 앞을 지나는데 예전과는 분위기가 사뭇 달랐다.

군청 앞에서는 칼을 찬 일본 경찰과 총을 메고 이상한 복장을 한 일본인들이 말위에 올라타고 매서운 눈초리로 길가는 조선 사람들을 유심히 살피고 있었다.

말을 탄 일본인들은 붉은색의 긴 띠를 어깨에서 허리까지 비스듬히 두르고 번쩍번쩍 빛나는 작은 쇠붙이를 붙인 누르스름한 모자를 쓰고 있었다. 그리고 소매가 좁은 저고리와 가랑이가 좁은 바지에 목이 긴 검은 구두를 신고 있었다. 이들은 아무리 보아도 경찰은 아니고 일본 군 같아 보였다.

'인자는 순사뿐이 아이고 군인들도 설치대나? 아이구 무시라이.'

몽환은 얼른 송아지를 몰고 목고개로 올라갔다. 소전에는 예전과 같이 많은 사람들이 모여 소나 송아지를 흥정하고 있었다. 그 곳에도 군데군데 일본 순사와 아까 본 군인들이 살벌하게 경계를 하고 있는 모습이 보였다.

몽환은 송아지 흥정을 잘해 팔아서 큰돈을 수중에 넣자 마치 하늘을 날아갈 듯이 기분이 좋았다. 그는 장을 보고 있는 문용을 찾아서 생전 처음으로 장터에 늘어서 있는 식당골목으로 갔다. 그들은 김이 무럭무럭 나는 국밥집으로 들어가서 나무 의자에 앉았다.

그는 지금까지 하동장에 올 때마다 돈을 아끼느라 항상 주먹밥을 싸가지고 와서 먹었다. 그런데 오늘은 송아지를 팔아서 돈을 벌게 된 것이 문용이 동생한테 왠지 미안하다는 생각이 들었다. 그래서 그는 문용에게 국밥 한 그릇이라도 사 주고 싶었다.

"동숭, 머 묵을래? 오늘은 내가 국밥이라도 한 그럭 사겠네."

"허, 참, 성님! 낼은 해가 서쪽에서 뜰 거 겉소이. 성님 겉은 깍쟁이가 돈 씰라 쿠는 거 봉께 말이요."

"송아치도 폴고 낭깨 내만 잘 사는 거 같애서 동숭헌티 미안타 아이가? 동숭 니도 부지러이 돈 모아서 잘 살고로 데야 헐 낀다…"

몽환은 걱정스러운 표정으로 문용이를 바라보고 있다가 분위가 어색했던지 화제를 바꾸었다.

"잔소리 말고 마, 사 주는 기나 퍼뜩 묵어라. 나두몬 똥 덴다 아이가?"

돼지내장과 비계를 썰어 넣은 국밥 맛이 기차게 좋았다. 몽환은 음식 맛이 사람의 정신도 홀릴 수 있다는 것을 처음 알았다.

"동숭, 돈이 참 좋기는 존 기라이. 이러코롬 맛나는 국밥도 다 사 묵고…"

두 사람은 점심을 맛있게 먹었다. 몽환은 숭늉을 마시면서 지금까지 궁금해하던 것을 참을 수 없었던지 주모에게 말을 걸었다.

"주모, 오늘 장에 말을 탄 이상헌 일본 사람허고 순사들이 막 설치대던디 요새 무신 일이 있능기요?"

"이 양반, 소식이 무소식인가 배. 그 사람들이 일본 헌병 아인기요?"

"머시오? 헌병? 그기 먼디요?"

"허기사, 촌 양반이 멀 알겄소. 저 사람들은 일본 순사보담 상구 무섭은 일본군이란 말이요."

주모가 밖을 흘깃흘깃 내다보며 일본 헌병과 순사들이 엿듣고 있지나 않나 하고 주위를 두리번거리며 말했다.

"그러모 와 갑자기 저 사람들이 설치 대는디요?"

"그기 머냐 카모 요 며칠 전에 하동읍에서 만세운동이 벌어졌다 아이요."

"만세운동? 내사 마, 생전 처음 들어 본 말인디…. 그거는 또 먼기요?"

그러자 옆에 있던 문용이 쓸데없는 대화를 나누고 있다고 여겼는지 몽환의 말을 가로막았다.

"성님도 참, 헐 일이 그리 없소? 머가 그리 알고 잡아서 씰디 읎이 씨부리쌌는 기요?"

"손님 말이 맞소. 이 양반 말 다 듣다가는 장사도 몬 허겄소. 마, 내사 바뿐깨로 다린 디 가서 알아 보이소."

주모는 귀찮다는 듯이 점심값을 받은 뒤에 쟁반에 그릇을 챙겨 들고 다른 식탁으로 가버렸다.

몽환이 하동장에 다녀온 지 며칠 뒤에 정 부잣집에서 저녁에 잠시 조용히 다녀가라는 기별이 왔다.

그는 저녁을 먹은 뒤에 중땀으로 마실 나가는 척하다가 정 부잣집 대문으로 들어갔다. 그런데 예전과 달리 집 안이 조용하기만 했다. 사랑방 문 앞에 가서 인기척을 했다. 정 부자가 기다렸다는 듯이 조용히 문을 열고 손짓을 하여 방 안으로 불러들였다. 그리고는 목소리를 낮추어 말했다.

"내가 특히 자네를 부린 거는 자네허고 중헌 이야기 헐 기 좀 있어서 보자고 헌 걸세."

"말씸해 보이소. 아재가 허는 일을 제가 몰라서야 데겄십니꺼?"

"자네, 요새 전국 고을마다 만세 부린다는 소문 들어 봤나?"

몽환은 하동장에 가서 들은 이야기도 있고 해서 아는 체를 했다.

"예, 하동장에서 듣기는 들어 봤십니더만… 제는 만세운동이 먼지 잘 모립니더. 그런디 와 그러십니꺼?"

"십여 년 전에 옥종의 양 장군이 의병을 일바싰일 때 일을 기억허나?"

"기억허다 마다요. 우리 아부지도 그때 나락 열 섬허고 소금도 보냈는디요."

"내도 그때 성의를 좀 보탰다네. 그래서 자네허고는 이야구가 잘 통헐 거 같에서 오늘 보자고 헌 걸세. 그런깨로 엊그지 하동 행교서 내헌티 통문이 하나 왔는디 그 일을 자네허고 의논 좀 허고 잡어서 그러네."

"통문요? 그기 먼디요?"

"그거는 향교 댕기는 사람들이 일본 사람 모리고로 서로 소식을 전허는 편질세."

"그래요? 그러모 편지에 머라꼬 써 있던디요?"

"하동 사람들이 같이 힘을 합해서 우리나라를 도로 찾자고 허는 독립만세운동을 벌리 보자는 기지."

"나라를 도로 찾는다고요? 그런 기 만세운동입니꺼? 그런거 겉으모 우리도 가마이 있이모 안 데지예. 우리도 항캐 만세운동을 해야 안 데겄십니꺼?"

몽환은 나라를 도로 찾는다는 말에 귀가 번쩍 띄었다.

"내는 자네가 그리 나올 줄 알고 자네를 부린 길세. 아 글씨, 소문에 우리 고종황제께서 일본 놈들헌티 독살당했다고 안 허능가? 그런디도 우리가 가마이 있이모 데겠능가?"

"안 데지예, 요전에 왜놈들이 제헌티 맹고에 신작로 딲고 새로 다리 놓는다 쿰시로 돈 내 노라 캅디더. 그런디 범새 홍 영감이 자기도 돈을 200원이나 낼 끼라 쿠고 일본 순사가 칼로 협박허는 바람에 제도 할 수 읎이 50원이나 데는 쌩돈을 뺏기고 낭깨 잠이 안옵디더. 이기 다 나라 읎는 서룸 아이겄십니꺼? 이 참에 잘 뎄네예. 제는 힘 닿는 디꺼정 아재를 돕겄십니더."

"고맙네, 그리고 다린 디서 들리는 소문에 우리나라 온천지서 고종 황제 장례식을 허는 거겉이 험시로 독립만세운동을 벌리고 있다네."

"그래요? 우리도 한본 해 봅시더. 그런디 동네 사람들허고는 이야구 해 봤십니꺼?"

"고맙네, 역시 자네허고는 말이 통허는군. 아적 동네 사람들허고 이야구 헌 거는 읎네. 우리 힘을 합치서 동네 청년들과 의논해서 일을 한 본 벌리 보세."

정 부자는 몽환과 이심전심이 통한다는 뜻으로 몽환의 손을 꼭 잡으며 결의를 다졌다.

"아재, 걱정 마이소. 제가 아재 오른팔 아입니꺼? 말씀만 허이소. 얼매든지 도울 낀게요?"

그런 뒤에 며칠 지나지 않아 정 부잣집에서 밤에 또 오라는 연락이

왔다. 몽환은 조심하여 정 부잣집 사랑방으로 들어갔다. 방안에는 정 부자 주위로 중땀에 사는 정기정이와 이종민, 박영모, 그리고 감밑에 사는 정이천이 등이 이미 와서 기다리고 앉아 있었다. 이들은 매사에 성실하며 지소동네에서는 의협심이 강하고 조국에 대한 충성심이 강한 청년들이었다.

"몽환이, 어서 오게."

"예, 아재, 저녁 자이십니꺼?"

그곳에 모인 사람들이 서로 인사를 나눈 뒤에 정 부자는 며칠 전에 몽환과 나눈 말은 비밀에 붙인 채 최근에 일본인들에게 도로건설을 빙자해서 금전을 반강제로 착취당한 일부터 이야기를 꺼냈다.

"자네 전번에 진교서 배드리장꺼정 신작로 낸다 캄시로 고전면에 김 주사헌티 오십 원이나 뺏깄대며…"

"예, 아재, 그 무작헌 왜놈들헌티 무작빼기로 돈을 뺏깄다 아입니꺼?"

"그랬재? 이 사람아, 내도 그때 백 오십 원이나 안 갖다 바칬겄나? 이 거이 다 왜놈들헌티 나라를 뺏긴 설움인기라. 이놈들이 우리 백성들 피땀을 다 뽈아 묵고 말 놈들이 아이겄나?"

그러자 성질이 칼칼한 영모가 말했다.

"그래요? 왜놈들헌티 날강도질을 당헌 기네요? 어르신, 그놈들을 그냥 나 뚜모 되겄십니꺼? 쎄리지길[66] 놈들!"

---

66) 때려죽일

그러자 정 부자가 이때다 싶어 자리에서 일어서더니 다락방에서 편지 한 통을 꺼내 와서 펼쳐 보였다.

"모도 다 이걸 좀 보게. 이 종우쪼가리가 요 며칠 전에 읍내 향교서 내헌티 보내온 사발통문일세."

"사발통문요? 그기 먼디예? 술 사발 말입니꺼?"

목수 일을 하는 영모가 사발이라는 말이 나오자 워낙 술을 좋아하는 그인지라 술 사발로 잘못 알아듣고 하는 말에 모두 소리를 낮추어 웃었다.

"내사 마, 까막눈이라. 먼지 알 수가 있어야재. 아따, 고마, 기정이 니허고 이천이는 방깨 접장헌티[67] 배운 기 있잉께로 무신 글인지 알 거아이가? 퍼뜩 읽어 보고 머라꼬 써 낳는지 함 말해 바라."

또 성질이 급한 영모가 다그쳤다.

"그래, 기정이 자네가 읽고 설명해 보게."

정 부자가 기정이에게 사발통문을 건네주며 읽어보게 했다. 기정이는 사발통문을 읽고 나서 내용을 설명했다.

"편지 내용은 고종황제께서 왜놈들헌티 독살당했을지도 모린다는 내용이 있네. 그래서 조선 사람들이 나라를 도로 찾을라꼬 겉으로는 나랏님 초상을 친다 쿰시로 전국적으로 조선독립 만세운동을 벌이고 있으니 우리 하동 사람들도 만세운동을 일바씨자는 내용이구마."

기정이의 설명을 듣고 나서 정 부자가 이어서 말했다.

---

67) 훈장한테

"요 며칠 전에는 하동서 만세운동을 벌렀고, 또 다린 디서도 만세운동을 헌다네. 우리 조선 사람들 예의 근본이 충효사상 아인가? 우리나라가 망헌지도 볼씨로 십년이 다 데 가고 있네. 그래서 우리도 독립만세운동을 한본 벌리 볼라고 자네들을 오늘 저녁에 모이라 헌 걸세."

기정이가 말을 거들었다.

"경술년 한일합방 조약으로 우리나라가 망했실 때 우리는 서울서 무신 일이 벌어지고 있는지 알기나 했십니꺼? 그런디 배드리장에 간깨로 왜놈 순사가 니뽄도를 차고 조선 사람들을 개 잡듯이 족치대는 걸 보고 나서야 나라가 진짜로 망헌 줄 알았다 아입니꺼?"

이천이가 분기를 참지 못하겠다는 듯이 말했다.

"너그 배드리장에서 왜놈 순사가 허는 꼬라지 어디 눈뜨고 보겠더나?"

"맴 같애서야 낫으로 모가지를 칵 날리뿌리고 싶은 심정이재."

영모가 낫을 휘두르는 시늉을 하며 말했다. 그 말에 기정이도 거들고 나섰다.

"우리 동네서 웃몰 상범이 말고도 왜놈들헌티 알짱 겉은[68] 선산허고 개인 산을 얼매나 마이 뺐기 뺐내? 그러고도 누가 말 한마디 끽 소리나 해 봤나? 날강도 겉은 놈들… 생각만 해도 분이 안 풀린다 카이."

그러자 정 부자가 만세운동을 치르려고 하는 자기의 결의를 진지한 표정을 지으며 말했다.

"어디 우리가 당헌 기 한두 가지 겠능가? 그래서 다들 모이라고 헌 걸

---

68) 알토란 같은

세. 인자 그 이야구는 그만허고 만세운동헐 일을 의논해 보세. 우리 이참에 모다 심지를 단다이 갖고 힘을 합치서 거사를 성사시키고로 해 보세."

"예, 어르신 말씸대로 우리 다 같이 힘을 모아 봅시더."

기정이 두 주먹을 불끈 쥐며 동의를 구하자 모두들 굳은 결의로 오른손을 위로 높이 뻗어 올리며 큰 소리로 찬동하였다.

몽환이 지난 하동장에 갔던 일이 생각나서 말했다.

"요 앞에 지가 하동장에 송아치 폴로 갔더니만 하동장 바닥에 칼을 찬 순사들허고 말을 타고 총을 멘 헌병인가, 새병인가? 허는 일본군들이 짝 깔렸십시더."

몽환의 말에 정기정이도 들은 소문을 말했다.

"제도 엊그지 들은 소문인디요. 음달에 이경호 성님허고 양보일신학교 정세기 선생허고 또 누구더라. 하이튼 여러 사람들이 하동읍에서 만세운동을 벌렸다는 이야구를 듣기는 들었십니더."

정세기는 양보면에 있는 일신사립학교 교사였는데, 그는 지소에 사는 자형인 이경호와 같은 면에 사는 친척인 정성기, 정윤기, 정이백 등과 같이 이미 하동장날에 만세운동을 주도하여 거사를 일으켰고, 뒤이어 남해장날에도 만세운동을 일으킬 계획을 세웠던 사람이다. 그는 동료들과 같이 태극기 수십 본을 제작하여 하동장날인 3월 23일에 군중들에게 나누어 주고 독립만세를 외치며 만세운동을 주도했다.

그런데 이경호는 독립만세를 부르다가 현장에서 몇몇 동료들과 같이 일본 경찰에 체포되었다.

정 부자가 담뱃대에 불을 붙여 길게 빨아들였다가 입과 코로 내뿜으며 걱정스럽게 말했다.

"그래, 내도 하동 만세운동 이야구는 들었네. 그 땜에 하동읍에 경찰도 모지래서 헌병들꺼정 설치고 댕기는 것일세. 그런디 실은 경호 그 청년이 하동장에서 만세운동 허로 가기 전에 내헌티 들렀재."

정 부자의 말에 몽환이 궁금하여 물었다.

"아재헌티 와서 머라 쿠던디요?"

"그 사람은 앞전에 변호산가 헌다는 자기 사촌 동생과 처남인 정세기허고 양보면 정이백이와 양달에 배문철이가 주동해서 하동장날에 만세운동을 벌리기로 계획했다 쿠더마."

"아! 그래 갖고 하동장날 만세운동 때에 우리 동네 이경호 그분허고 정세기 선생허고 뜻을 같이 허는 사람들이 볼씨로 만세운동을 벌인 기네요?"

이천이가 우리 동네 사람도 선도적으로 하동장날 만세운동에 참여했다는 사실을 알고 가슴이 뿌듯하여 물어보았다.

"맞네. 그라고 경호 그 사람이 만일 제가 잘몬데서 일본 경찰헌티 잽히 가더래도 동네 사람들허고 힘을 모다서 고전면에서도 독립운동을 꼭 일바씨 달라꼬 신신당부를 했다네."

"그러닝깨로 경호 아재가 부탁헌 것도 있고, 동초 어른이 사발통문도 받았는디요. 우리도 가마이 있이서는 안 데겄십니더."

이종민이 지금까지 하동지역에서 일어난 만세운동의 전개과정을 알고는 두 주먹을 불끈 쥐며 자기의 결의를 말하자 모두들 찬동의 의미로 고개를 끄덕였다.

"다들 내 뜻을 같이해 주니 고맙네. 그라고 요 며칠 전에 이 일을 배 문철이허고도 의논했다네."

"배 부자허고도 으논했다고요?"

기정이가 정 부자가 배 부자와 미리 의논이 있었다는 말을 듣고 사전에 철저한 준비가 있었다는 사실에 놀랍다는 듯이 말했다.

"맞네, 그래서 내가 문철이 그 사람헌티 이본 일에 같이 동참허자고 했더이만 자기는 하동장날 만세운동 때에 부친이 갑재기 토사곽란으로 위독허시서 참여는 몬 했지만 이경호가 잽히가는 바람에 신분이 위험해서 발 벗고 나서기는 에롭다고 허더마. 허지만 우리가 허는 일에 협조는 잘 허겄다고는 했네."

"아. 그리 덴깁니꺼? 그리라도 해주모 고맙지예. 아재, 그런디 아까 경호 그 사람 사촌이 변호산가 머신가 헌다 캤는디 그기 머십니꺼?"

몽환은 자신의 미래에 변호사와 관련된 사건이 일어날 것 같은 무슨 불안한 예감이 들었는지 정 부자에게 물었다.

"변호사가 먼지는 내도 잘 모리네만, 아매도 일본 사람들이 새 법을 맨딜어서 재판헐 적에 우리 조선 사람들이 억울헌 일을 안 당허고로 돈을 받고 도와주는 일을 허는 사람으로 알고 있네. 그런디 조캐가 와 재판헐 일이라도 생깄능가?"

"아입니더. 그냥 궁금해서 물어 본 깁니더."

"제도 경호 성님헌티 들었는디요. 경호 성님 사촌 동생 그 사람은 조선 사람 중에서 진주일대서는 젤로 먼침 변호사가 뎄다 쿠던디요."

기정이 이경호의 사촌 동생에 관해 아는 것을 말했다.

"그러닝깨 경호 그 사람 집안이 대단헌 모양이재. 그라고 경호 그 사람은 우리 동네서는 유식험시로 중국꺼지 갔다 와서 세상 물정도 밝은 사람인디…. 그런 사람이 일본 경찰에 잽히 갔잉께로 참말로 아깝운 사람 아입니꺼?"

몽환이 앞날이 창창한 젊은 유림지사인 경호 청년이 일본 경찰에 잡혀간 일을 아쉬워하며 말했다.

"맞네. 그런디 경호 그 사람 숭악헌 일본 경찰헌티 고문 받다가 몸이나 안 상헐지 걱정일세."

"제도 그기 걱정입니다. 그런디 엊그지 경호씨 형수가 하동 경찰서꺼지 면회를 가 봉께로 볼씨로 진주 감옥으로 넘어갔다고 허더랍니다."

기정이 정 부자의 말에 한숨을 쉬며 걱정스럽게 말했다.

"그러닝깨 경호 성님 희생이 헛데지 않고로 헐라모 우리가 들고 일나서 만세운동을 한본 크고로 벌이 바야 안 데겄십니꺼?"

이종민이 다시 자기의 결의를 내보이며 주먹을 불끈 쥐고 말했다.

"그래, 종민이 자네 말대로 우리 모도 잘 으논해서 만세운동을 크고로 한본 벌리 보세. 그럴라 카모 인자 우리가 우짜모 좋겠능가?"

고전 일대에 비교적 발이 넓은 정이천이 말했다.

"우신에 만세 부릴 날짜부텀 정허고, 동네마다 책임자를 정해서 연락을 해 났다가 항쿤에[69] 벌떼 겉이 일어나야 안 데겄십니꺼?"

기정이 의견을 제시하였다.

---

69) 한꺼번에

"암캐도 사람을 마이 모을라 카모 배드리장날로 정허는 기 안 좋겠십니꺼?"

기정의 말에 정 부자가 모두를 둘러보며 말했다.

"다들 그기 갠찮겠재?"

"예, 그리 헙시더."

기정이 다시 통문을 펼쳐 보고는 의견을 내놓았다.

"여거 보모는 서울에서는 서른 세 사람이 독립선언서를 맨딜어서 발표했다고 쿠는디요. 우리도 이본 일을 할라 카모 여럿이 힘을 보태서 단체를 한 개 맨디는 기 좋을 거 겉십니더."

그 말에 정 부자가 다른 사람들의 의견을 물었다.

"그거 참 좋은 말일세. 다들 새로 단체를 맨디는디 찬성허능가?"

"예, 그리헙시더."

모두들 그 의견에 찬성하여 결정을 보았다. 그러자 정 부자가 단체 이름에 대한 의견을 제시했다.

"그라몬 우리가 한마음 한 뜻으로 뭉치자는 뜻으로 단체 이름을 '일신단—身團'으로 정허모 어떻겠능가? 그라고 우리도 서울에서 헌 거 맨키로 일신단원을 서른세 사람으로 모다 보는 기 어떨꼬?"

모두들 입을 모아 찬성했다.

"좋십니더."

정 부자가 이어서 만세운동을 주도할 단체의 구성과 활동에 대한 의견을 모았다.

"그라몬 인자 우리가 활동헐 단체를 맨디는 일을 으논해 봄세. 만세운동을 주도헐 일신단을 맨드는 일은 암캐도 매사에 사려 깊은 종민이 자네가 한본 힘 써 보고로 허게. 될 수 있이모 양보면허고 금남면꺼정 댕김시로 각 부락을 대표헐 씰만헌 사람들을 찾아서 단체에 들도록 허는 기 안 좋겠능가?"

"예, 어르신 말씸이 무신 뜻인지 잘 알겠십니다. 그러모 제가 부족헌 거는 많지만서도 한본 힘 써 보겠십니다."

"그라고 사람을 마이 모울라 카모 배드리장터에 삼시로 장꾼들을 마이 아는 사람이 있어야 헐 낀디. 어디 그런 사람 없능가?"

그 말에 이천이 환하게 웃으며 말했다.

"와 읎어예? 그런 일은 장터 술집 옆에 사는 이병의 친구가 잘 헐낍니더. 그 친구는 발이 너리기로 치모 소 발바닥만치나 넓어서 배드리 장꾼 치고 모리는 사람이 벨로 없일낍니더."

"그래? 그러모 잘 뎄내. 그 친구를 일신단에 꼭 들고로 자네가 수고 허게나."

"예, 꼭 그리 허고로 허겠십니더."

이천이 정 부자의 부탁을 흔쾌히 받아들였다.

잠자코 듣고 있던 종민이 들은 소문이 있었는지 만세운동에 필요한 것을 제안했다.

"그런디요, 소문을 들어 봉께로 하동읍에서 만세를 부릴 때 무신 독립선언선가 허는 거를 지서 읽었다고 허던디요. 우리도 그 사람들이 지어서 읽은 독립선언서도 구허고, 태극기를 맨딜아야 안 허겠십니꺼?"

기정이 다시 통문을 살피고 나서 말했다.

"종민이 세이 말이 맞십니더. 만세를 부르기 전에 독립선언서를 읽어야 허는디… 이거는 지가 양보일신학교 정세기 선생헌티 부탁해서 구해 보겄십니더."

"그리 해 주모 참 고맙운 일일세. 이왕 고생허는 짐에 기정이 자네가 정 선생헌티서 태극기도 좀 구해 오모 안 데겄능가? 우리들 중에 태극기 문양을 정학허이 아는 사람이 없기 땜새 허는 말일세."

"알겄십니더. 제가 정 선생헌티 가서 태극기도 구해 보고, 만일에 태극기가 읇이모 한 개 기리 달라고 캐서 가지오겄십니더. 그런 일은 제가 알아서 헐 낀께로 염려 놓으시소."

기정의 대답을 듣고 나서 정 부자가 다시 걱정스러운 표정으로 말했다.

"그래, 그 일은 기정이 자네헌티 다 맽길 낀께로 책임지고 좀 수고해 주기 바라네. 그런디 만세를 부릴라모 암캐도[70] 태극기를 수백 개는 넘고로 맨딜아야 헐 낀다… 태극기를 그릴 문종우[71]는 우찌 구헌다?"

몽환이 종이를 구하는 일은 자신 있다는 표정을 지으며 말했다.

"죽전에 쌀장수가 지 친군디요. 배드리장날 때 더러 보모 방깨 삼현 선생헌티 자기 아들 잘 갤치 달라고 험시로 문종우를 구해다 주는 걸 봤십니더. 지가 친구헌티 부탁해서 문종우를 구해 보고로 허겄십니더."

"그리 헐라모 돈이 술차이 들 낀다… 그래도 데겄능가?"

"예, 전에 옥종서 양 장군이 의병을 일으킸일 적에 우리 아부지는 나

---

70) 아무래도
71) 문종이

락을 열 섬도 더 냈는디요. 그 정도는 제가 힘닿는 디꺼지 도와야 안 허겄십니꺼?"

정 부자가 고개를 끄덕이고는 또 다른 걱정이 있어서 물었다.

"그런디 문종우를 갑자기 많이 구허는 걸 일본 경찰이 눈치채모 들키기 쉬울 낀께로 조심허고 또 조심해야 헐 걸세. 그리고 또 태극기 문양을 기릴라모 태극의 우쪽에 뺄간 칠을 해야 허고 밑에는 자색을 칠해야 허는디 색감을 우찌 구허모 데겄능고?"

무슨 도울 일이 없을까 하고 귀를 쫑긋거리며 듣고 있던 영모가 흔쾌히 나섰다.

"뺄은 색을 구헐라모 비싸기는 해도 절 겉은디서 단청에 칠허는 색을 지가 구헐 수 있기는 있는디요. 그런디 자색은 구허기 에롭겄는디요."

그 말에 정 부자가 영모의 걱정을 들어주려는 듯이 자기 의견을 말했다.

"돈 걱정은 말고 영모 자네가 뺄은 색을 한본 구해 보게나. 안 데모 치자로 칠해보지 머… 그리고 태극의 밑쪽은 자색이 안 구해지모 검정 먹물로 칠허모 안 데겄나? 괘를 기리는 거도 먹물로 하몬 델 끼고… 인자 준비는 이만허몬 되겄재?"

"예, 그리허모 안 데겄십니꺼? 그리고 괘를 기리는 거는 고매를[72] 도장매이로 깎아 갖고 먹물로 찍으모 델 낍니더. 그런 거는 식은 죽 먹기지예."

일머리에 수완이 좋은 이천이 자신 있게 말했다. 뒤이어 몽환이 공

---

72) 고구마를

감이 간다는 듯이 미소를 지으며 자기생각을 한 가지 더 말했다.

"아재, 그런디 동네 일허는 디도 책임자가 있다 아입니꺼? 그런디 만세운동을 허는 일에 책임자가 읎이모 데겄십니꺼?"

정 부자도 동감이라는 듯이 고개를 끄덕이며 말했다.

"그러모 책임자를 누로 정허몬 좋겄능가?"

평소에 사려가 깊은 이천이 의견을 내놓았다.

"암캐도 일신단 맨디는 일을 맡은 종민이 세이가 일신단 단장을 허고, 장날 만세운동을 헐 적에 대장은 그래도 세상 물정을 잘 아는 기정이가 하는 기 좋다고 생각헙니더."

"다들 그리 생각허냐?"

"예, 그리헙시더."

그런데 잠자코 이야기를 듣고 있던 영모가 무슨 불만이라도 있는 듯이 말했다.

"그런디 택을 치모[73] 만세운동도 대산디… 맨정신으로 잘 데겄십니꺼? 암캐도 그날은 술도 있어야 안 데겄십니꺼?"

그러자 정 부자가 웃으며 말했다.

"허, 참, 누가 술꾼 아이라 쿨까 그러는가? 걱정 말게나. 배드리장터에 있는 주막집에 부탁해서 강 센허고 내가 알아서 많이 준비해 둘 낀께로…"

영모가 벌써 술이라도 마신 것처럼 입맛을 다시며 웃었다. 조금 있다

---

73) 경우로 치자면

가 기정이 근심스런 표정을 지으며 말했다.

"그런디 그럴라모 돈이 숱차이 많이 들 낀다. 어르신허고 강 센 두 분이 돈을 다 내는 거는 너무 부담이 큰 거 아입니꺼?"

그 말에 종민이 자기의견을 말했다.

"그러모 제가 한본 나서서 먼첨 배문철 씨부터 돈을 얼매나 협조헐 수 있는지 알아 보겠십니더. 그 분은 미리 잘 협조허기로 했인깨로 가마이 있지는 않을 거 아입니꺼?"

"그리 해 보게. 그 사람은 내허고 약속이 데 있내. 다른 사람이나 좀 더 알아보게."

정 부자가 배문철이는 미리 약속되어 있다고 말했다.

"예, 그라모 또 양달에 정 부자, 김 부자허고 중땀에 박 부자, 지수깨윤 부자, 감밑에 김 부자헌티도 귀띰을 해 보모 안 데겠십니꺼?"

"그리 해 보게. 그 사람들도 가마이 있지는 않을 걸세."

정 부자가 동감을 표했다.

"그라고 제도 명색이 일신단 단장인디 가마이 있이모 데겠십니꺼? 제도 힘 닿는디 꺼지 돈을 좀 보태도록 허겠십니더."

"허, 참, 종민이 자네꺼지 돈을 보탠다꼬? 그러모 얼매나 고맙운 일인가? 자네꺼지 그리 힘을 안 써 싸도 델 낀다…"

"아입니더. 돈을 쪼끔만 내더라도 제 성의닝깨로 그리 허고로 해주이소."

"허허허, 그 참 고맙운 일이시. 고맙운 일이라."

정 부자가 너털웃음으로 웃자 모두들 종민이를 격려하며 따라 웃었다. 정 부자가 자세를 바로하며 진지하게 말했다.

"이 일은 어디까지나 비밀이 중요헌깨로 꼭 자네 생각이 그렇다모 그 부자들헌티 가서 조심해서 으견을 구해 보도록 허게. 억지로 돈을 내라꼬 해서는 안 델 낄세."

"예, 제가 알아서 잘 해 보겄십니더. 아매도 그분들도 우리가 허는 일을 대놓고 마다허지는 않을 낍니더."

종민이 눈빛을 반짝이며 걱정 놓으라는 듯이 조심스럽게 대답했다.

만세운동과 관련된 이야기를 나눈 후에 집에 돌아갈 때쯤에 정 부자가 심각한 얼굴로 모두에게 신신당부했다.

"이 일은 절대로 비밀을 지켜야 헐 걸세. 특히 웃몰 용석이를 조심허게. 그 사람은 범새 홍팔주이 앞잡이 아이겄나? 요새 홍팔주이가 배드리장에서 일본 순사들허고 자주 어울린다 쿠는 소문을 들었네. 만일이 일이 들키더래도 절대로 내 혼차 헌 일이지 다린 사람은 모린다고 해야 헌데이."

이리하여 지소동네 사람들이 중심이 되어 배드리장날 만세운동을 벌이기 위한 사전계획이 성사되었다.

배드리장터 만세운동이 예정된 하루 전날 밤에 어둠을 틈타 정 부잣집 사랑방으로 사람들이 하나 둘씩 모여들었다. 그런데 사랑방에는 불이 꺼져 있었다.

누군가가 사랑방 앞에서 인기척을 하면 방문 아래쪽부터 문에 바른 창호지가 희미한 불빛으로 밝아지며 방문이 열렸다. 비밀을 지키기 위해 방문에 이불을 걸쳐서 호롱불빛이 밖으로 새어 나가지 않게 해 두었던 것이다.

방 안에는 창호지며, 지필묵과 대 꼬챙이 등이 어지럽게 널려 있었다. 기정은 정세기 선생에게서 구해온 태극기를 방 한가운데 펼쳐두고 손재주가 좋은 정이천의 주도로 여러 사람들이 태극기 그리는 작업을 하고 있었다.

이천은 창호지를 사각형으로 자른 뒤에 종이 중앙에 사발을 놓고 동그랗게 본을 떠서 태극문양을 그리고 붓으로 단청과 치자물감과 먹물을 묻혀서 태극에 색칠을 하였다. 네 귀의 괘를 그릴 때는 고구마를 반으로 자른 뒤에 괘 모양을 부조로 새기고 먹물을 묻혀서 종이에 찍었다.

한참 작업을 하고 있을 때 정 부자가 새참으로 국밥을 내 왔다.

"다들 배고풀 낀디 좀 묵고 허지. 그런디 기정이, 정 선생이 독립선언서를 갖고 오기로 했는디 와 안 올꼬?"

기정도 걱정스런 표정을 지으며 말했다.

"그렇지예, 와 안오는지 제도 잘 모리겠네요. 걱정시럽는디요."

그들이 태극기를 만들면서 아무리 기다려도 정세기 선생은 오지 않았다. 기정이 불안한 표정을 지으며 말했다.

"암캐도 이상헌디요. 혹시 왜놈 순사헌티 잡힌 거는 아인가 모리겠네요."

정 부자가 심각한 얼굴로 걱정했다.

"만일 그렇다모 우리가 허는 일이 다 들통 난 거 아인가? 우짜모 좋겄노?"

"아재, 그래도 혹시나 잘 모린깨로 사람을 한본 보내서 알아보는 기 어떻겠십니꺼?"

몽환도 걱정되어서 자기 의견을 말했다.

"암캐도 그기 낫겠재? 눌로 보내꼬?"

"아재, 그런 일은 암캐도 입도 무겁고 밤눈도 밝은 알밤이를 보내모 안 데겄십니꺼?"

"그래, 그기 낫겄재? 영모, 자네가 잠시 옆집에 가서 알밤이를 좀 불러오게."

"예, 알겠십니더."

차알밤은 정 부자의 옆집에 살면서 정 부자의 집안 대소사에 관한 일은 거의 도맡다시피 하며 사는 젊은이였다.

영모가 알밤을 불러오자 정 부자는 알밤에게 조심해서 양보 장암에 사는 정세기 집에 가서 사정을 알아오게 하였다.

한참 밤이 깊어 태극기 제작이 거의 마무리되어 갈 무렵에야 알밤이 양보면 장암에 갔다가 돌아왔다. 그런데 그는 정세기를 못 만났다고 했다.

그러자 모두들 불안한 기색을 감추지 못하고 안절부절못하였다. 그 때 그러한 분위기를 깨뜨리기라도 하려는 듯이 종민이 용기를 내어 말했다.

"어채피 내일이몬 다 들통날 거 아입니꺼? 이빨이 없이모 잇몸으로 때운다꼬 그냥 그대로 밀어붙입시더."

다들 생각을 해 보다가 어쩔 수 없다는 듯이 고개를 끄덕였다.

사실 정세기는 배드리장날 하루 전에 독립선언서를 구하러 하동읍 내로 잠입하였다. 그런데 그는 지난날 하동읍에서 만세운동을 주도한 혐의로 수배를 받고 있었다. 그가 읍내에 잠입하여 지인을 만나 독립 선언서를 구해 오려고 했는데 누군가의 밀고로 일본 경찰에 체포되어서 돌아오지 못했던 것이다.

1919년 4월 16일 오늘은 배드리장날이다.

배드리장터 앞에 우람하게 솟아있는 소-산에 먼동이 터오자 장터 냇가에 있는 대장간에서는 벌써부터 대장장이가 숯불에 벌겋게 달군 도끼를 꺼내어 망치질하기 시작했다.

'쿵, 탕, 쿠탕탕.' 오늘따라 망치질 소리가 크게 울렸던지 푸줏간 주인도 망치 소리에 잠에서 깨어나 눈을 비비며 가마솥에 불을 지폈다. 그는 가마솥에 돼지 수육이며 내장을 삶아서 써느라 부산하게 움직였다.

해가 뜨기 무섭게 어디서 나타났는지 잡화상들이 봇짐을 지고 장터 입구로 꾸역꾸역 몰려와서 시장바닥 양쪽에 거적을 깔고 오늘 팔 물건들을 늘어놓기 시작했다. 그들은 가지각색의 참빗이나 얼레빗, 비녀, 거울, 구리무 등을 줄지어 보기 좋게 펼쳐놓고 있었다.

뒤이어 고전면과 양보면 사람들이 각종채소를 가져와서 시장 입구에 전을 벌이고 있었다. 배드리장 바닥은 어느덧 각지에서 모여든 장꾼들로 점점 활기를 더해 가고 있었다.

아홉 시 경이 되자 일본 순사 두 명과 조선인 출신 순사 박도준과 헌병 세 명이 진교면 주재소에서 파견 나와 경계를 서기 시작했다. 그들은 시장 입구에서 부동자세로 서서 장꾼들과 시장 동태를 살피며 삼엄하게 감시하고 있었다.

평소 때 배드리장날에는 순경 두 명이 와서 순찰하였는데 얼마 전에 하동읍에서 독립만세운동이 일어나고 나서부터는 일본 경찰에 무슨 경계령이 내려졌는지 오늘은 헌병 세 명까지 더 와서 장꾼들을 감시했다.

그때쯤 냇가 쪽의 장터에서는 멀리 섬진강 하구의 갈사, 용덕, 나팔부락과 진월면의 태인도, 망덕 사람들이 서로 좋은 자리에 어물전을 펼치려고 옥신각신하고 있었다. 그들은 아침 일찍 섬진강지류인 주교천을 따라 밀물을 이용해 배를 타고 올라와 전도나루터에서 내려 잔너리 방죽을 따라 해산물을 지고 올라온 사람들이었다.

그들은 어렵사리 각기 자리를 잡고 나서 섬진강 하구의 갯벌인 '큰디'에서 나는 전국에서 제일 맛있는 하동김과 백합을 거적의 맨 앞줄에 늘어놓았다. 그리고 바지락과 꼬막, 그리고 큰디의 어디를 파도 불쑥불쑥 튀어 나올 정도로 지천으로 널려있는 불통조개와 태인도의 우럭조개 등을 나무통과 소쿠리에 바리바리 쌓아놓고 팔기 시작했다.

"자, 맛있는 김 사이소. 임금님 수라상에 올리는 하동김이요. 하동김 사이소."

어떤 아낙네는 여러 가지 조개를 소쿠리에 담아 놓고 소리쳤다.

"자, 큰디 백합 사이소. 만치모 맨들맨들허고 맛도 기똥찬 백합 사이소. 피꼬막허고 갱조개, 바지래이[74]도 싸기 팝니더. 백합 사이소. 백합."

---

74) 재첩, 바지락

그러자 태인도에서 온 아주머니도 전라도사투리로 큰소리로 장꾼들을 불러 모았다.

"아짐씨, 태인도 김허고 우럭 사랑께요이. 쌀믄 우럭이 쫄깃쫄깃허이 백합 맛이구만이라."

그 말을 들은 아주머니 장꾼이 한마디 건넸다.

"설마 우럭이 백합 맛이야 허겄소?"

태인도 아주머니가 잽싸게 말을 건 장꾼의 손을 붙잡아 끌며 흥정을 걸었다.

"아이고매, 아짐씨, 맛도 안 보고 워째 그래 쌌소이? 싸게 디릴 낀께 쪼까이 사서 맛 좀 보랑께요이. 거짓부렁이 아이랑께."

뒤이어 시장 입구 쪽에는 횡천, 청암 사람들이 산중에서 캐 온 취나물이며 곰취, 엉겅퀴나물, 냉이와 두릅, 고사리 등을 지고 와서 시장 한 모퉁이를 차지하고 앉아서 팔기 시작하자 어느덧 배드리장은 발 디딜 틈이 없을 정도로 장꾼들로 가득 찼다.

그때 시장 입구 쪽에서 요란한 호루라기 소리가 들려왔다.

"호르르, 호르르르, 휘이익."

정기정은 호각소리에 깜짝 놀라 그 쪽으로 가서 일본 경찰의 동태를 살펴보았다. 일본 순사 두 명과 조선인 박도준이 호각을 불며 예전처럼 시장통을 순찰하고 있었다. 그런데 그들은 여느 때와 다름없이 장꾼들이 시장을 보고 있는 것을 보고는 오늘 있을 만세운동에 대한 기류를 전혀 눈치채지 못하고 있는 것 같아 보였다.

정기정은 경찰들의 눈치를 살펴가며 정이천이 짚신과 가마니와 거름 소쿠리 등을 팔고 있는 싸전 옆으로 갔다. 그는 이천에게 다가가서 나지막한 목소리로 물었다.

"별일 읎재?"

"아직은 저놈들이 눈치 몬 채고 있는 거 겉네."

"그래, 잘 살피고 있다가 무신 일이 있이모 퍼뜩 연락 허게이."

정이천은 정기정이 떠나자 크게 소리쳤다.

"짚신 사이소. 짚신-, 그라고 거름 소쿠리도 있십니더. 개겁고[75] 찔긴 쌀 가마이도 사이소."

정이천은 전문으로 짚신이나 가마니를 만들어 파는 장사꾼이 아니었다. 오늘은 태극기를 가마니에 몰래 숨겨오기 위해 일부러 짚신과 가마니, 거름소쿠리 장수로 변장하고 장사를 하고 있는 것이다. 정이천이 뒤쪽에 쌓아놓은 가마니 속에는 수백 개의 태극기가 숨겨져 있었다.

장꾼들이 가장 많이 모이는 점심때쯤이 되었다. 그때까지 주막에서 술을 마시고 있던 박영모가 술에 취한 척 비틀거리며 정이천에게로 가서 가마니를 사는 척하다가 태극기가 든 가마니를 겨드랑이에 끼고 주막 뒤꼍으로 갔다. 그는 갑자기 사다리를 가지고 와서 주막집 지붕에 걸쳐놓고는 가마니를 메고 지붕 위로 잽싸게 올라갔다. 그는 지붕 위에서 사방을 둘러보며 큰소리로 외쳐대기 시작했다.

"여러분! 모도 다 요 밑에 내꼬랑 가에 너린 공터로 모이소. 퍼뜩 모이

---

75) 가볍고

소이. 시방 만세를 부릴 낍니다. 우리 조선을 도로 찾을라꼬 독립만세를 부릴 끼다 이 말입니더. 왜놈 순사들이 오기 전에 퍼뜩퍼뜩 모이소."

그리고 가마니 속에 감추어 온 태극기를 꺼내어 사방으로 뿌리며 계속 큰소리로 장꾼들을 공터로 불러 모으기 시작했다.

영모가 지붕 위에서 소리치는 것을 신호로 이종민이와 정기정, 정이천, 그리고 금남면에 사는 추홍순 등의 일신 단원들이 주동이 되어 장터 곳곳에서 장꾼들을 시냇가 공터로 모아왔다. 그때 배드리장에서 발이 넓기로 소문난 이병의도 장터 구석구석을 돌아다니며 사람들을 모아오자 삽시간에 일천여 명의 장꾼들이 냇가의 공터로 모여들었다.

때를 놓치지 않고 정기정이가 주막집 지붕 위에 올라가서 큰 태극기를 들고 흔들며 크게 외쳤다.

"여러분! 오늘이 우리 배드리장에 모인 사람들이 만세를 부리는 날입니더. 그러모 제가 먼첨 우리나라 독립을 위해 독립만세를 선창허겠십니더. 모도 제를 따라 큰소리로 독립만세를 외치 주시기 바랍니더."

기정이 태극기를 흔들며 큰 소리로 만세를 선창했다.

"만세! 만세! 조선독립만세!"

이와 동시에 배드리장에 모인 사람들이 천지가 진동할 큰소리로 조선독립만세를 따라 외쳤다.

"만세! 만세! 조선독립만세!"

장꾼들은 영모가 뿌린 태극기를 주워서 손에 손마다 태극기를 들고 만세를 불렀다.

"만세! 만세! 우리조선만세! 만세! 만세! 고종황제 만세!"

장터 입구에서 경계를 서고 있던 일본인 순사 두 명과 조선인 순사 박도준이와 헌병 세 명이 만세 소리를 듣고는 깜짝 놀라 호각을 불며 냇가 공터로 달려왔다. 그들이 달려오자 장꾼들이 숫자로 밀어붙이며 그들 주위를 둘러싸고 더욱 거센 기세로 만세를 불렀다.

그러자 헌병이 총으로 하늘 위를 향해 공포탄을 쏘며 시위 군중을 위협하기 시작했다. 그래도 시위대가 물러서지 않자 그들은 시위대의 기세에 눌려 담벼락 쪽으로 밀리기 시작했다. 그러다가 그들은 담벼락에 붙어서 서로를 엄호하며 시위대와 맞섰다.

그때 누가 가지고 왔는지 꽹과리와 징을 들고 와서 크게 울리며 더욱 기세를 돋우자 장꾼들은 더 큰 소리로 만세를 불렀다.

"만세! 만세! 조선독립 만세!"

"만세! 만세! 우리조선 만세!"

만세 소리는 배드리 들판을 메우고도 넘쳐서 소-산 너머로, 성터재 너머로 멀리멀리 산울림이 되어 퍼져나갔다.

위협을 느낀 일본 헌병이 군중을 향해 총을 쏘려고 했다. 그러자 이종민이 몇 사람의 일신 단원들을 데리고 그들이 의지하고 있는 돌담 뒤로 돌아가서 큰 소리로 위협했다.

"너뜰[76] 총만 싸 바라. 그러모 우리가 너뜰을 한 놈도 안 냉기고 다 직이 삐릴 끼다."

사방이 장꾼들에게 포위된 것을 깨달은 일본 경찰과 헌병들은 총도

---

76) 너희들

쏘지 못하고 총부리를 이리저리 돌려 군중들을 겨누면서 위협만 하고 있었다. 이렇게 대치상황이 계속되면서 만세 소리는 더욱 높아만 갔다.

이런 분위기에 더욱 흥이 오른 영모는 계획했던 대로 주막에 가서 막걸리 통을 메고 공터로 왔다. 그리고는 군중들에게 술잔을 돌리며 큰소리로 말했다.

"보이소, 마, 탁 사발로 한 잔 마시야 목구멍이 뻥 뚫리재이. 자 한 잔 들 마시고 크고로 꽘을 지림시로 만세를 불러 보이소."

기골이 장대한 영모가 멍석만한 큰 손으로 장꾼들에게 술잔을 돌리면서 더 큰 소리로 만세를 외치도록 독려했다. 그리고는 자신도 커다란 술잔에 막걸리를 가득 부어 연거푸 몇 잔을 들이켰다.

그는 술김에 더욱 용기가 났던지 술 사발을 들고 술을 입에 가득 머금고는 홱 뿜어대며 조선인 순사 박도준의 앞으로 다가갔다. 그러자 박도준은 군중들을 향해 휘두르던 니뽄도를 뽑아 영모를 향해 칼끝을 겨누었다. 이것을 본 영모는 날 죽이라는 듯이 목을 도준이 앞으로 내밀며 더욱 기세등등하게 대들었다.

"박도준이 이 자슥아. 니는 조선 놈 아이가? 이 새끼가 시방 왜놈헌티 디리붙어서 조선 사람을 지길라꼬 카는 기가? 야, 이 씨발놈아, 시방 날 찌릴라꼬 칼끝을 내헌티로 디리댔나? 그래, 조선 놈이 조선 놈을 어디 한본 찔러 바라. 이 왜놈 앞잽이 쌔끼야!"

하고는 술잔을 박도준이 얼굴에 내던졌다. 그러자 박도준은 술잔을 피하느라 몸을 움츠렸다. 영모가 그 틈을 놓치지 않고 재빠르게 박도준에게 달려들었다. 그는 커다란 덩치로 단번에 박도준을 제압하고는 니뽄도를 빼앗아 버렸다.

담벼락 너머에서 그 상황을 보고 있던 일신 단원들이 누구라 할 것도 없이 한꺼번에 담벼락을 뛰어넘어 일본 순사와 헌병들을 덮쳤다. 그리고 총을 빼앗고 모자와 제복을 벗겨버렸다.

그런 뒤에 시위대는 그들에게 주먹세례를 퍼부었다. 그들은 이제야 일제에 억압당했던 고통에 대한 분풀이를 실컷 하였다. 그에 더하여 일본 경찰과 헌병들의 양손을 새끼줄로 묶어서 태극기를 들리고는 힘으로 윽박질러서 '조선독립 만세!'를 따라 부르게 하였다.

뒤이어 젊은 청년들이 박도준과 일본 순사와 헌병들을 양쪽에서 꼼짝달싹 못 하게 붙잡고 끌고 다니며 '조선독립 만세! 우리 임금 만세!'를 외치며 배드리장터를 누비고 다녔다.

그러자 배드리장터에 모인 장꾼들뿐만 아니라 주변에 사는 주민들도 집에서 뛰어나와 시위대와 합세하여 '조선독립 만세!'를 목청껏 외쳤다.

시위대 군중들 속에는 범식도 같이 끼어있었다. 범식은 시위 군중들에 앞장서서 독립군 형님을 자랑하며 힘차게 만세 소리를 선창했다.

"우리 성님이 독립군이데이. 우리 성님이 만주에서 돌아오몬 니까짓 껏들은 뼈도 몬 추릴 끼다. 알겠나? 자 모도 만세를 부립시더. 만세! 만세! 조선독립 만세!"

범식의 형님이 만주에서 독립군이 되어 독립운동을 하고 있다는 것을 소문으로 알고 있는 지소 사람들이 뒤따르면서 크게 복창하였다.

"하모, 맞다. 너 성님이 체고다. 만세! 만세!"

장꾼들이 만세를 부르고 다닌 지 한참 지난 뒤에 누군가가 헐레벌떡 달려와서 급한 소식을 전했다. 일본 헌병들 수십 명이 구하동 입구의 하마치를 지나 이곳으로 말을 타고 달려오고 있다는 것이었다.

　군중들이 하마치 쪽을 보니 정말로 일본군들이 말을 타고 보리밭 위로 달려오는 모습이 보였다. 그러자 만세운동 총지휘를 맡은 정기정이 큰소리로 외쳤다.

　"모도 다 도망치라. 잡히몬 죽는다."

　그 소리를 듣고 만세를 부르던 장꾼들이 미처 흩어지기도 전에 일본 순사와 헌병들이 들이닥쳤다. 그들은 총칼을 휘두르며 장꾼들을 진압하기 시작했다. 장꾼들은 하는 수 없이 새끼줄로 묶어서 끌고 다니던 일본 순사와 헌병을 내팽개치고 모두 흩어져서 자기 마을과 집으로 도망쳤다.

　배드리장터에서 만세운동을 벌인 다음 날이 되자 진교분견대에서 파병한 헌병 20여 명과 일본 경찰 10여 명이 조선인 순사 박도준을 앞세우고 지소동네 입구에서부터 총을 난사하며 마을로 들이닥쳤다.

　이들은 전날 배드리장터에서의 독립만세운동을 주도한 자들이 지소 사람들이었다는 정보를 박도준을 통해 알아냈던 것이다. 그들은 만세운동 주동자들을 색출하여 체포하기 위해 곧바로 지소마을로 진입해 왔던 것이다.

　정기정은 당산 위에 있는 자기 보리논에서 호미로 갈퀴덩굴과 뚝새풀을 매고 있었다. 갑자기 들려오는 총소리를 듣고 깜짝 놀라 동네 입구의 분데이 끝을 보니 헌병과 순사들이 당산 쪽으로 떼를 지어 몰려오고 있는 모습이 보였다.

그는 급히 호미를 내던지고 정이천과 이종민, 박영모에게로 달려가서 그들과 같이 의논했다. 그들은 급한 나머지 자기 가족들을 지소 뒤에 있는 계월봉 아래의 대밭골로 피신시키고 자기들은 가장골 골짜기로 도망쳤다.

가장골로 피신한 그들은 동네 곳곳에서 들리는 총소리에 불안감이 온몸으로 엄습해 왔다. 그들은 불안에 떨면서 앞으로의 일에 대해 다시 의견을 모았다. 박영모가 겁에 질린 얼굴로 말했다.

"너그들아, 내가 젤 큰일 아이가? 내가 그놈 도준이를 덮쳐서 니뽄도를 뺏아 뿌고 옷 가죽을 다 벗기 뿌릿는디. 도준이 그놈이 가마이 있었나? 일단 도망가야 안 허겄나?"

그들은 영모의 말을 듣고 한동안 말이 없었다. 시간이 조금 흐른 뒤에 그들 중에 가장 나이가 위이고 배짱이 두둑한 종민이 마음을 가라앉히고 자기생각을 말했다.

"우리가 도망간다고 안 잡히겄나? 그러고 또 도망갈라모 갈 디나 있나?"

그러자 정기정이 숨을 크게 들이쉬고는 차분한 어조로 말했다.

"종민이 세이 말이 맞는거 같십니더. 도망간다고 갈 디도 읎지만 우리가 도망가고 나몬 숭칙헌 그놈들이 우리 가족들을 그냥 나 두겄나? 그러고 장날에 멋도 모리고 우리허고 함케 만세를 부린 동네 사람들은 또 우찌 데겄내?"

기정의 말에 종민이 다시 용기를 내어 말했다.

"차라리 우리가 먼첨 자수해 뿌리자. 아무리 숭악헌 왜놈들이라꼬 설마 우리를 직이기야 허겠나?"

정기정이 결심을 굳힌 듯이 비장한 얼굴로 말했다.

"그래, 종민이 세이 말이 맞십니더. 우리 모도 항꾼에 자수허자. 이본 일은 우리가 다 끼민 거 아이가? 그런깨로 이기 다 우리 책임인 기라. 자, 할 수 읎다 아이가? 왜놈들헌티 웃통 벗고 자수허자."

그리하여 그들은 다 같이 자수하기 위해 가장골에서 나와 당산으로 걸어갔다. 그들이 당산으로 가보니 그곳에서는 이미 끔찍한 광경이 벌어지고 있었다.

당산의 소나무 밑에는 한 사람의 죽은 시체가 피투성이가 되어 누워 있었고, 그 옆에서는 범식이 무릎을 꿇은 채로 순사들에게 둘러싸여서 문초를 당하고 있었다.

그 시체의 주인은 차알밤이었다. 알밤은 당산 밑에 있는 정 부자의 보리논에서 혼자 괭이로 김매기를 하고 있다가 일본 경찰과 헌병들이 총을 쏘며 분데이 끝으로 들이닥치는 모습을 보았다. 그는 순간적으로 어제 배드리장에서 있었던 만세운동과 자기가 양보의 정세기에게 독립선언서를 구하기 위해 심부름 갔던 일이 들통 났다고 생각했다.

그는 지레짐작으로 겁을 먹고 괭이를 집어 던지고는 다짜고짜로 동네 쪽으로 뛰어서 도망갔다. 그것을 본 일본 경찰이 정지명령을 내렸으나 알밤은 못들은 체하고 도망쳤다. 일본 경찰은 그 모습을 보고 알밤에게 총을 난사했다. 그는 논바닥에서 총알을 맞고 즉사했던 것이다.

그때 퇴꼬랑에서 못자리할 논을 손보고 있던 범식도 차알밤이 총탄에 쓰러지는 것을 보고 도망치려고 했다. 그런데 박도준이 범식을 알아보고 고함을 쳤다.

"니가 어지 독립군 동생이라꼬 큰소리치던 그놈 맞재? 한 발짝만 꿈지모 니도 총알 밥이 델 끼다이. 꼼짝 말고 손들고 거서 가마이 있거라이."

그 소리에 놀란 범식이 꼼짝 못 하고 두 손을 들고 있다가 박도준에게 체포되었다.

일본 경찰과 헌병들은 차알밤의 시체를 당산 나무 밑에 끌어다 놓고 동네로 수색을 나갔고 박도준과 몇 명의 일본 경찰과 헌병이 범식을 차알밤의 시체 옆에서 문초하고 있었던 것이다.

박도준이 언성을 높이며 범식을 협박했다.

"어지 니가 머라캤노? 너 성님이 머시라? 독립군이라꼬? 야! 이 자슥아, 오늘 이 순사님들이 보는 앞에서 네가 어지 헌 말을 새로 한본 더 딜미 바라. 내가 어지 얼매나 숭칙헌 일을 당했는지 니도 똑디 봤재?"

그러고는 니뽄도를 범식의 코끝에 들이대고는 영모일행의 행방을 캐물었다.

"그는 그렇고, 그래 영모 이 새끼허고 기정이 일마들 다 어디 숨었는지 빨리 대라. 임마! 도망치다가 여 옆에 죽어 나자빠진 알밤이 놈이 눈에 안 비나? 퍼뜩 나발 안 불모 네도 이 꼬라지 델 끼다. 이 씨발놈아!"

박도준은 범식의 옆에 가슴에 총을 맞고 피투성이가 되어 죽어 있는 알밤을 칼끝으로 가리키며 계속해서 협박했다.

자수를 하기 위해 당산 가까이 다가오던 영모가 그 소리를 듣고 큰 소리로 외쳤다.

"야, 이 왜놈의 앞잽이 새끼야! 내가 여거 있다. 멀라꼬 내를 찾는디? 엉뚱헌 사람 잡지 말고 퍼뜩 내부터 잡아가라. 임마."

그 소리를 들은 일본 헌병과 경찰들이 영모 일행을 체포하기 위해 한꺼번에 달려들었다. 그들은 아무 저항도 하지 않고 스스로 걸어가서 체포당했다.

작은 시골 마을에 살면서 조국 독립을 위해 배드리장터에서 애국정신을 불태웠던 그들은 체포된 뒤에 부산지방법원 진주지청에서 보안법위반 혐의로 2년 6월형을 선고받았다.

그런 뒤에 그들은 서울형무소 등지에 투옥되어 생전 처음 보는 차가운 콘크리트 바닥에서 굶주림과 추위에 시달리며 혹독한 옥고를 치렀다.

붉은 지게 3, 4, 5권
6월 출간 예정

제 1 편 천둥소리

단초 / 돌개바람 / 하동 전투 / 인명(人命)은 재천(在天) / 무식이 죄 / 농사(農事) 유비예(有備豫) / 아! 조국이여 / 굴러온 돌 / 산울림

제 2 편 얼음석이

호사다마(好事多魔) / 창랑가(滄浪歌) / 이별고(離別苦) / 비가강개(悲歌慷慨) / 오월동주(吳越同舟) / 백운산(白雲山) / 제민(濟民) 정신

제 3 편 수령의 유혹

타향살이 / 복불중지(福不重至) / 색동저고리 / 조우(遭遇) / 미지의 동굴 샘 / 내선일체(內鮮一體) / 민족(民族) 혼(魂) / 빛 좋은 개살구 / 하늘 길 / 호가호위(狐假虎威) / 귀국선(歸國船) / 광복(光復) 하동(河東) / 홍두깨 / 먹구름 / 멍석말이 / 동도서기(東道西器) / 견물생심(見物生心)

제 4 편 적선여경(積善餘慶)

무자년(戊子年) 대수(大水) / 뒤바뀐 운명(運命) / 복벽설(復辟說) / 등불 / 돌팔매 / 콜럼버스의 그림자 / 서(恕) / 업보(業報)

제 5 편 원심력과 구심력

고뇌 / 음(陰)과 양(陽) / 화이부동(和而不同) / 일(1)의 전쟁 / 허리케인 / 외연(外延) / 서력동점(西力東占) / 악(惡)의 이면(裏面) / 과유불급(過猶不及) / 오십 보(五十 步) 백 보(百 步) / 유레카 / '24'와 '1' / 여의봉(如意棒) / 순(盾:방패) / 맹아론(盟亞論) / 격론(激論) / 지게 / 산화(散華)

붉은 지게 1

펴낸날 2021년 4월 23일

지은이 강기현
펴낸이 주계수 | **편집책임** 이슬기 | **꾸민이** 이슬기

펴낸곳 밥북 | **출판등록** 제 2014-000085 호
주소 서울시 마포구 양화로 59 화승리버스텔 303호
전화 02-6925-0370 | **팩스** 02-6925-0380
홈페이지 www.bobbook.co.kr | **이메일** bobbook@hanmail.net

© 강기현, 2021.
ISBN 979-11-5858-766-6 (03810)